Als man noch nicht malen konnte,

war die rechte Zeit zum Dichten.

Paul Heyse

Italienische Novellen

Der Centaur

Illustrationen von Antje Osterburg

Nachwort von Norbert Miller

Ripperger & Kremers  VERLAG

Bibliografische Information der Deutschen Nationalbibliothek:
Die Deutsche Nationalbibliothek verzeichnet diese Publikation in der
Deutschen Nationalbibliografie, detaillierte bibliografische Daten sind
im Internet über http://dnb.d-nb.de abrufbar.

1. Auflage
© Ripperger & Kremers Verlag, Berlin 2014
Informationen über Bücher aus dem Verlag unter
www.ripperger-kremers.de
Alle Rechte vorbehalten

Illustrationen Antje Osterburg
Einbandgestaltung Vera Eizenhöfer
Schrift: Adobe Caslon Pro
Papier: Alster Werkdruck
(holzfrei, säurefrei, chlorfrei – alterungsbeständig und FSC-zertifiziert)
Bindung: Stein + Lehmann Berlin
Druck: AZ Druck Berlin
Printed in Germany
ISBN: 978-3-943999-19-8

ISBN 978-3-943999-19-8

9 783943 999198

Inhalt

La Rabbiata   7

Die Einsamen   31

Andrea Delfin   67

Der Centaur   165

Die Stickerin von Treviso   193

Nachwort   227

Editorische Anmerkungen   240

La Rabbiata

Die Sonne war noch nicht aufgegangen. Ueber dem Vesuv lagerte eine breite graue Nebelschicht, die sich nach Neapel hinüberdehnte und die kleinen Städte an jenem Küstenstrich verdunkelte. Das Meer lag still. An der Marine aber, die unter dem hohen Sorrentiner Felsenufer in einer engen Bucht angelegt ist, rührten sich schon Fischer mit ihren Weibern, die Kähne mit Netzen, die zum Fischen über Nacht draußen gelegen hatten, an großen Tauen ans Land zu ziehen. Andere rüsteten ihre Barken, richteten die Segel zu und schleppten Ruder und Segelstangen aus den großen vergitterten Gewölben vor, die tief in den Felsen hineingebaut über Nacht das Schiffgeräth bewahren. Man sah keinen müßig gehen; denn auch die Alten, die keine Fahrt mehr machen, reihten sich in die große Kette derer ein, die an den Netzen zogen, und hie und da stand ein Mütterchen mit der Spindel auf einem der flachen Dächer, oder machte sich mit den Enkeln zu schaffen, während die Tochter dem Manne half.

Siehst du, Rachela, da ist unser Padre Curato, sagte eine Alte zu einem kleinen Ding von zehn Jahren, das neben ihr sein Spindelchen schwang. Eben steigt er ins Schiff. Der Antonino soll ihn nach Capri hinüberfahren. Maria Santissima, was sieht der ehrwürdige Herr noch verschlafen aus! – Und damit winkte sie mit der Hand einem kleinen freundlichen Padre zu, der unten sich eben zurechtgesetzt hatte in der Barke, nachdem er seinen schwarzen Rock sorgfältig aufgehoben und über die Holzbank gebreitet hatte. Die andern am Strand hielten mit der Arbeit ein, um ihren Pfarrer abfahren zu sehen, der nach rechts und links freundlich nickte und grüßte.

Warum muß er denn nach Capri, Großmutter? fragte das Kind. Haben die Leute dort keinen Pfarrer, daß sie unsern borgen müssen?

Sei nicht so einfältig, sagte die Alte. Genug haben sie da und die schönsten Kirchen und sogar einen Einsiedler, wie wir ihn nicht haben. Aber da ist eine vornehme Signora, die hat lange hier in Sorrent gewohnt und war sehr krank:, daß der Padre oft zu ihr mußte mit dem Hochwürdigsten, wenn sie dachten, sie übersteht keine Nacht mehr. Nun, die heilige Jungfrau hat ihr beigestanden, daß sie wieder frisch und gesund worden ist und hat alle Tage im Meere baden können. Als sie von hier fort ist, nach Capri hinüber, hat sie noch einen schönen Haufen Ducaten an die Kirche geschenkt und an das arme Volk, und hat nicht fortwollen, sagen sie, ehe der Padre nicht versprochen hat, sie drüben zu besuchen, daß sie ihm beichten kann. Denn es ist erstaunlich, was sie auf ihn hält. Und wir können uns segnen, daß wir ihn zum Pfarrer haben, der Gaben hat wie ein Erzbischof und dem die hohen Herrschaften nachfragen. Die Madonna sei mit ihm! – Und damit winkte sie zum Schiffchen hinunter, das eben abstoßen wollte.

Werden wir klares Wetter haben, mein Sohn? fragte der kleine Priester und sah bedenklich nach Neapel hinüber.

Die Sonne ist noch nicht heraus, erwiderte der Bursch. Mit dem bißchen Nebel wird sie schon fertig werden.

So fahr zu, daß wir vor der Hitze ankommen.

Antonino griff eben zu dem langen Ruder, um die Barke ins Freie zu treiben, als er plötzlich inne hielt und nach der Höhe des steilen Weges hinaufsah, der von dem Städtchen Sorrent zur Marine hinabführt.

Eine schlanke Mädchengestalt ward oben sichtbar, die eilig die Steine hinabschritt und mit einem Tuch winkte. Sie trug ein Bündelchen unterm Arm, und ihr Aufzug war dürftig genug. Doch hatte sie eine fast vornehme, nur etwas wilde Art, den Kopf in den Nacken zu werfen und die schwarze Flechte, die sie vorn über der Stirn umgeschlungen trug, stand ihr wie ein Diadem.

Worauf warten wir? fragte der Pfarrer.

Es kommt da noch Jemand auf die Barke zu, der auch wohl nach Capri will. Wenn Ihr erlaubt, Padre – es geht darum nicht langsamer, denn 's ist nur ein junges Ding von kaum 18 Jahr.

In diesem Augenblick trat das Mädchen hinter der Mauer hervor, die den gewundenen Weg einfaßt. Laurella! sagte der Pfarrer. Was hat sie in Capri zu thun?

Antonino zuckte die Achseln. – Das Mädchen kam mit hastigen Schritten heran und sah vor sich hin.

Guten Tag, la Rabbiata! riefen einige von den jungen Schiffern. Sie hätten wohl noch mehr gesagt, wenn die Gegenwart des Curato sie nicht in Respect gehalten hätte, denn die trotzige stumme Art, in der das Mädchen ihren Gruß hinnahm, schien die Uebermüthigen zu reizen.

Guten Tag, Laurella, rief nun auch der Pfarrer. Wie steht's? Willst du mit nach Capri?

Wenn's erlaubt ist, Padre!

Frage den Antonino, der ist der Patron der Barke. Ist jeder doch Herr seines Eigenthums und Gott Herr über uns Alle.

Da ist ein halber Carlin, sagte Laurella, ohne den jungen Schiffer anzusehen. Wenn ich dafür mitkann.

Du kannst's besser brauchen, als ich, brummte der Bursch und schob einige Körbe mit Orangen zurecht, daß Platz wurde. Er sollte sie in Capri verkaufen, denn die Felseninsel trägt nicht genug für den Bedarf der vielen Besucher.

Ich will nicht umsonst mit, erwiderte das Mädchen und die schwarzen Augenbrauen zuckten.

Komm nur, Kind, sagte der Pfarrer. Er ist ein braver Junge und will nicht reich werden von deinem bißchen Armuth. Da, steig ein – und er reichte ihr die Hand – und setz dich hier neben mich. Sieh, da hat er dir seine Jacke hingelegt, daß du weicher sitzen sollst. Mir hat er's nicht so gut gemacht. Aber junges Volk, das treibt's immer so. Für Ein kleines Frauenzimmer wird mehr gesorgt, als für zehn geistliche Herren. Nun nun, brauchst dich nicht zu entschuldigen, Tonino. 's ist unsers Herrgotts Einrichtung, daß sich Gleich zu Gleich hält.

Laurella war inzwischen eingestiegen und hatte sich gesetzt, nachdem sie die Jacke ohne ein Wort zu sagen beiseit geschoben hatte. Der junge Schiffer ließ sie liegen und murmelte was zwischen den Zähnen. Dann stieß er kräftig gegen den Uferdamm und der kleine Kahn flog in den Golf hinaus.

Was hast du da im Bündel, fragte der Pfarrer, während sie nun über's Meer hintrieben, das sich eben von den ersten Sonnenstrahlen lichtete.

Seide, Garn und ein Brod, Padre. Ich soll die Seide an eine Frau in Capri verkaufen, die Bänder macht, und das Garn an eine andere.

Hast du's selbst gesponnen?

Ja, Herr.

Wenn ich mich recht erinnere, hast du auch gelernt, Bänder machen.

Ja, Herr. Aber es geht wieder schlimmer mit der Mutter, daß ich nicht aus dem Hause kann und einen eignen Webstuhl können wir nicht bezahlen.

Geht schlimmer! Oh, oh! Da ich um Ostern bei euch war, saß sie doch auf.

Der Frühling ist immer die böseste Zeit für sie. Seit wir die großen Stürme hatten und die Erdstöße, hat sie immer liegen müssen vor Schmerzen.

Laß nicht nach mit Beten und Bitten, mein Kind, daß die heilige Jungfrau Fürbitte thut. Und sei brav und fleißig, damit dein Gebet erhört werde.

Nach einer Pause: Wie du da zum Strand herunter-kamst, riefen sie dir zu: Guten Tag, la Rabbiata! Warum heißen sie dich so? Es ist kein schöner Name für eine Christin, die sanft sein soll und demüthig.

Das Mädchen glühte über das ganze braune Gesicht und ihre Augen funkelten.

Sie haben ihren Spott mit mir, weil ich nicht tanze und singe und viel Redens mache, wie Andere. Sie sollten mich gehen lassen; ich thu' ihnen ja nichts.

Du könntest aber freundlich sein zu Jedermann. Tan-zen und singen mögen Andere, denen das Leben leichter ist. Aber ein gutes Wort geben schickt sich auch für einen Betrübten.

Sie sah vor sich nieder und zog die Brauen dichter zusammen, als wollte sie ihre schwarzen Augen drunter verstecken. Eine Weile fuhren sie schweigend dahin. Die Sonne stand nun prächtig über dem Gebirg, die Spitze des Vesuv ragte über die Wolkenschicht heraus, die noch den Fuß umzogen hielt, und die Häuser auf der Ebene von Sorrent blickten weiß aus den grünen Orangengärten hervor.

Hat jener Maler nichts wieder von sich hören lassen, Laurella, jener Napolitaner, der dich zur Frau haben woll-te? fragte der Pfarrer.

Sie schüttelte den Kopf.

Er kam damals, ein Bild von dir zu machen. Warum hast du's ihm abgeschlagen?

Wozu wollt' er es nur? Es sind andere schöner als ich. Und dann – wer weiß, was er damit getrieben hätte. Er hätte mich damit verzaubern können und meine Seele beschädigen, oder mich gar zu Tode bringen, sagte die Mutter.

Glaube nicht so sündliche Dinge, sprach der Pfarrer ernsthaft. Bist du nicht immer in Gottes Hand, ohne dessen Willen dir kein Haar vom Haupte fällt? Und soll ein Mensch mit so einem Bild in der Hand stärker sein als der Herrgott? – Zudem konntest du ja sehen, daß er dir wohl wollte. Hat er dich sonst heirathen wollen?

Sie schwieg.

Und warum hast du ihn ausgeschlagen? Es soll ein braver Mann gewesen sein und ganz stattlich und hätte dich und deine Mutter besser ernähren können, als du es nun kannst mit dem bißchen Spinnen und Seidewickeln.

Wir sind arme Leute, sagte sie heftig, und meine Mutter nun gar seit so lange krank. Wir wären ihm nur zur Last gefallen. Und ich tauge auch nicht für einen Signore. Wenn seine Freunde zu ihm gekommen wären, hätte er sich meiner geschämt.

Was du auch redest! Ich sage dir ja, daß es ein braver Herr war. Und überdies wollte er ja nach Sorrent übersiedeln. Es wird nicht bald so einer wiederkommen, der wie recht vom Himmel geschickt war, um Euch aufzuhelfen.

Ich will gar keinen Mann, niemals! sagte sie ganz trotzig und wie vor sich hin.

Hast du ein Gelübde gethan, oder willst in ein Kloster gehen?

Sie schüttelte den Kopf.

Die Leute haben Recht, die dir deinen Eigensinn vorhalten, wenn auch jener Name nicht schön ist. Bedenkst du nicht, daß du nicht allein auf der Welt bist, und durch diesen Starrsinn deiner kranken Mutter das Leben und ihre Krankheit nur bitterer machst? Was kannst du für wichtige Gründe haben, jede rechtschaffene Hand abzuweisen, die dich und die Mutter stützen will? Antworte mir, Laurella!

Ich habe wohl einen Grund, sagte sie leise und zögernd. Aber ich kann ihn nicht sagen.

Nicht sagen? Auch mir nicht? Nicht deinem Beichtva-
ter, dem du doch sonst wohl zutraust, daß er es gut mit dir
meint? Oder nicht?

Sie nickte.

So erleichtere dein Herz, Kind. Wenn du Recht hast,
will ich der Erste sein, dir Recht zu geben. Aber du bist
jung und kennst die Welt wenig, und es möchte dich später
einmal gereuen, wenn du um kindischer Gedanken willen
dein Glück verscherzt hast.

Sie warf einen flüchtigen scheuen Blick nach dem Burschen hinüber, der emsig rudernd hinten im Kahn saß und
die wollne Mütze tief in die Stirn gezogen hatte. Er starrte
zur Seite ins Meer und schien in seine eignen Gedanken
versunken zu sein. Der Pfarrer sah ihren Blick und neigte
sein Ohr näher zu ihr.

Ihr habt meinen Vater nicht gekannt, flüsterte sie, und
ihre Augen sahen finster.

Deinen Vater? Er starb ja, denke ich, da du kaum zehn
Jahr alt warst.

Was hat dein Vater, dessen Seele im Paradiese sein
möge, mit deinem Eigensinn zu schaffen?

Ihr habt ihn nicht gekannt, Padre. Ihr wißt nicht, daß er
allein Schuld ist an der Krankheit der Mutter.

Wie das?

Weil er sie mißhandelt hat und geschlagen und mit
Füßen getreten. Ich weiß noch die Nächte, wenn er nach
Hause kam und war in Wuth. Sie sagte ihm nie ein Wort
und that Alles, was er wollte. Er aber schlug sie, daß mir
das Herz brechen wollte. Ich zog dann die Decke über den
Kopf und that als ob ich schliefe, weinte aber die ganze
Nacht. Und wenn er sie dann am Boden liegen sah, verwandelt' er sich plötzlich und hob sie auf und küßte sie,
daß sie schrie, er werde sie ersticken. Die Mutter hat mir
verboten, daß ich nie ein Wort davon sagen soll; aber es
griff sie so an, daß sie nun die langen Jahre, seit er todt ist,

noch nicht wieder gesund worden ist. Und wenn sie früh sterben sollte, was der Himmel verhüte, ich weiß wohl, wer sie umgebracht hat.

Der kleine Priester wiegte das Haupt und schien unschlüssig, wie weit er seinem Beichtkind Recht geben sollte. Endlich sagte er: Vergib ihm, wie ihm deine Mutter vergeben hat. Hefte nicht deine Gedanken an jene traurigen Bilder, Laurella. Es werden bessere Zeiten für dich kommen, und dich Alles vergessen machen.

N i e vergess' ich das, sagte sie und schauerte zusammen. Und wißt, Padre, darum will ich eine Jungfrau bleiben, um Keinem unterthänig zu sein, der mich mißhandelte und dann liebkos'te. Wenn mich jetzt einer schlagen oder küssen will, so weiß ich mich zu wehren. Aber meine Mutter durfte sich schon nicht wehren, nicht der Schläge erwehren und nicht der Küsse, weil sie ihn lieb hatte. Und ich will Keinen so lieb haben, daß ich um ihn krank und elend würde.

Bist du nun nicht ein Kind und sprichst wie eine, die nichts weiß von dem, was auf Erden geschieht? Sind denn alle Männer wie dein armer Vater war, daß sie jeder Laune und Leidenschaft nachgeben und ihren Frauen schlecht begegnen? Hast du nicht rechtschaffne Menschen genug gesehen in der ganzen Nachbarschaft, und Frauen, die in Frieden und Einigkeit mit ihren Männern leben?

Von meinem Vater wußt' es auch Niemand, wie er zu meiner Mutter war, denn sie wäre eher tausendmal gestorben, als es einem sagen und klagen. Und das Alles, weil sie ihn liebte. Wenn es so um die Liebe ist, daß sie einem die Lippen schließt, wo man Hülfe schreien sollte, und einen wehrlos macht gegen Aergeres, als der ärgste Feind einem anthun könnte, so will ich nie mein Herz an einen Mann hängen.

Ich sage dir, daß du ein Kind bist und nicht weißt, was du sprichst. Du wirst auch viel gefragt werden von deinem

Herzen, ob du lieben willst oder nicht, wenn seine Zeit gekommen ist; dann hilft Alles nicht, was du dir jetzt in den Kopf setzest. – Wieder nach einer Pause: Und jener Maler, hast du ihm auch zugetraut, daß er dir hart begegnen würde?

Er machte so Augen, wie ich sie bei meinem Vater gesehen habe, wenn er der Mutter abbat und sie in die Arme nehmen wollte, um ihr wieder gute Worte zu geben. D i e Augen kenn ich. Es kann sie auch einer machen, der's über's Herz bringt, seine Frau zu schlagen, die ihm nie was zu Leide gethan hat. Mir graute, wie ich d i e Augen wieder sah.

Darauf schwieg sie beharrlich still. Auch der Pfarrer schwieg. Er besann sich wohl auf viele schöne Sprüche, die er dem Mädchen hätte vorhalten können. Aber die Gegenwart des jungen Schiffers, der gegen das Ende der Beichte unruhiger geworden war, verschloß ihm den Mund.

Als sie nach einer zweistündigen Fahrt in dem kleinen Hafen von Capri anlangten, trug Antonino den geistlichen Herrn aus dem Kahn über die letzten flachen Wellen, und setzte ihn ehrerbietig ab. Doch hatte Laurella nicht warten wollen, bis er wieder zurückwatete und sie nachholte. Sie nahm ihr Röckchen zusammen, die Holzpantöffelchen in die rechte, das Bündel in die linke Hand und platscherte hurtig an's Land.

Ich bleibe heut wohl lang auf Capri, sagte der Padre, und du brauchst nicht auf mich zu warten. Vielleicht komm ich gar erst morgen nach Haus. Und du, Laurella, wenn du heimkommst, grüße die Mutter. Ich besuche euch in dieser Woche noch. Du fährst doch noch vor der Nacht zurück?

Wenn Gelegenheit ist, sagte das Mädchen, und machte sich an ihrem Rock zu schaffen.

Du weißt, daß ich auch zurück muß, sprach Antonino, wie er meinte in sehr gleichgültigem Ton. Ich wart' auf dich bis Ave Maria. Wenn du dann nicht kommst, soll mir's auch gleich sein.

Du mußt kommen, Laurella, fiel der kleine Herr ein. Du darfst deine Mutter keine Nacht allein lassen. Ist's weit, wo du hin mußt?

Auf Anacapri, in eine Vigne.

Und ich muß auf Capri zu. Behüt dich Gott, Kind, und dich, mein Sohn.

Laurella küßte ihm die Hand, und ließ ein Lebewohl fallen, in das sich der Padre und Antonino theilen mochten. Antonino indessen eignete sich's nicht zu. Er zog seine Mütze vor dem Padre und sah Laurella nicht an.

Als sie ihm aber beide den Rücken gekehrt hatten, ließ er seine Augen nur kurze Zeit mit dem geistlichen Herrn wandern, der über das tiefe Kieselgeröll mühsam hinschritt, und schickte sie dann dem Mädchen nach, das sich rechts die Höhe hinauf gewandt hatte, die Hand über die Augen haltend gegen die scharfe Sonne. Ehe sich der Weg oben zwischen Mauern zurückzieht, stand sie einen Augenblick still, wie um Athem zu schöpfen, und sah um. Die Marine lag zu ihren Füßen, ringsum thürmte sich der schroffe Fels, das Meer blaute in seltener Pracht – es war wohl ein Anblick, des Stehenbleibens werth. Der Zufall fügte es, daß ihr Blick, bei Antonino's Barke vorübereilend, sich mit jenem Blick begegnete, den Antonino ihr nachgeschickt hatte. Sie machten beide eine Bewegung, wie Leute, die sich entschuldigen wollen, es sei etwas nur aus Versehen geschehen, worauf das Mädchen mit finsterm Munde ihren Weg fortsetzte.

Es war erst eine Stunde nach Mittag, und schon saß Antonino zwei Stunden lang auf einer Bank vor der Fischerschenke. Es mußte ihm was durch den Sinn gehen, denn alle fünf Minuten sprang er auf, trat in die Sonne hinaus, und überblickte sorgfältig die Wege, die links und rechts nach den zwei Inselstädtchen führen. Das Wetter sei ihm bedenklich, sagte er dann zu der Wirthin der Osterie. Es sei wohl klar, aber er kenne diese Farbe des Himmels und Meeres. Gerade so habe es ausgesehen, ehe der letzte große Sturm war, wo er die englische Familie nur mit Noth ans Land gebracht habe. Sie werde sich erinnern.

Nein, sagte die Frau.

Nun, sie solle an ihn denken, wenn sich's noch vor Nacht verändere.

Sind viel Herrschaften drüben? fragte die Wirthin nach einer Weile.

Es fängt eben an. Bisher hatten wir schlechte Zeit. Die wegen der Bäder kommen, ließen auf sich warten.

Das Frühjahr kam spät. Habt ihr mehr verdient, als wir hier auf Capri?

Es hätte nicht ausgereicht zweimal die Woche Maccaroni zu essen, wenn ich bloß auf die Barke angewiesen wäre. Dann und wann einen Brief nach Neapel zu bringen, oder einen Signore auf's Meer gerudert, der angeln wollte. Das war Alles. Aber Ihr wißt, daß mein Onkel die großen Orangengärten hat, und ein reicher Mann ist. Tonino, sagt er, so lang ich lebe, sollst du nicht Noth leiden, und nachher wird auch für dich gesorgt werden. So hab' ich den Winter mit Gottes Hulfe uberstanden.

Hat er Kinder, Euer Onkel?

Nein. Er war nie verheirathet, und lang außer Landes, wo er denn manchen Piaster zusammengebracht hat. Nun hat er vor, eine große Fischerei anzufangen und will mich über das ganze Wesen setzen, daß ich nach dem Rechten sehe.

So seid Ihr ja ein gemachter Mann, Antonino.

Der junge Schiffer zuckte die Achseln. Es hat Jeder sein Bündel zu tragen, sagte er. Damit sprang er auf und sah wieder links und rechts nach dem Wetter, obwohl er wissen mußte, daß es nur eine Wetterseite giebt.

Ich bring' Euch noch eine Flasche. Euer Onkel kann's bezahlen, sagte die Wirtin.

Nur noch ein Glas, denn Ihr habt hier eine feurige Art Wein. Der Kopf ist mir schon ganz warm.

Er geht nicht ins Blut. Ihr könnt trinken, so viel Ihr wollt. Da kommt eben mein Mann, mit dem müßt Ihr noch eine Weile sitzen und schwatzen.

Wirklich kam, das Netz über die Schulter gehängt, die rothe Mütze über den geringelten Haaren, der stattliche Padrone der Schenke von der Höhe herunter. Er hatte Fische in die Stadt gebracht, die jene vornehme Dame bestellt hatte, um sie dem kleinen Pfarrer von Sorrent vorzusetzen. Wie er des jungen Schiffers ansichtig wurde, winkte er ihm herzlich mit der Hand einen Willkommen zu, setzte sich dann neben ihn auf die Bank, und fing an zu fragen und zu erzählen. Eben brachte sein Weib eine zweite Flasche des echten unverfälschten Capri, als der Ufersand zur Linken knisterte und Laurella des Weges von Anacapri daher kam. Sie grüßte flüchtig mit dem Kopf und stand unschlüssig still.

Antonino sprang auf. Ich muß fort, sagte er. 's ist ein Mädchen aus Sorrent, das heut früh mit dem Signor Curato kam und auf die Nacht wieder zu ihrer kranken Mutter will.

Nun nun, 's ist noch lang bis Nacht, sagte der Fischer. Sie wird doch Zeit haben, ein Glas Wein zu trinken. Holla, Frau, bring' noch ein Glas.

Ich danke, ich trinke nicht, sagte Laurella und blieb in einiger Entfernung.

Schenk nur ein, Frau, schenk ein! Sie läßt sich nöthigen.

Laßt sie, sagte der Bursch. Sie hat einen harten Kopf; was sie einmal nicht will, das redet ihr kein Heiliger ein. – Und damit nahm er eilfertig Abschied, lief nach der Barke hinunter, lös'te das Seil, und stand nun in Erwartung des Mädchens. Die grüßte noch einmal nach der Wirthin der

Schenke zurück und ging dann mit zaudernden Schritten der Barke zu. Sie sah vorher nach allen Seiten um, als erwarte sie, daß sich noch andere Gesellschaft einfinden würde. Die Marine aber war menschenleer, die Fischer schliefen oder fuhren im Meer mit Angeln und Netzen, wenige Frauen und Kinder saßen unter den Thüren, schlafend oder spinnend, und die Fremden, die am Morgen herübergefahren, warteten die kühlere Tageszeit zur Rückfahrt ab. Sie konnte [sich] auch nicht zu lange umschauen, denn ehe sie es wehren konnte, hatte Antonino sie in die Arme genommen und trug sie wie ein Kind in den Nachen. Dann sprang er nach und mit wenigen Ruderschlägen waren sie schon im offenen Meer.

Sie hatte sich vorn in den Kahn gesetzt und ihm halb den Rücken zugedreht, daß er sie nur von der Seite sehen konnte. Ihre Züge waren jetzt noch ernsthafter als gewöhnlich. Ueber die kurze Stirn hing das Haar tief herein, um den feinen Nasenflügel zitterte ein eigensinniger Zug; der volle Mund war fest geschlossen. – Als sie eine Zeitlang so stillschweigend über Meer gefahren waren, empfand sie den Sonnenbrand, nahm das Brod aus dem Tuch und schlang dieses über die Flechte. Dann fing sie an von dem Brode zu essen und ihr Mittagsmahl zu halten, denn sie hatte auf Capri nichts genossen.

Antonino sah das nicht lange mit an. Er holte aus einem der Körbe, die am Morgen mit Orangen gefüllt gewesen, zwei hervor, und sagte: da hast du was zu deinem Brod, Laurella. Glaub' nicht, daß ich sie für dich zurückbehalten habe. Sie sind aus dem Korb in den Kahn gerollt und ich fand sie, als ich die leeren Körbe wieder in die Barke setzte.

Iß du sie doch. Ich hab an meinem Brode genug.

Sie sind erfrischend in der Hitze, und du bist weit gelaufen.

Sie gaben mir oben ein Glas Wasser, das hat mich schon erfrischt.

Wie du willst, sagte er, und ließ sie wieder in den Korb fallen.

Neues Stillschweigen. Das Meer war spiegelglatt und rauschte kaum um den Kiel. Auch die weißen Seevögel, die in den Uferhöhlen nisten, zogen lautlos auf ihren Raub.

Du könntest die zwei Orangen deiner Mutter bringen, fing Antonino wieder an.

Wir haben ihrer noch zu Haus, und wenn sie zu Ende sind, geh ich und kaufe neue.

Bringe ihr sie nur, und ein Compliment von mir.

Sie kennt dich ja nicht.

So könntest du ihr sagen, wer ich bin.

Ich kenne dich auch nicht.

Es war nicht das erste Mal, daß sie ihn so verleugnete. Vor einem Jahre, als der Maler eben nach Sorrent gekommen war, traf sich's an einem Sonntage, daß Antonino mit anderen jungen Burschen aus dem Ort auf einem freieren Platz neben der Hauptstraße Boccia spielte. Dort begegnete der Maler zuerst Laurella, die, einen Wasserkrug auf dem Kopfe tragend, ohne sein zu achten, vorüberschritt. Der Napolitaner, von dem Anblick betroffen, stand still und sah ihr nach, obwohl er sich mitten in der Bahn des Spieles befand und mit zwei Schritten sie hätte räumen können. Eine unsanfte Kugel, die ihm gegen das Fußgelenk fuhr, mußte ihn daran erinnern, daß hier der Ort nicht sei, sich in Gedanken zu verlieren. Er sah um, als erwarte er eine Entschuldigung. Der junge Schiffer, der den Wurf gethan hatte, stand schweigend und trotzig inmitten seiner Freunde, daß der Fremde es gerathen fand, einen Wortwechsel zu vermeiden und zu gehen. Doch hatte man von dem Handel gesprochen, und sprach von neuem davon, als der Maler sich offen um Laurella bewarb. Ich kenne ihn nicht, sagte diese unwillig, als der Maler sie fragte, ob sie ihn jenes unhöflichen Burschen wegen ausschlüge. Und doch war auch ihr jenes Gerede zu Ohren

gekommen. Seitdem, wenn ihr Antonino begegnete, hatte
sie ihn wohl wieder erkannt.

Und nun saßen sie im Kahn wie die bittersten Feinde,
und beiden klopfte das Herz tödtlich. Das sonst gutmüthi-
ge Gesicht Antonino's war heftig geröthet, er schlug in die
Wellen, daß der Schaum ihn überspritzte, und seine Lippen zitterten zuweilen, als spräche er böse Worte. Sie that,
als bemerke sie es nicht, und machte ihr unbefangenstes
Gesicht, neigte sich über den Bord des Nachens und ließ
die Flut durch ihre Finger gleiten. Dann band sie ihr Tuch
wieder ab und ordnete ihr Haar, als sei sie ganz allein im
Kahn. Nur die Augenbrauen zuckten noch, und umsonst
hielt sie die nassen Hände gegen ihre brennenden Wangen, um sie zu kühlen.

Nun waren sie mitten auf dem Meer, und nah und fern
ließ sich kein Segel blicken. Die Insel war zurückgeblieben, die Küste lag im Sonnenduft weitab, nicht einmal
eine Möwe durchflog die tiefe Einsamkeit. Antonino sah
um sich her. Ein Gedanke schien in ihm aufzusteigen. Die
Röthe wich plötzlich von seinen Wangen, und er ließ die
Ruder sinken. Unwillkührlich sah Laurella nach ihm um,
gespannt, aber furchtlos.

Ich muß ein Ende machen, brach der Bursch heraus. Es
dauert mir schon zu lange und wundert mich schier, daß
ich nicht drüber zu Grunde gegangen bin. Du kennst mich
nicht, sagst du? Hast du nicht lange genug mit angesehen,
wie ich bei dir vorüberging als ein Unsinniger, und hatte
das ganze Herz voll, dir zu sagen? Dann machtest du deinen bösen Mund und drehtest mir den Rücken.

Was hatt' ich mit dir zu reden, sagte sie kurz. Ich habe
wohl gesehn, daß du mit mir anbinden wolltest. Ich wollt'
aber nicht in der Leute Mäuler kommen um nichts und
wieder nichts. Denn zum Manne nehmen mag ich dich
nicht, dich nicht und Keinen.

Und Keinen? So wirst du nicht immer sagen. Weil du den Maler weggeschickt hast? Pah! Du warst noch ein Kind damals. Es wird dir schon einmal einsam werden und dann, toll wie du bist, nimmst du den ersten Besten.

Es weiß Keiner seine Zukunft. Kann sein, daß ich meinen Sinn ändere. Was geht's dich an?

Was es mich angeht? fuhr er auf und sprang von der Ruderbank empor, daß der Kahn schaukelte. Was es mich angeht? Und so kannst du noch fragen, nachdem du weißt, wie es um mich steht? Müsse der elend umkommen, dem je besser von dir begegnet würde, als mir.

Hab ich mich dir je versprochen? Kann ich dafür, wenn dein Kopf unsinnig ist? Was hast du für ein Recht auf mich?

Oh, rief er aus, es steht freilich nicht geschrieben, es hat's kein Advokat in Latein abgefaßt und versiegelt, aber das weiß ich, daß ich so viel Recht auf dich habe, wie in den Himmel zu kommen, wenn ich ein braver Kerl gewesen bin. Meinst du, daß ich mit ansehn will, wenn du mit einem Andern in die Kirche gehst und die Mädchen gehn mir vorüber und zucken die Achseln? Soll ich mir den Schimpf anthun lassen?

Thu was du willst. Ich laß mir nicht bangen, so viel du auch drohst. Ich will auch thun, was ich will.

Du wirst nicht lange so sprechen, sagte er und bebte über den ganzen Leib. Ich bin Manns genug, daß ich mir das Leben nicht länger von solch einem Trotzkopf verderben lasse. Weißt du, daß du hier in meiner Macht bist und thun mußt, was ich will?

Sie fuhr leicht zusammen und blitzte ihn mit den Augen an.

Bringe mich um, wenn du's wagst, sagte sie langsam.

Man muß nichts halb thun, sagte er, und seine Stimme klang leiser, 's ist Platz für uns Beide im Meer. Ich kann dir nicht helfen, Kind, – und er sprach fast mitleidig, wie aus

dem Traum – aber wir müssen hinunter, alle Beide, und auf
einmal, und jetzt! schrie er überlaut, und faßte sie plötzlich mit beiden Armen an. Aber im Augenblick zog er die
rechte Hand zurück, das Blut quoll hervor, sie hatte ihn
heftig hineingebissen.

Muß ich thun, was du willst? rief sie und stieß ihn
mit einer raschen Wendung von sich. Laß sehn, ob ich in
deiner Macht bin! – Damit sprang sie über den Bord des
Kahns und verschwand einen Augenblick in der Tiefe.

Sie kam gleich wieder herauf, ihr Röckchen umschloß
sie fest, ihre Haare waren von den Wellen aufgelös't und
hingen schwer über den Hals nieder, mit den Armen ruderte sie emsig und schwamm, ohne einen Laut von sich
zu geben, kräftig von der Barke weg nach der Küste zu.
Der jähe Schreck schien ihm die Sinne gelähmt zu haben. Er stand im Kahn, vorgebeugt, die Blicke starr nach
ihr hingerichtet, als begebe sich ein Wunder vor seinen
Augen. Dann schüttelte er sich, stürzte nach den Rudern,
und fuhr ihr mit aller Kraft, die er aufzubieten hatte, nach,
während der Boden seines Kahns von dem immer zuströmenden Blute roth wurde.

Im Nu war er an ihrer Seite, so hastig sie schwamm. Bei
Maria Santissima! rief er, komm in den Kahn. Ich bin ein
Toller gewesen; Gott weiß, was mir die Vernunft benebel-
te. Wie ein Blitz vom Himmel fuhr mir's ins Hirn, daß ich
ganz aufbrannte und wußte nicht, was ich that und redete.
Du sollst mir nicht vergeben, Laurella, nur dein Leben retten und wieder einsteigen.

Sie schwamm fort, als habe sie nichts gehört.

Du kannst nicht bis an's Land kommen, es sind noch
zwei Miglien. Denk an deine Mutter. Wenn dir ein Unglück begegnete, sie stürbe vor Entsetzen.

Sie maß mit einem Blick die Entfernung von der Küste. Dann, ohne zu antworten, schwamm sie an die Barke
heran, und faßte den Bord mit den Händen. Er stand auf,

ihr zu helfen; seine Jacke, die auf der Bank gelegen, glitt
ins Meer, als der Nachen von der Last des Mädchens nach
der einen Seite hinübergezogen wurde. Gewandt schwang
sie sich empor und erklomm ihren früheren Sitz. Als er sie
geborgen sah, griff er wieder zu den Rudern. Sie aber wand
ihr triefendes Röckchen aus, und rang das Wasser aus den
Flechten. Dabei sah sie auf den Boden der Barke, und bemerkte jetzt das Blut. Sie warf einen raschen Blick nach
der Hand, die, als sei sie unverwundet, das Ruder führte.
Da, sagte sie, und reichte ihm ihr Tuch. Er schüttelte den
Kopf und ruderte vorwärts. Sie stand endlich auf, trat zu
ihm und band ihm das Tuch fest um die tiefe Wunde. Darauf nahm sie ihm, so viel er auch abwehrte, das eine Ruder
aus der Hand und setzte sich ihm gegenüber, doch ohne
ihn anzusehn, fest auf das Ruder blickend, das vom Blut
geröthet war, und mit kräftigen Stößen die Barke fort-
treibend. Sie waren beide blaß und still. Als sie näher ans
Land kamen, begegneten ihnen Fischer, die ihre Netze auf
die Nacht auswerfen wollten. Sie riefen Antonino an und
neckten Laurella. Keins sah auf oder erwiederte ein Wort.

Die Sonne stand noch ziemlich hoch über Procida, als
sie die Marine erreichten. Laurella schüttelte ihr Röckchen,
das fast völlig überm Meer getrocknet war und sprang ans
Land. Die alte spinnende Frau, die sie schon am Morgen
hatte abfahren sehn, stand wieder auf dem Dach. Was hast
du an der Hand, Tonino? rief sie hinunter. Jesus Christus,
die Barke schwimmt ja in Blut.

's ist nichts, Commare, erwiederte der Bursch. Ich riß
mich an einem Nagel, der zu weit vorsah. Morgen ist's vorbei. Das verwünschte Blut ist nur gleich bei der Hand, daß
es gefährlicher aussieht, als es ist.

Ich will kommen und dir Kräuter auflegen, Comparello.
Wart', ich komme schon!

Bemüht euch nicht, Commare. Ist schon alles geschehn
und morgen wird's vorbei sein und vergessen. Ich habe

eine gesunde Haut, die gleich wieder über jede Wunde zuwächst.

Addio, sagte Laurella, und wandte sich nach dem Pfad, der hinaufführt.

Gute Nacht! rief ihr der Bursch nach, ohne sie anzusehn. Dann trug er das Geräth aus dem Schiff und die Körbe dazu, und stieg die kleine Steintreppe zu seiner Hütte hinauf.

Es war Keiner außer ihm in den zwei Kammern, durch die er nun hin- und herging. Zu den offnen Fensterchen, die nur mit hölzernen Läden verschlossen werden, strich die Luft etwas erfrischender herein, als über das ruhige Meer, und in der Einsamkeit war ihm wohl. Er stand auch lange vor dem kleinen Bilde der Mutter Gottes, und sah die aus Silberpapier daraufgeklebte Sternenglorie andächtig an. Doch zu beten fiel ihm nicht ein. Um was hätte er bitten sollen, da er nichts mehr hoffte.

Und der Tag schien heute still zu stehn. Er sehnte sich nach der Dunkelheit, denn er war müde, und der Blutverlust hatte ihn auch mehr angegriffen, als er sich gestand. Er fühlte heftige Schmerzen an der Hand, setzte sich auf einem Schemel und lös'te den Verband. Das zurückgedrängte Blut schoß wieder hervor, und die Hand war stark um die Wunde angeschwollen. Er wusch sie sorgfältig und kühlte sie lange. Als er sie wieder vorzog, unterschied er deutlich die Spur von Laurella's Zähnen. Sie hatte Recht, sagte er. Eine Bestie war ich und verdien' es nicht besser. Ich will ihr morgen ihr Tuch durch den Giuseppe zurückschicken, denn mich soll sie nicht wiedersehn. – Und nun wusch er das Tuch sorgfältig und breitete es in der Sonne aus, nachdem er sich die Hand wieder verbunden hatte, so gut er's mit der Linken und den Zähnen konnte. Dann warf er sich auf sein Bett und schloß die Augen.

Der helle Mond weckte ihn aus einem halben Schlaf, zugleich der Schmerz in der Hand. Er sprang eben wieder

auf, um die pochenden Schläge des Bluts in Wasser zu beruhigen, als er ein Geräusch an seiner Thür hörte. Wer ist
da? rief er und öffnete. Laurella stand vor ihm.

Ohne viel zu fragen trat sie ein. Sie warf das Tuch ab,
das sie über den Kopf geschlungen hatte und stellte ein
Körbchen auf den Tisch. Dann schöpfte sie tief Athem.

Du kommst, dein Tuch zu holen, sagte er, du hättest dir
die Mühe ersparen können, denn morgen in der Früh hätte
ich Giuseppe gebeten, es dir zu bringen.

Es ist nicht um das Tuch, erwiederte sie rasch. Ich bin
auf dem Berg gewesen, um dir Kräuter zu holen, die gegen das Bluten sind. Da! Und sie hob den Deckel vom
Körbchen.

Zu viel Mühe, sagte er, und ohne alle Herbigkeit, zu
viel Mühe. Es geht schon besser, viel besser, und wenn es
schlimmer ginge, ging' es auch nach Verdienst. Was willst
du hier um die Zeit? Wenn dich einer hier träfe, du weißt,
wie sie schwatzen, obwohl sie nicht wissen, was sie sagen.

Ich kümmere mich um Keinen, sprach sie heftig. Aber
die Hand will ich sehen und die Kräuter darauf thun, denn
mit der Linken bringst du es nicht zu Stande.

Ich sage dir, daß es unnöthig ist.

So laß es mich sehen, damit ich's glaube.

Sie ergriff ohne Weiteres die Hand, die sich nicht weh-
ren konnte, und band die Lappen ab. Als sie die starke
Geschwulst sah, fuhr sie zusammen und schrie auf: Jesus
Maria!

Es ist ein Bißchen aufgelaufen, sagte er. Das geht weg in
einem Tag und einer Nacht.

Sie schüttelte den Kopf: So kommst du in einer Woche
lang nicht auf's Meer.

Ich denke, schon übermorgen. Was thut's auch.

Indessen hatte sie ein Becken geholt und die Wunde
von neuem gewaschen, was er litt wie ein Kind. Dann legte
sie die heilsamen Blätter des Krauts darauf, die ihm das

Brennen sogleich linderten und verband die Hand mit Streifen Leinwand, die sie auch mitgebracht hatte.

Als es gethan war, sagte er: Ich danke dir. Und höre, wenn du mir noch einen Gefallen thun willst, vergieb mir, daß mir heut' so eine Tollheit über den Kopf wuchs und vergiß das Alles, was ich gesagt und gethan habe. Ich weiß selbst nicht, wie es kam. Du hast mir nie Veranlassung dazu gegeben, du wahrhaftig nicht. Und du sollst schon nichts wieder von mir hören, was dich kränken könnte.

Ich habe dir abzubitten, fiel sie ein. Ich hätte dir Alles anders und besser vorstellen sollen und dich nicht aufbringen durch meine stumme Art. Und nun gar die Wunde –

Es war Nothwehr und die höchste Zeit, daß ich meiner Sinne wieder mächtig wurde. Und wie gesagt, es hat nichts zu bedeuten. Sprich nicht von Vergeben. Du hast mir wohlgethan, und das dank ich dir. Und nun geh schlafen und da – da ist auch dein Tuch, daß du's gleich mitnehmen kannst.

Er reichte es ihr, aber sie stand noch immer und schien mit sich selbst zu kämpfen. Endlich sagte sie: du hast auch deine Jacke eingebüßt um meinetwegen; und ich weiß, daß das Geld für die Orangen darin steckte. Es fiel mir Alles erst unterwegs ein. Ich kann dir's nicht so wieder ersetzen, denn wir haben es nicht, und wenn wir's hätten, gehört' es der Mutter. Aber da hab ich das silberne Kreuz, das mir der Maler auf den Tisch legte, als er das letzte Mal bei uns war. Ich hab es seitdem nicht angesehn und mag es nicht länger im Kasten haben. Wenn du es verkaufst, es ist wohl ein paar Piaster werth, sagte damals die Mutter, so wäre dir dein Schaden ersetzt, und was fehlen sollte, will ich suchen mit Spinnen zu verdienen, Nachts, wenn die Mutter schläft.

Ich nehme nichts, sagte er kurz und schob das blanke Kreuzchen zurück, das sie aus der Tasche geholt hatte.

Du mußt's nehmen, sagte sie. Wer weiß, wie lang du mit dieser Hand nichts verdienen kannst. Da liegt's und ich will's nie wieder sehn mit meinen Augen.

So wirf es ins Meer.

Es ist ja kein Geschenk, was ich dir mache; es ist nicht mehr, als dein gutes Recht und was dir zukommt.

Recht? Ich habe kein Recht auf irgend was von dir. Wenn du mir später einmal begegnen solltest, thu mir den Gefallen und sieh mich nicht an, daß ich nicht denke, du erinnerst mich an das, was ich dir schuldig bin. Und nun gute Nacht, und laß es das letzte sein.

Er legte ihr das Tuch in den Korb und das Kreuz dazu und schloß den Deckel darauf. Als er dann aufsah und ihr ins Gesicht, erschrak er. Große schwere Tropfen stürzten ihr über die Wangen. Sie ließ ihnen ihren Lauf.

Maria Santissima! rief er, bist du krank? Du zitterst von Kopf bis Fuß.

Es ist nichts, sagte sie. Ich will heim! und wankte nach der Thür. Das Weinen übermannte sie, daß sie die Stirn gegen den Pfosten drückte und nun laut und heftig schluchzte. Aber eh' er ihr nach konnte, um sie zurückzu-halten, wandte sie sich plötzlich um und stürzte ihm an den Hals.

Ich k a n n's nicht ertragen, schrie sie und preßte ihn an sich, wie sich ein Sterbender ans Leben klammert, ich k a n n's nicht hören, daß du mir gute Worte giebst und mich von dir gehen heißest mit all der Schuld auf dem Ge-wissen. Schlage mich, tritt mich mit Füßen, verwünsche mich! – oder, wenn es wahr ist, daß du mich lieb hast, noch, nach alle dem Bösen, das ich dir gethan habe, da nimm mich und behalte mich und mach' mit mir, was du willst. Aber schick' mich nicht so fort von dir! – Neues heftiges Schluchzen unterbrach sie.

Er hielt sie eine Weile sprachlos in den Armen. Ob ich dich noch liebe? rief er endlich. Heilige Mutter Gottes, meinst du, es sei all mein Herzblut aus der kleinen Wunde von mir gewichen? Fühlst du's nicht da in meiner Brust hämmern, als wollt' es heraus und zu dir? Wenn du's nur sagst, um mich zu versuchen oder weil du Mitleiden mit mir hast, so geh und ich will auch das noch vergessen. Du sollst nicht denken, daß du mir's schuldig bist, weil du weißt, was ich um dich leide.

Nein, sagte sie fest und sah von seiner Schulter auf und ihm mit den nassen Augen heftig ins Gesicht, ich liebe dich, und daß ich's nur sage, ich hab' es lange gefürchtet und dagegen getrotzt. Und nun will ich anders werden, denn ich kann's nicht mehr aushalten, dich nicht anzusehn, wenn du mir auf der Gasse vorüberkommst. Nun will ich dich auch küssen, sagte sie, daß du dir sagen kannst, wenn du wieder in Zweifel sein solltest: Sie hat mich geküßt, und Laurella küßt Keinen, als den sie zum Manne will.

Sie küßte ihn dreimal und dann machte sie sich los und sagte: Gute Nacht, mein Liebster! Geh nun schlafen und heile deine Hand, und geh nicht mit mir, denn ich fürchte mich nicht, vor Keinem, als nur vor dir.

Damit huschte sie durch die Thür und verschwand in den Schatten der Mauer. Er aber sah noch lange durch's Fenster, auf's Meer hinaus, über dem alle Sterne zu schwanken schienen.

Als der kleine Padre Curato das nächste Mal aus dem Beichtstuhl kam, in dem Laurella lange gekniet hatte, lächelte er still in sich hinein. Wer hätte gedacht, sagte er bei sich selbst, daß Gott sich so schnell dieses wunderlichen Herzens erbarmen würde. Und ich machte mir noch Vorwürfe, daß ich den Dämon Eigensinn nicht härter bedräut hatte. Aber unsere Augen sind kurzsichtig für die Wege des Himmels. Nun so segne sie der Herr und lasse mich's erleben, daß mich Laurella's ältester Bube einmal an seines Vaters Statt über Meer führt. Ei ei ei! la Rabbiata!

Die Einsamen

Mehrere Tage lang hatten heftige Südstürme das Meer
erschüttert, auf dem hohen Felsenufer Sorrents mit Früh-
lingsungestüm den Saft in den Feigenbäumen aufgerüttelt
und den Boden mit fruchtbaren Regenschauern gepflügt.
Manche wollten ein gärendes Murren im Innern des Vesuv
vernommen haben und weissagten einen nahen Ausbruch.
Auch schienen öfters die Häuser bis in die Grundfesten
zu wanken, und Nachts hörte man ein drohendes Klirren
der Geräthe, die im Schrank nahe bei einander standen.
Als aber am letzten April die Sonne endlich über den
Aufruhr Herr wurde, standen die kleinen Städte auf der
Ebene von Sorrent unversehrt zwischen ihren Wein- und
Orangengärten, der Felsengrund hatte sich nicht aufge-
than, sie zu verschlingen, und dem tosenden Meer war das
Ufer dennoch zu hoch gewesen, um hinaufbrandend Alles,
was Menschen seit Jahrhunderten gepflanzt, in die Tiefe
zu reißen.

Am Nachmittage dieses letzten April, der zugleich ein
Sonntag war, verließ ein deutscher Poet – sein Name thut
nichts zur Sache – das Haus, in dem er sehr wider seine
Neigung durch den Sturm war gefangen gehalten worden.
Tagelang hatte er vom Fenster aus über das Meer gestarrt,
den Mantel um die Kniee geschlagen, denn der Steinbo-
den seines Zimmers hauchte eine empfindliche Kälte aus,
den Hut auf dem Kopf, ein Glas Wein nach dem andern
hinabschlürfend, ohne ein Wärmegefühl in sich erwecken
zu können. Der kleine Büchervorrath, der ihn auf der
Reise begleitete, war in Neapel zurückgeblieben, und im
Hause seines Wirths war außer dem Kalender und einem

Meßbuch kein gedrucktes Blatt aufzutreiben. Wie oft hatte er sich vermessen, daß ihn in der Einsamkeit Langeweile nie anwandeln solle. Aber so viel und sehnsüchtig er die
Muse zur Gesellschaft heranflehte, der Wind verschlang
seinen Ruf und die Kälte erstickte endlich jeglichen Keim
eines andern Wunsches, als des einen, die Sonne wiederzusehen.

Sie war denn auch gekommen und er hatte die Hälfte
dieses gesegneten Tages redlich damit verbracht, auf dem
Altan sitzend sie sich auf die Haut scheinen zu lassen.
Und als er vollends nach Tische den Bergweg hinaufstieg,
wurden alle erstarrten Gefühle in ihm mit Macht wieder
lebendig. So groß, so golden und gewaltig hatte er die
siegreiche Frühlingssonne nie gesehn, so erfrischend war
ihm der Hauch des Meeres nie ins Mark gedrungen. Diese Blätter da an den Feigenbäumen, in Einer Nacht sind
sie fingerlang hervorgeschossen. Die Büsche dort hat die
Sonne eines halben Tages in weiße Blüthen gebracht. Und
wo nur das Auge, vom Duft gelockt, sich näher an den
Boden heftend, dunkeln ihm unabsehliche Veilchenbee-
te entgegen. Die Luft wimmelt von Schmetterlingen, die
nicht älter sind, alle Tage und Stege von Menschen zu Fuß
oder im laufenden Gefährt belebt. Dazu Glockenstimmen
der Kirchen und Kapellen auf vier Stunden Wegs, Jauchzen der Burschen, die bergan zogen, um ein Kirchenfest
in Sant'Agata, einem Dorf auf dem Grat des Berges, mit-
zufeiern, und langgezogenen Ritornelle der Weiber, die
Hand in Hand zur Vesper wandelten, oder auf den sonnigen Dächern stehend ins Meer hinausblickten.

Je weiter der Deutsche, einer mäßig ansteigenden Straße folgend, sich dem Feiertagsjubel entzog, desto mehr be-
klemmte es ihm das Herz, daß er dem Dank für die Fülle
der Wunder, die auf ihn eindrang, mit Nichts zu erwiedern vermochte. Am liebsten hätte er dort auf dem Felsen
stehend in die weite Landschaft hinausgesungen, ein Lied

ohne Worte, einen bloßen Wiederhall aller Frühlings-
stimmen um ihn her. Aber er hatte einigen Grund, seiner
Stimme zu mißtrauen, daß sie eine würdige Heroldin seines Gefühls sein würde. Wie neidisch dachte er an jenen
Tenor zurück, der in Rom ihn manchen Abend entzückt
hatte! Mit dieser Stimme hier die Weite auszufüllen! Wie
armselig, stumm wie ein Dieb, klanglos wie der Stock in
seiner Hand kam er sich vor, als er durch alle singende und
klingende Wonne der Natur hindurchschritt.

Was rühmen sie die Poesie als die höchste Kunst? rief
er zornig aus. Kann sie eine Brust von der Uebermacht
eines solchen Eindrucks befreien? Ruft mir die Größten
her, die jemals über melodische Worte zu gebieten hatten, ob sie nicht dem Unermeßlichen gegenüber verstum-
men gleich mir armen Nachgeborenen. Womit wollen sie
Licht und Aether und Meer und die Düfte, die aus jenem
Orangenhain heraufwehen, nur von ferne würdig verherr-
lichen? Sogar der verachtetste unter Allen, die sich noch
einer Muse rühmen, ein Wicht von einem Tänzer könnt'
es ihnen hier zuvorthun. Kann er nicht das Streben in den
Himmel hinauf, ins All hinein, wenigstens mit Zeichen
und Geberden andeuten, mit seiner ganzen Person und
vom Wirbel bis zur Zehe seine Trunkenheit ausströmen?
Und nun ein Maler vollends! der Dümmste von ihnen,
wenn er nur gelernt hat, die Linie des Berges dort und
das Kloster am äußersten Rande, dahinter den Wald, die
Grenze des Meers, im Vordergrunde den frisch vom Winde geknickten Baum auf ein Blatt zu bringen – selig muss
er sein und selig machen! Und wenn er ein Meister ist und
die zitternde Helle über der gelben Bergwand in Farben
wiederstrahlen kann, dort in der Tiefe die See, die noch
immer wühlt und die Wellen wirft, wie silberne Fetzen
eines Gewandes, den Duft drüben am Vesuv, die weißen
Glockenthürme zwischen dem jungen Laub der Kastanien
– ich könnt' ihn umbringen vor Neid, den Glücklichen!

In dieser seltsam aufgeregten Verfassung setzte er sich auf einen Stein am Wege nieder und starrte um sich her. Und verrathen wir es nur, er hatte es halb und halb verdient, daß ihm durch die Erkenntniß seiner Unzulänglichkeit die reine Stimmung verstört wurde. Er war mit der festen trotzigen Ueberzeugung ausgegangen, draußen der langentbehrten Muse zu begegnen. Ein Heft Papier hatte er zu sich gesteckt und hinter jedem Felsenvorsprung, jeder Wald- und Gartenecke rechnete er gespannt darauf, eines jener allerliebsten Genien ansichtig zu werden, die in der Kunstsprache »Motive« heißen. Der thörichte Wunsch beseelte ihn, wo Alles im Werden war, auch von seinem geringen Dasein irgend ein Zeugnis abzulegen. Wer mag ihn darum verdammen? Wer hat es nicht an sich selbst erfahren, daß ihn das große Werk der sich erneuenden Natur in eine Spannung versetzt, in der er die unerhörtesten Dinge wirken und wagen möchte, in eine ziellose Unruhe, irgend etwas zu gestalten und nicht der einzig Unthätige und Erstorbene zu sein, während alles Blüthen treibt? Schade nur, daß dieser unbehagliche Drang meist statt irgend einer That Erschöpfung und Verzicht zur Folge zu haben pflegt.

Und so hatte denn auch unser Freund bald verzichtet, ohne darum die Mißgunst auf andere Sterbliche los zu werden, die, wie er meinte, besser daran seien, als er. Nun kommen sie aus ihren Löchern hervor, murmelte er ingrimmig, und machen das Land unsicher mit Mappen und Schirmen und Feldstühlen und setzen sich an den gedeckten Tisch der Mutter Natur. Sie brauchen nur zuzugreifen, so haben sie alle Hände voll. Und wenn sich ihre Sinne satt geschwelgt haben, tragen sie wie ein Gastgeschenk vom Fest, wie den Becher, aus dem sie getrunken haben, ihre Studien und Skizzen heim, die ihnen die Erinnerung und Stimmung erneuen, so oft sie danach Verlangen tragen. Sie haben wohl Recht, in den Süden zu pilgern; für sie ist hier offne Tafel. Aber wir? Aber ich? Haben mich schadenfrohe

Götter hieher gelockt, um mich recht tief zu demüthigen? War's nicht schon genug, daß ich in Rom alle meine Verse auf die Frascatanerin verbrannte, als ich ihr Bild auf der Ausstellung gesehen? Was wäre der ganze Petrark gegen eine Leinwand, auf der ein Tizian das Bild von Madonna Laura festgehalten hätte? Als man noch nicht malen konnte, da war die rechte Zeit zum Dichten. Denn was ist das Dichten anders, als ein ewig wiederholtes Bekenntniß, daß Worte arme Schächer sind, die nicht den Saum am Gewande der Mutter Natur zu fassen vermögen? Im Norden, wo keine Farben und keine Formen sind, da mag sich Poesie die Königin dünken. Eine Bettlerin ist sie hier!

Während dieses frevelhaften Selbstgesprächs hatte er unverwandt auf das Meer geblickt, das sich mit jeder Viertelstunde tiefer färbte und nur mit langen helleren Streifen glänzend durchschossen blieb. Es fiel dem fieberhaften Thoren nicht ein, daß auch ein Maler hier verzweifelt seine Pinsel weggeworfen hätte. Denn ein großer Theil des unsäglichen Reizes lag eben im Wechsel und Spiel der Töne, in dem lebendigen Wandel der Elemente. Sollen wir gar die andern überspannten Anklagen entkräften, die der Verblendete gegen seine Göttin schleuderte? Aber wir wissen ja, mit wem wir es zu thun haben, mit einem von jenem »reizbaren Geschlecht«, dem das Wort nur darum verliehen zu sein scheint, um sich selber damit ewig zu widersprechen. Und vielleicht erleben wir es, daß er noch am Abend dieses Tages die Zerknirschung, in der er sich viele Meilen weg wünschte, feierlich abbüßt und mit dem heiligen Lucas selbst den Tausch nicht eingehen würde.

Was aber dort zur Linken den Weg heraufkommt, ist freilich nicht dazu angethan, seine Desperation zu dämpfen; vielmehr schlägt sie erst recht in helle Flammen auf. Nur den Umriß! wüthete er vor sich hin, ein paar Dutzend Linien nur! Wie sie auf dem Eselchen einhertrabt, das eine Bein über dem Rücken des Thiers, flach und sicher ruhend,

das andere mit der Spitze des Fußes fast den Boden strei-
fend; und den rechten Ellenbogen auf das ruhende Knie
niedergestützt, die Hand leicht unter dem Kinn, mit der
Halskette spielend, das Gesicht hinausgewendet nach
dem Meer; welche Last schwarzer Flechten im Nacken!
es leuchtet roth darin; ein Korallenschmuck? Nein, frische
Granatblüthen. Der Wind spielt mit dem lose umgeknüpf-
ten Tuch; wie dunkel brennt die Wange, und das Auge, wie
viel dunkler! Könnt' ich nun zu ihr treten und sie bitten,
eine halbe Stunde still zu halten, ganz so wie sie da ist, und
trüge nur einen schwachen Schattenriß dieser herrlichen
Figur davon, für ewig wär's ein Besitz zum Beneiden. Statt
dessen, wenn ich leer zu Menschen zurückkomme und es
ihnen sagen will, wie schön das war, werde ich hören müssen: Wer das gemalt hätte! – Nein, und es ist doch nicht
festzuhalten, diese Anmuth des Ruhens und Bewegens, die
reife Jugendfülle, die stattlichen Züge, auf und ab nickend,
wie das Thier Schritt für Schritt sich bewegt, und zu der
königlichen Würde der Gestalt das Füßchen, das kindlich
hin und her baumelt – kommt her, ihr Pinsel alle, und zau-
bert mir's wieder!

Er war aufgestanden und erwartete die Reiterin, die,
unbekümmert um den fremden Wandrer, in ihrer Stellung
blieb und nur das Thier mit ruhigem Zuruf ermunterte.
Jetzt ritt sie an ihm vorüber, jedoch am Rande des Wegs, so
daß er seinen Gruß, den er ihr hinter dem Rücken zurufen
mußte, nur durch ein gemessenes Nicken ihres Hinter-
haupts belohnt sah. Dabei hob sich freilich das vielver-
schlungene Nest des schwarzen Haars von dem schönsten
Nacken.

Ein ganz besonderer Hauch von Ruhe umgab die schöne Erscheinung, und wie sie nun ihres Weges weiterritt,
ließ keine Miene des Gesichts darauf schließen, daß ihr
die Begegnung mit dem Fremden auch nur so viel Neugier und Reiz erweckt habe, wie es natürlich ist, wenn in

einsamer Stunde, auf verlassenem Bergpfade ein Mann
und ein Weib sich unvermuthet antreffen. Ob sie eine
Frau oder ein Mädchen sei, konnte der Wanderer weder
aus ihrer Kleidung noch aus ihrem Betragen enträthseln.
Zwar schien die erste Jugend vergangen; aber wenn auch
kein Zug von mädchenhafter Erwartung, Verheißung und
Verschlossenheit in dem gleichmüthigen Gesicht zu entdecken war, so belebte doch eine Frische und Reinheit den
Umriß dieser Wangen, wie sie den verheiratheten Frauen
in jener Gegend selten eigen sind. Ihre Tracht war halb
städtisch, nur der seidene Rock kürzer und das Mieder tief
in den Nacken ausgeschnitten. Die knappen Aermel hatte
sie aufgestreift, die Stirn war von keinem Tuch gegen die
Sonne geschützt, und ein breiter Strohhut hing müßig am
Sattel des Thiers.

Erst als sie ihm um die Windung des Weges zu ent-
schwinden drohte, besann er sich und ging mit starken
Schritten ihr nach. Bald war er neben ihr, aber eigensinnig
wie zuvor wanderte das Thier am Rande des Abhangs weiter und ließ ihm nur einen schmalen Raum zwischen dem
Strohhut und der Wand des Berges. Auch während des
Gesprächs, das er nun anknüpfte, drehte sich die Reiterin
keinen Augenblick nach ihm um. Ihre Stimme klang tief;
ihr Dialekt war schlechtes Neapolitanisch. Allein so kurz
sie antwortete, lag doch in ihrem Ton weder der Wunsch,
den Frager abzufertigen, noch ihn durch neckischen Trotz
zu fesseln.

Ihr kommt von Sorrent, schöne Einsame? fragte er.

Nein, von Meta.

Ihr habt Freunde dort besucht?

In der Kirche war ich.

Und reitet nach Sant' Agata hinauf zum Fest?

Nein, Herr.

Dies aber ist der Weg, der hinaufführt?

Nein, Herr.

So thut mir den Gefallen, mir den rechten zu zeigen.

Ihr müßt zurückgehen, sagte sie, noch immer ohne sich umzusehn, und den nächsten Steig, der links hinaufführt, verfolgen, so kommt Ihr auf die Fahrstraße.

Wenn ich zurück muß, lasse ich lieber das Fest fahren, als das Vergnügen, noch so lang es Euch nicht lästig wird neben Euch her zu gehn.

Wie Ihr wollt, der Weg ist nicht für mich allein gebahnt worden.

Wißt Ihr, daß es freundlich von Euch wäre, wenn Ihr das Gesicht einmal zu mir hin kehrtet?

Sie that es gelassen, ohne eine Miene zu bewegen. Was ist? fragte sie. Was habt Ihr mir zu zeigen?

Ich denke, I h r habt mir was zu zeigen.

Ich?

Ihr seid schön. So zeigt mir Eure Augen.

Das Meer ist noch schöner als ich, und Ihr thätet klüger es anzusehen, als Augen, die Euch nichts zu sagen haben.

Das Meer? Ich sehe es alle Tage von meinem Altan aus.

Aber ich nicht. Erlaubt denn, daß ich die Gelegenheit benutze! – Und sie wandte sich wieder ab.

Sieht man das Meer nicht überall von diesen Bergen aus? fragte er.

Meines Bruders Mühle liegt tief drüben in der Schlucht; der Felsen tritt weit davor und das Gestrüpp oben hat die letzte Aussicht überwachsen.

Ihr lebt bei Euerm Bruder?

Ja, Herr.

Aber Ihr werdet nicht mehr lange dort leben, oder die jungen Männer in Meta haben keine Augen.

Mögen sie doch Augen haben. Was gehn mich ihre Blicke an? Ich bin glücklicher bei meinem Bruder, als alle Frauen auf der P i a n a von Sorrent und bis hin nach Neapel.

Habt Ihr nie Verdruß mit der Frau Eures Bruders?

Er hat keine und wird nie eine haben. Er und ich, ich und er – was bedürfen wir mehr, außer dem Schutz der heiligsten Madonna?

Und seid Ihr so sicher, daß es immer so bleibt, daß ihm niemals ein Mädchen gefallen wird?

So gewiß wie ich lebe. Aber was kümmert's Euch? – Und sie trieb mit einem Schlag der Hand den Esel an, daß er die Ohren schüttelte.

Warum ist Euer Bruder nicht mit Euch in Meta gewesen? fragte der Deutsche wieder, obwohl auch das ihn im Grunde nicht zu kümmern brauchte.

Er verläßt die Mühle nie, nur wenn er beichten geht, droben in Deserta.

Ist er krank?

Er mag keine Menschen sehn, außer mir. Und der Anblick des Meers thut ihm weh, seit er damals – Aber wer seid Ihr, daß Ihr mich ausfragt? Seid Ihr ein Prete? Oder von der Polizei in Neapel?

Er mußte lachen. Keins von Beiden, sagte er. Aber zwingt Ihr mich nicht selbst, zu fragen? Wenn Ihr mir das Gesicht zukehrtet, würde ich das Sprechen bald vergessen. Nun muß ich mich durch Eure Stimme zu entschädigen suchen.

Sie maß ihn mit einem ernsthaften Blick und fragte dann: Was habt Ihr immer mit meinem Gesicht? Seid Ihr ein Maler?

Er schwieg einen Augenblick und der alte neidische Verdruß rührte sich wieder in ihm, daß es nur den Malern verstattet sein sollte, einer Schönheit nachzugehen. Freilich, wer darf ihnen übelnehmen, was zu ihrem Handwerk gehört? Die Glücklichen, die mit diesem Freipaß durch die Welt reisen! Denn daß auch er kraft seiner Art und Kunst ein Recht habe, sich in die Züge dieses Mädchens zu vertiefen, wie konnte er ihr das klar machen, die sicherlich von der edlen Zunft der Poeten keine Ahnung hatte!

Du willst es auch einmal so gut haben, dachte er bei sich und antwortete mit dreister Stirn: Allerdings, ein Maler bin ich, und wenn Ihr erlaubt – aber wie heißt Ihr denn?

Teresa.

Wenn Ihr erlaubt, schöne Teresa, begleitete ich Euch gern in Eure Mühle, um ein Bild von Euch in meinem Skizzenbuch zu entwerfen.

Er that diese leichtsinnige Bitte unbedenklich, da es ihn stark gelüstete, auch den Bruder zu sehn und einen Blick in die Häuslichkeit der einsamen Geschwister zu werfen. Wenn es dann zum Treffen kam, so sollte sich schon irgend ein Ausweg finden. Und war seine Lüge nicht auch eine Nothlüge? That es ihm nicht aufrichtig noth, noch länger in Teresa's Augen zu sehn?

Sie besann sich ein Weilchen. Dann sagte sie: Wenn Ihr ein Maler seid, so macht ein Bild von mir, das ich meinem Bruder geben kann. Sterb'ich einmal, so hat er mich immer vor Augen, wie bei meinem Leben. – Seht Ihr den breiten Bach, der dort aus der Schlucht vorspringt und sich über den Weg in die Tiefe stürzt? Er treibt unsre Mühle, und wir müssen rechts einbiegen und ihn verfolgen. Der Regen hat ihn sehr angeschwellt, und der schmale Pfad in der Schlucht ist nicht zu passiren. Wartet! Ihr sollt Euch auf den Esel setzen und hinaufreiten, während ich ihn führe.

Ihr ihn führen, zu Fuß? Nimmermehr, Teresa!

So bleibt Ihr eben unten; denn wenn Ihr auch barfuß hinaufstieget durch das Wasser, wie ich, Ihr kennt das Bett und den Weg nicht und stürzet bei jedem Schritt.

Sie hatte das Thier schon angehalten und sich leicht hinabgeschwungen. Während er noch zaudernd stand, und der Gedanke, daß er sie täuschte, ihn denn doch beunruhigte, hatte sie schon Schuh und Strümpfe von den schönen Füßen gestreift und faßte nun, ihn ruhig fragend anblickend, den Zaum des Esels.

Mag es denn sein! sagte er halb lachend. Obwohl ich eine wenig ritterliche Figur machen werde, wenn ich Euch das schlimmere Theil überlasse.

Er saß auf und sie zogen dem Bache zu, das Mädchen voran, den Zügel um ihren Arm geschlungen. Als sie an die Schlucht kamen, warf sie noch einen letzten vollen Blick über das Meer; dann lenkte sie, des Wassers, das sie umrauschte, nicht achtend, rechtsab in den Bach hinein, der, um große Steine sich wälzend, die ganze Breite der Schlucht ausfüllte. Hier war es kühl und dämmerhaft nach der Tageshelle draußen, und tief hing das Gesträuch zu beiden Seiten der Felsenenge herein. Der Deutsche, während das Thier ihn vorsichtig von Stein zu Stein trug und den Gischt, der bis an seine Brust spritzte, gewähren ließ, sah aufwärts und gewahrte einige hundert Schritt in der Höhe die Mühle, gefährlich in das Gestein eingebaut, grau wie der Felsen neben ihr. Das Rad war gehemmt, des Sonntags wegen; kein andrer Laut übertönte das Getöse des Bachs, als der Schrei eines Sperbers, der über der Schlucht schwebend sich die Brust an dem heraufsteigenden Wasserdunst zu kühlen schien. Indessen schritt Teresa auf der einen Seite dicht am Felsen hin. Dann und wann wurde der Weg unter ihren Füßen sichtbar, während andere Strecken völlig überflutet waren. Sie sprach nichts. Auch war es nicht leicht, sich in dem Lärm der Wellen verständlich zu machen, der den Hohlweg entlang hundertfach in sich selbst wiederhallte. Erst in der Nähe des Hauses traten die Felswände breiter aus einander, der Weg hob sich aus dem Wasser heraus, und der Reiter, sobald er festen Grund unter seinem Thiere sah, sprang auf seine Füße, im Stillen froh, daß wenigstens kein Dritter den abenteuerlichen Zug mitangesehen habe.

Denn die Mühle lag wie ausgestorben; ja selbst davorstehend war der Deutsche noch versucht, sie für eine Coulisse zu halten. Die Fensterläden waren geschlossen, die braune Thür in der grauen Wand hatte keinen Griff und schien gar nicht praktikabel, der Schatten unter dem Dachvorsprung konnte eben so gut gemalt sein. Indessen öffnete das Mädchen das Gitter zu einem in den Felsen gesprengten Stall und ließ den grauen Freund hinein. Dann stieß sie die Hausthür mit leichtem Druck nach innen auf und trat dem Fremden voran über die Schwelle.

Ein Blick genügte, um den Deutschen mit allen Räumen des Innern bekannt zu machen. In der Mitte ein ziemlich breites Gemach, das die ganze Tiefe des Hauses einnahm; der Herd an der Seite, ein schwerer Tisch und hölzerne Stühle in der Mitte; in einem Wandschrank Hausgeräth; zur Rechten nach der Seite des Felsens eine Kammer mit einem Bett; links die Mahlkammer mit dem Radwerk. Eine Thüre in der Hinterwand des Hauses stand ebenfalls offen und man sah in einen freien grünen Platz hinaus, auf den ein einzelner breiter Sonnenstreif fiel. Er mochte einige Morgen im Gevierte haben und war hoch genug über dem Bach gelegen, daß ein Gärtchen dort hätte gepflanzt werden können. Aber der Bergkessel, der den Grund umschloß, war zu hoch, die Luft zu kühl, um viel gedeihen zu versprechen. Und so wucherte denn nur das Gras auf dem Platz und eine Ziege weidete am Ufer des Wassers. Dort aber, wo durch einen Riß des Berges jener einzelne Sonnenblick hereindrang, standen, wie ein schönes Wunder, zwei einzelne Orangenbäume mitten auf der Wiese, zwar spärlich mit Früchten behangen, doch in voller Frische.

Der Bruder ist nicht zu Haus, Teresa, sagte der Deutsche.

Sie ließ das Auge ruhig über den Wiesengrund schweifen und sagte dann: Seht Ihr ihn nicht drüben wo die Schlucht sich wieder schließt? Der Bach hat an der Mauer gerüttelt, die ihn dort in sein richtiges Bette zwingt. Nun wirft er einen Erddamm hinter die Steine, daß die Wiese nicht überschwemmt wird. Er denkt an Alles, mein Bruder, und kann Alles; Ihr könnt tausend Jahr suchen und findet Keinen, der mehr Genie hat.

Warum verschwendet er's aber hier in der Einsamkeit? Weil er will.

Und seid Ihr hier in der Mühle aufgewachsen, Aermste, und habt nie mehr Sonne gesehen, als dort in die Orangenzweige scheint? Ich kann es nicht glauben; Eure Wangen sind schwerlich auf dem kurzen Ritt Sonntags in die Kirche so dunkel geworden.

Nein, sagte sie; es ist noch nicht volle vier Jahr, daß wir hier wohnen und Tommaso die Mühle gekauft hat. Wollt Ihr's glauben? Er hatte vorher, wo wir in Neapel waren und er seine Fischerei trieb, keinen Gedanken was ein Mühlenrad sei und wie die Steine umlaufen. Und am ersten Tag, wo wir hier heraufgekommen waren, – der alte Müller war eben gestorben – brachte er's in Gang, als hätte er's von kleinauf gethan. O, ein Mensch wie Tomà, am Hof des Königs ist kein Klügerer!

Während dieser Worte gelang es dem Fremden nicht, das Gesicht des Mannes zu sehen, der am äußersten Ende des Wiesenlandes rüstig an seiner Arbeit war und sich nach der Mühle nicht umwandte. Er erkannte nur eine hohe Gestalt, schwarzes krauses Haar unter dem grauen Hut, eine Jacke von dunkler Farbe lose über der Schulter hängend. – Was hat ihm nur die Stadt und das Meer und sein schönes Gewerbe verleidet? fragte er jetzt die Schwester, die neben ihm stand.

Sie schien die Frage überhört zu haben. Wißt Ihr was? sagte sie, setzt Euch und fangt das Bild an, damit es fertig ist, wenn mein Bruder wieder ins Haus kommt. Dann frag' ich ihn, wer es sei, und erkennt er's, so giebt er Euch was Ihr wollt dafür, denn wir sind nicht arm, müßt Ihr wissen. Als wir in Neapel lebten, hatte mein Bruder sieben Fischer unter sich, und fuhr in drei Kähnen ins Meer, und hätte auch wohl ein Landgut kaufen können, statt der Mühle hier. Was hilft ihm nun sein Geld bei seinem schweren Herzen! – Setzt Euch, Herr; ich will nicht mehr schwatzen, Ihr sollt den Mund ganz still und richtig aufs Papier malen und die Augen und Alles.

Unser Freund stand in nicht geringer Verlegenheit, als er sah, daß es Ernst werden sollte. Es ist etwas dunkel hier, sagte er mit klopfendem Herzen.

So gehen wir auf die Wiese.

Dort ist es wieder zu hell, Teresa. Ihr wißt nicht, wie schwierig es ist, das rechte Licht zu finden.

Wartet, sagte sie, und öffnete rasch die Fensterläden. Ich meine, es ist nun ein hübsches Licht im Hause. Ich wenigstens, wenn ich's gelernt hätte, ich wollt' Euch hier aufs Haar an die Wand zeichnen.

Nun denn, sagte er kecklich, so fangen wir an.

Er schob zwei Stühle an das eine Fenster, das die Schlucht hinunter den ganzen Lauf des Baches übersah, und bat sie, niederzusitzen. Jene Blätter, die er zu sich gesteckt, um irgend eine Eingebung der Muse darauf festzuhalten, zog er hervor und legte sie auf sein Knie, den Stift in der Rechten. Eine tiefe Röthe überflammte die braunen Wangen des Mädchens, als sie nun seinen Blick gespannt auf sich ruhen fühlte. Ihr Auge, über dem die dichte Wimper wie die Schwinge eines schwarzen Falters auf und nieder ging, war starr hinaus gerichtet und in wenig Augenblicken feucht umwölkt durch die Spannung des Blicks. Er bat sie, frei sich zu bewegen, es werde darum nicht schlechter werden. Auch konnte er es sich nicht versagen, an ihrem starken Haar sich ein wenig zu schaffen zu machen. Teresa – ! sagte er.

Was ist?

Nichts. – – Es war ihm unmöglich, dem großen Blick ihrer Augen gegenüber etwas Zärtliches oder Fades zu sagen. Wie fest und breit und eben war die Stirn, die Brauen wie ruhig geschweift! Er hatte sich jetzt entschlossen, eine

halbe Stunde lang eifrig zu thun, als sei er im besten Werk
begriffen, um dabei des Anblicks sich zu erfreuen; dann
aber das Blatt rasch zu zerreißen, seinen schlechten Tag
und sein verwirrtes Auge zu schelten und sich zu verab-
schieden.

Als er nun eben ruhig seine Stellung gewählt hatte
und die Miene des Anfangens machte, bemerkte er in der
Schlafkammer drüben an der Wand ein männliches Bild-
niß in schwarzem Rahmen, das ihm einen willkommenen
Vorwand gab, noch einmal inne zu halten.

Ihr habt da ein schönes Bild Eures Bruders, sagte er,
und stand auf, es näher zu betrachten. Wer hat es gemalt?
In der That, eine treffliche Arbeit. Welch ein sanftes und
feuriges Gesicht! Es macht mich immer neugieriger, ihn
selber zu sehen.

Den dieses Bild vorstellt, sagte sie zögernd, werdet Ihr
nie mehr lebend sehn.

So ist es nicht Euer Bruder?

Es war sein Freund. Er starb jung und Viele haben ihn
beweint.

Es thut Euch weh, Teresa, davon zu sprechen; verzeiht,
daß ich so viel zudringliche Fragen thue. Er nahm seinen
Platz am Fenster wieder ein. Die Röthe war von ihrem
Gesicht verschwunden, und ihre Augen sahen erloschen
aus. Nach einer Pause, in der nur das Rauschen von der
Schlucht herauf an ihr Ohr drang, fing sie von selbst wieder an:

Ihr habt Recht, sanft und feurig war er, ein Kind konnte ihn betrügen, und doch für die, die er liebte, hätte er
sich in den Vesuv gestürzt, wenn sie es verlangt hätten. Die
Männer sind alle schlecht, sagt Tommaso. Aber ihn nahm
er aus und hatte recht. Wer ihn ansah, wußte, keine reinere
Seele athmete die Luft unterm Monde. Ist es ein Wunder,
daß Tommaso das Meer haßt, welches ihm einen solchen
Freund verschlungen hat? daß er ein schweres Herz hat

seit jenem Tag, wo er mit ihm hinausfuhr zum Fischen und ohne ihn wiederkam? Niemand hat es ihm verdacht, daß er tiefsinnig ward von Stund an und sein Gewerbe ihm verleidet war.

Er war auch ein Fischer, wie Euer Bruder?

Er war ein Sänger, Herr, aber ein armes Fischerkind; seine Eltern leben noch heut. Schon als Knabe in den Kirchen schmolz er Allen das Herz, wenn er zu singen anfing. Ein reicher Onkel von ihm, der eine Trattorie am Strande hatte, ließ ihn dann lernen bei einem Singmeister; er sollte zur Oper gehn. Und nun stellt Euch vor, am Tage vor seinem ersten Auftreten, wo ganz Neapel schon von nichts Anderm sprach, kommt er so gegen Abend zu meinem Bruder; denn sie kannten sich von Kind an und hielten noch immer zusammen. Tomà, sagt er, wollen wir noch eine Meerfahrt machen? Ich habe zu thun, Nino, sagt mein Bruder; die Netze müssen herein, und der Beppo, sagt er, der Knecht, muß mit. – Laß ihn zu Hause, Tomà, ich helfe dir schon, ich hab's nicht verlernt über dem Notenlesen. – Und so fahren sie Beide hinaus, ich sehe sie noch immer, den Bruder am Steuer, Nino am Ruder; sein Haar flammte in der Abendsonne, und er hatte die Augen auf unser Haus gerichtet; immer steht mir der Blick vor der Seele. Und die Sonne war kaum hinunter, da hör' ich Ruderschlag und springe unter die Thür, um sie zu grüßen – aber Tommaso war allein im Kahn und ruderte wie ein Rasender und schrie mir zu: Guten Abend, Teresa; ich soll dich grüßen von Nino, er schläft schon, unten am Meeresgrund – ! Und mehr hört' ich nicht.

Entsetzlich! die schöne hoffnungsvolle Jugend! Wie war es nur möglich, das Unglück, da sie zu Zweien waren und den Kahn hatten?

Das schwere Netz zog ihn hinab. Der Pflock, an dem es im Kahne festhing, wich plötzlich aus der Fuge und schoß über Bord, und er mit den Armen übergebeugt, das Netz zu fassen, verstrickte sich in den Maschen und der Kahn schlug um, und wie Tommaso wieder auftaucht, sieht er den leeren Kahn ruhig in der Abendröthe schwimmen und von Nino nur den Strohhut mit dem Bande, das ich ihm Tags vorher darangeheftet hatte. – –

Armer Nino!

Beklagt Ihr ihn? Er ging geradeswegs in das Paradies ein, und singt vor dem Thron der Madonna mit seiner goldenen Stimme. Beklagt meinen Bruder, Herr; dem liegt sein Frieden unten im Meer versunken und kein Taucher bringt ihn herauf. Seit jenem Tag hat er nicht mehr gelacht, mein armer Tommaso. Und ehe er ins Gebirge ging, verbrannte er seinen Kahn und seine Netze, und die Leute standen am Ufer und sagten: Er hat Recht, der Arme! denn man wußte, daß sie wie Brüder gewesen waren.

Sie schwieg und sah in die Schlucht hinunter, die Hände still in die Schooß gelegt. Er aber hielt die Blätter müßig auf den Knieen und versenkte seine Gedanken in das wundersame Schicksal, das auf ihrem Gesicht zu lesen war. Alle Bitterkeit des Erlebten schien verschwunden zu sein, das reine Bild des Jünglings ihr vor der Seele zu stehn und die »goldne Stimme« sie zu umklingen.

Um so heftiger erschrak der Fremde, als er diese edlen Züge plötzlich sich in wilder Leidenschaft verfinstern sah. Wie ein Schwan, der eine Schlange sieht, fuhr sie mit einem kurzen zischenden Tone auf vom Sitz, zitternd am ganzen Leibe, die Brust arbeitete, die Lippen erblaßten und öffneten sich krampfhaft. Was ist Euch, Teresa, um des Himmels willen? rief er. Sie versuchte vergebens, ein Wort zu sprechen. Da folgte sein Blick der Richtung des ihrigen, der fest auf einen Punkt am Ende der Schlucht geheftet war. Aber was er sah, steigerte nur sein Erstaunen; denn durchaus nichts Furchtbares war's, was langsam dort unten den überschwemmten Weg heraufkam, vielmehr eine Gestalt, in ihrer Art nicht minder anziehend, als ihm vorher Teresa erschienen war. Ein blondes junges Weib, ganz in Schwarz gekleidet, erstieg, behutsam durch das Wasser watend, den Weg zur Mühle. Die Schuh und Strümpfe trug sie in der Linken, mit der Rechten hatte sie den faltigen Rock hoch zusammengeschürzt, freilich mit etwas mehr Dreistigkeit, als vorher Teresa gethan. Ein Strohhut, von dem breite schwarze Bänder flatterten, saß ihr, wie vom Winde zurückgeweht, tief im Nacken, und ließ das blühende Gesicht völlig sehen, dessen leuchtendes Weiß und Roth schon aus der Ferne heraufschimmerte. Die Augen aber hatte sie auf den Weg gesenkt.

Wer ist diese Frau, Teresa? fragte der Deutsche, und warum verwandelt Ihr Euch so bei ihrem Anblick?

Was wird er sagen? murmelte sie vor sich hin, ohne der Frage zu achten. Sie ist noch schöner geworden, noch schlimmer! Was soll das Schwarz? Wenn der Alte gestorben wäre – ! Heilige Madonna!

Eine Jagd schneller Gedanken schien an ihr vorüberzuziehn. Sie komme nur! sagte sie endlich, sie komme nur! Wir fürchten sie nicht, wir kennen sie. – Dann, sich erinnernd, daß sie nicht allein war, sprach sie hastig: Ihr müßt dort hinein, in die Mühlenkammer. Sie darf Euch hier nicht finden, sie haßt mich, und wer weiß, was sie mir nachredete, wenn sie einen Fremden hier getroffen hätte. Steht auf, Herr, und um Jesu willen, haltet Euch ruhig, daß sie Euch nicht hört. Ich denke, es währt nicht lange.

Wenn ich Euch im Wege bin, Teresa, so will ich dort hinaus auf der andern Seite der Schlucht.

Ihr findet Euch nicht hinaus auf jener Seite, und hinunter dürft Ihr nicht, [an] der Hexe vorbei.

Ueberlegt Ihr's auch wohl, Teresa? Und wenn Euer Bruder in die Mühlenkammer träte und einen Fremden dort versteckt sähe? –

Mein Bruder kennt mich, sagte sie stolz. Fort!

Nur ein Wort noch. Wer ist sie? was fürchtet Ihr von diesem Weibe?

Alles; aber ich kenne Tommaso. Sie ist die Frau von Nino's Onkel. Als man den Todten fand, bei Puzzuoli ans Ufer gespült, da blieb ihr Auge allein trocken; Gott verzeihe ihr's, ich nicht! denn sie haßte mich, weil mich Viele schöner fanden, als sie. Nun will sie mir meinen Bruder rauben, die Listige. Tommaso aber kennt sie; er und ich – ich und er, wer will uns scheiden? – Tretet in die Kammer, Herr, und haltet Euch still. Hernach sag' ich's meinem Bruder, warum ich es gethan.

Sie drängte ihn hinein und zog die Thür hinter ihm fest an; dann hörte er, wie sie eilig durch die Hinterthür auf die Wiese ging. Er aber, allein gelassen in seinem Gefängniß, konnte sich zuerst einer starken Aufregung und Beklommenheit nicht erwehren. Dann jedoch gewann der Reiz des Abenteuers die Oberhand, und er überlegte, wie er sich in allen möglichen Fällen zu benehmen haben würde. Während dem sah er sich unter den mancherlei fremdartigen Dingen um; das einfache Radwerk musterte er, die großen Siebe und Bütten, die Mühlsteine der verschiedensten Größe, die an der Wand lehnten. Dort im Winkel war Tommaso's Bett aufgeschlagen, ein Gebetbuch lag auf der Decke, ein Weihkessel hing zu Häupten an der Wand. Alles Licht, was in die Kammer fiel, drang von der Seite des Mühlenrades durch große Oeffnungen herein, durch die man in die Speichen sah und auf das jenseitige Felsenufer der Schlucht. Aber auch in der Wand, die den Mühlenraum von dem mittleren Gemache schied, entdeckte er bald eine Oeffnung, die ihn den größten Theil desselben übersehen ließ. Hier faßte er Posto und wartete mit wachsender Spannung der Dinge, die kommen würden.

Nicht lange, so traten von der Wiese her die Geschwister ins Haus. Er sah Tommaso's Gesicht unter einer Fülle schwarzer Lockenhaare, von einer zwillinghaften

Aehnlichkeit mit den Zügen der Schwester. Eine tiefe zurückgehaltene Bewegung belebte jede Muskel und glänzte unheimlich aus den finstern Augen. Die Jacke glitt ihm von der Schulter, ohne daß er's bemerkte; lange stand er mit gekreuzten Armen am Tisch und nickte zuweilen mit der hohen Stirn, als hörte er der Schwester aufmerksam zu, die seinen Arm gefaßt hatte und mit heftigem Flüstern, für den Deutschen unvernehmbar, zu ihm redete. Aber seine Gedanken schienen abwesend zu sein. Zuweilen zuckte seine volle Unterlippe; doch schwieg er während der ganzen Zeit. Er konnte nicht über dreißig Jahre alt sein; eine herrlichere Männergestalt entsann sich der Späher in der Mühlkammer nie gesehen zu haben.

Da klopfte es an der äußeren Thür. Im Nu flog Teresa von des Bruders Seite fort auf einen Sessel am Herd, an den der Spinnrocken gelehnt stand. Als Tommaso, der seine Stellung nicht verließ, herein! rief und die Thür sich aufthat, schwang Teresa den Rocken und schien schon eine Stunde so gesessen zu haben. Auch ihr Gesicht war kalt und gelassen.

Mit einigem Zögern trat die blonde Frau herein und machte sich, während sie den ersten Gruß sagte, mit ihrer Kleidung zu schaffen, offenbar um ihre Erregung zu verbergen. Sie schüttelte vom Saum ihres Rockes die Tropfen ab, warf die Schuhe nieder und zog sie leicht an die nackten Füße. Jede Bewegung war weich, anmuthig, halb bewußt, halb natürlich reizvoll. Das Gesicht, erhitzt vom Wege, glühte über und über, und die schwarze Kleidung ließ die Zartheit ihrer Farben und das matte Blond des Haars in diesem südlichen Lande um so wundersamer erscheinen. Sie war kleiner als Teresa, voller und schmiegsamer, rascher, wenn sie sich bewegte. Aber die braunen Augen trugen alles Feuer des neapolitanischen Himmels in sich.

Guten Abend, Teresa! Wie geht's, Tommaso? sagte sie.

Ihr seid's, Lucia? erwiederte das Mädchen. Was führt Euch von Neapel herüber in unsre Einsamkeit?

Nehmt Platz, Lucia, und seid willkommen, sagte der Bruder, ohne sich ihr irgend zu nähern.

Sie folgte der Aufforderung und saß am Fenster nieder, immer noch mit ihrer Kleidung beschäftigt. Ich hatte in Carotta zu thun, fing sie wieder an, indem sie den Strohhut abnahm und ihr Haar aus der Stirn strich. Da dacht' ich, ehe ich wieder heimfuhr, Euch zu besuchen, Teresa. Der Weg hier herauf ist schlecht; wir hatten böses Wetter.

Für die Mühle war es gut, sagte Teresa kurz.

Lucia ließ ihre Augen im Gemach herumgehen und leicht über Tommaso's Gesicht gleiten, der in scheinbarer Gleichgültigkeit mit einem Stück Kreide, das auf dem Tisch gelegen, einen Strich neben den andern malte. Die drei Menschen wußten, daß entscheidende Worte fallen sollten, und Jeder wollte dem Andern den Eingang dazu überlassen.

Bring doch ein Glas Wein für Lucia! sagte Tommaso jetzt, ohne die Schwester anzublicken. – Teresa spann eifrig fort. Die Fremde sprach nach einigem Zaudern:

Lasset den Wein; ich habe nicht lange Zeit zu bleiben. Der Abend sinkt herein und mein Boot wartet auf mich an der Marina von Carotta; denn ich will auf die Nacht nach Neapel zurück. Wie lange haben wir uns nicht gesehen! Warum kommt Ihr nie nach Neapel herüber, Teresa? Der Winter muß hart sein hier in der Schlucht.

Keine Zeit ist mir hart mit meinem Bruder zusammen, entgegnete das Mädchen. Und was hab' ich in Neapel zu suchen? Es zieht mich zu Niemand dort, zu Niemand.

Wieder schwiegen sie alle. Endlich wandte der Mann sich nach der Schwester und sagte ruhig: Hast du dem Thier den Stall gemacht für die Nacht, Teresa?

Sie zuckte zusammen, denn sie verstand den Wink. Aber wie sie aufsah, erkannte sie an seinem festen Blick, daß es des Bruders Wille war; und rasch den Spinnrocken wegstellend, verließ sie das Gemach; und man hörte sie draußen absichtlich laut an der Gitterthür des Stalles sich zu thun machen, um jeden Verdacht, als ob sie horche, abzuschneiden.

Dem Deutschen auf seinem Lauerposten schlug das Herz, als er die Beiden nun allein einander gegenüber sah. Obwohl die Vergangenheit dieser Menschen ihm nur zur Hälfte offen lag, wußte er doch genug, um eine Scene der seltsamsten Art vorauszufühlen. Er sah bald den Mann, bald die schöne Frau am Fenster an, und seine eigne Lage wurde immer peinlicher, wenn er sich sagte, daß die Worte, die auf Beider Lippen schwebten, für keines andern Menschen Ohr bestimmt sein konnten. Einen Moment dachte er daran, sich in die entfernteste Ecke der Mühlenkammer zurückzuziehen. Aber jeder Schritt konnte ihn verrathen, und so mußte er stehen bleiben, wo er stand.

Das Schweigen drinnen dauerte noch eine kurze Zeit. Dann sagte Lucia:

Eure Schwester haßt mich, Tommaso, was habe ich ihr zu Leide gethan?

Der Bruder zuckte die Achseln.

Seht, fuhr sie fort, es hat mir oft keine Ruhe gelassen, wenn ich dachte, daß sie es vielleicht allein ist, die Euch so fern von uns gehalten hat. Sie gönnt es Keinem, daß Ihr nur ein Wort an ihn richtet. Sie allein will Euch haben.

Ihr irrt, sagte er trocken. Ich hatte meine eignen Gründe, daß ich aus Neapel fortging.

Ich weiß, Tomà, ich weiß. Es begreift es ein Kind, daß Ihr damals die Lust am Meere verlort, nach jenem Unglück. Aber sie wäre schon wiedergekommen, wenn Teresa Euch nicht zugeredet hätte, Euch hier in der Wildniß und Oede einzuschließen. Erleben wir nicht alle unsre Schicksale und müssen doch aushalten unter den Menschen? Kommt das Unglück nicht vom Himmel? Und darf es uns so versteinern, daß wir die Menschen hassen, die doch nichts dafür können?

Nichts dafür können? Das ist die Frage.

Sie sah ihn durchdringend an. Ich versteh' Euch nicht, Tomà. Ich verstehe Vieles nicht mehr, seit Ihr fort seid. Warum habt Ihr mir auf die Briefe nicht geantwortet, die ich Euch durch Angelo, den Bauern, geschickt habe? Er sagte mir doch, er habe sie Euch allein übergeben, beide; sonst könnte ich denken, Teresa habe Euch das Antworten verwehrt.

Die Briefe? Ich habe sie verbrannt.

Und was antwortet Ihr jetzt darauf?

Lucia, ich habe kein Wort gelesen, das darin stand.

Sie zuckte zusammen. Er aber fuhr fort:

Euer Mann ist gestorben, wie mir Angelo sagte; er thut mir leid, er war ein Galant'uomo, und das Unrecht, das ich gegen ihn auf dem Herzen habe, brennt mich noch heut. Ihr seid jung und schön, Lucia; Ihr werdet bald einen Andern finden, einen Jüngeren. Seid glücklich mit ihm!

Damit warf er das Stück Kreide fort und ging die Hände auf den Rücken gelegt, durch das Zimmer. Sie folgte seinen Bewegungen mit ängstlicher Spannung. Endlich sagte sie:

Weiß Teresa, daß ich Witwe geworden?

Sie erfuhr es erst aus Eurem schwarzen Kleid. Wir haben die vier Jahre her Euren Namen zwischen uns nicht genannt.

Wenn Ihr die Briefe nicht gelesen habt, so wißt Ihr auch nicht, daß mein Mann Euch dreihundert Piaster vermacht hat; Ihr müßt aber selbst nach Neapel kommen, sie beim Gericht abzuholen, wo sie für Euch niedergelegt sind.

Sie können dort liegen bleiben, bis an den jüngsten Tag, sagte er ohne sich zu besinnen, wenn Ihr nicht vorzieht, sie den Armen zu geben. Ich hole sie nicht, auch wenn ich

sie nöthiger brauchte, als Gottlob der Fall ist. Geld von
E u r e m Manne, Lucia! Lieber verhungern!

Wie redet Ihr? sprach sie leise, mit einer Stimme, die
von Bestürzung zitterte. Wie soll ich dieses Alles deuten?
Es war sonst anders zwischen uns, Tommaso!

Um so schlimmer, daß es anders war! –

Sie stand von ihrem Sitz auf und that einige Schritte auf
ihn zu, mit scheuen Augen die seinigen suchend. Die aber
bohrten sich fest in die Platte des Tisches, hinter den er
wieder getreten war, als suche er etwas Fremdes zwischen
sich und das schöne Weib zu bringen, zum Schutz gegen
ihre Reize. Sie hatte die rechte Hand fest unter die volle
Brust gelegt; der Deutsche sah durch die Wandspalte die
blauen Adern auf dem runden Arm und wie die schmalen
Finger bebten an dem klopfenden Herzen.

Was habe ich Euch gethan, Tomà? sprach sie kaum hör-
bar. Hat man mich verleumdet bei Euch, so sagt es mir,
Alles, und ich will meine Finger auf die Hostie legen und
schwören, daß ich mir keiner Schuld bewußt bin. Wie eine
Begrabene hab ich gelebt mit meinem Manne, seit Ihr
fortgegangen, und Niemand kann aufstehn und sagen, daß
die Wirthin der Sirena ihm einen Blick oder ein Lächeln
gegönnt hat.

Das ist Eure Sache und war die Sache des Todten. Wa
rum kommt Ihr her und sagt das m i r ?

Große Thränen traten ihr ins Auge, als sie die harten
Worte hörte, und er fühlte es wohl, wie tief der Schlag getroffen hatte, obwohl er sie noch immer nicht ansah. Darum sagte er nach einer Weile:

Was hilft es, daß wir durch die Maske sprechen, und
unsre Stimmen verstellen? Gerade heraus, Lucia: Du bist
gekommen, um mir zu sagen, daß du nun frei seiest und
Niemand mehr im Wege stehe zwischen uns Beiden. Aber
ich sage dir, es steht doch Einer zwischen uns, und wir sind

verdammt für unsere Sünden ewige Flammen zu fühlen und ewig getrennt zu sein.

So entschieden er sprach, so lebte doch die Hoffnung wieder auf in ihr. Für unsere Sünden? sagte sie rasch. Was haben wir uns vorzuwerfen? Hat es mir je eine andere Frucht getragen, daß wir uns liebten, als Seufzen und Weinen aus der Ferne? Wenn ich mich jetzt an deinen Hals stürzen dürfte, wäre es nicht unser erster Kuß? Aber wohl weiß ich, wer zwischen uns steht, Tommaso: – deine Schwester.

Er schüttelte heftig den Kopf. Nein! nicht sie! Aber frage mich nicht, und denke nicht, daß du ihn jemals aus dem Wege räumen kannst, unsern Feind; er ist keiner von den Lebenden. Geh nach Neapel zurück, Lucia, und komm nie wieder herauf nach der Mühle. Ich will, ich darf Dich nicht wiedersehen.

Sie trat dicht an den Tisch heran, ihm gegenüber, daß ihn die heftige Bewegung selbst erschütterte und er plötzlich aufsah. Alle Schrecken einer verzweifelnden Leidenschaft standen ihr im Gesicht. Ich gehe nicht, sagte sie mit gewaltsamer Festigkeit, oder ich muß Alles wissen. Tommaso, mein Mann ist todt, Nino schläft lange in seinem Grab, deine Schwester soll in meinem Hause sein wie die Herrin und ich wie die Magd; bei dem ersten bösen Wort von mir zu ihr magst du mich ausstoßen, als hätt' ich Feuer unter dein Dach gelegt; und du sagst – und ich seh' es –, daß dein Herz noch nicht verwandelt ist: wer steht noch zwischen uns, Tommaso?

Der Tisch zitterte, auf den der junge Mann sich stützte. Ich will es dir sagen, keuchte er dumpf heraus; aber dann geh und frage nicht weiter. N i n o steht zwischen uns! –

Du betrügst mich, antwortete sie. Du willst meine Gedanken von Teresa ablenken, damit ich es ihr nicht eines Tages vergelte, was sie mir angethan. Du wirst es noch einmal bereuen, daß du mit mir Aermsten gespielt hast und mich dann weggeworfen. Und auch sie, auch sie soll die Unnatur büßen, dich hier vor der Sonne versteckt zu halten, wie der Geizige seinen Schatz. Ich gehe.

Bei Christi Blut, Lucia, ich betrüge dich nicht. Es ist wahr, meine Schwester hat dir eine Sache nie verziehen. Aber das ist es nicht – und du weißt nicht, wie ich es meine, wenn ich sage: Nino steht zwischen uns! Niemand weiß es, Teresa am wenigsten. Sie stürbe, wenn sie es wüßte.

Und wenn ich es wüßte?

So würden dir alle Gedanken an den Elenden vergehen, und du würdest den Weg zur Mühle nicht wieder finden.

Er bedeckte sein Gesicht mit den Händen.

Du irrst, sagte sie, das kann nie geschehen. Es ist ein Wahn, was zwischen uns liegt, und ich werde ihn wie einen Rauch wegblasen, wenn du ihn mir zeigst. Wo nicht, so finde ich keine Ruhe Tag und Nacht, und über's Jahr hörst du, daß du mich ins Grab gestürzt hast.

Er schauderte in sich zusammen und schien einen letzten Kampf zu kämpfen. Dann sah er sie trostlos, glühend, starr und lange an und sprach: Es muß a u s werden, ich will die verzehrende Qual, dich zu sehen und dir zu entsagen, nicht zum zweiten Mal zu überstehen haben. Schwöre mir bei deiner Seligkeit, Lucia, daß du Niemand sagen willst, was noch Niemand von mir gehört und was du nun hören sollst. Auch in der Beichte und im Sterben komme das Wort nicht über deine Lippen. Es ist nicht, weil es mir selbst zum Verderben wäre, wenn die Menschen es wüßten; aber Teresa überstünde es nicht. Schwöre, Lucia!

Sie erhob die Hand. Bei unserer Seligkeit schwöre ich dir's zu, Tommaso, Niemand soll es wissen außer mir und dir. –

Er seufzte tief auf und warf sich in einen Stuhl, die Arme auf die Knie stützend und den Boden zu seinen Füßen anstarrend. Lucia, sprach er halblaut, ich habe die Wahrheit gesagt, Nino steht zwischen uns, jetzt im Tode,

wie damals im Leben. Er war rein und unschuldig wie
Abel, und auch ihm zur Seite stand ein Kain. Kain floh in
die Wildniß; begreifst du's nun.

Sie schwieg.

Du hast Recht, fuhr er fort. Wer kann es begreifen?
Aber es kommen Stunden, wo die Hölle Macht hat über
uns, daß es ist, als säße ein fremdes Gespenst in unserer
Brust, und knebelte alle rechtschaffenen Gedanken, und
nur die teuflischen ließe es frei, zu thun, was sie wollten.
Haben w i r ' s dann gethan, was hernach das Ende davon
ist? – Das soll mir einmal ein Pfaffe auslegen, das weiß
Keiner!

Wie ich den Jungen geliebt habe! Ermordet hätt' ich
den Wahnwitzigen, der mir ins Gesicht nur mit einem
Hauche schlecht von ihm gesprochen hätte! Wenn ich ihn
singen hörte, vergaß ich alle Sorgen; wenn er in mein Haus
kam, wurde es helle darin. Einem eigenen Sohn oder Bruder kann man nicht mehr anhängen. Stolz war ich auf ihn.
Als Neapel von seiner Stimme zu reden anfing, sagt' ich
wie ein Narr zu den Leuten: das ist u n s e r Nino, mein
alter Spielkamerad! Und wußte mir was damit, als hätte
ich ihm die Stimme aus dem Meer gefischt und geschenkt.
und wie war er zu mir! Da er schon berühmt war und bei
Prinzen und Grafen sang und die stolzen Damen sich um
einen seiner Blicke beneideten, – er kam nach wie vor in
unser Haus am Strande und war am liebsten mit uns, und
manchesmal, wenn ich ihm auf dem T o l e d o begegnete,
mein Netz über der Schulter, ließ er einen andern Bekannten stehn, und faßte meinen Arm und ging eine Strecke
mit mir. Niemand war so holdselig; kein Falsch in ihm,
kein Sündhaftes. Er hätte alle Weiber in Neapel haben
können, aber seine Gedanken waren ohne allen schmutz
des Bluts. Ich habe ihn oft darum ausgelacht; ich wußte
damals noch nicht, wer ihm das Herumlieben verleidete.

Nur Ein Böses hat er mir gethan, daß er mich zu seinem
Onkel ins Haus führte, als der brave Alte von Capua nach
Neapel zog und die Sirena kaufte. Er kam wohl vor Allem,
um sich an Nino's Glück zu freuen, das sein Werk war.
Warum mußte er kommen und Euch mitbringen, Lucia!
Seit der Stunde schon verlor ich Nino, der Himmel weiß,
nicht durch seine Schuld. Aber wer konnte ihm darum
gram werden, außer mir und Euch, daß er über die Ehre
seines Wohltäters wachte?

Es war ihm nie eingefallen sonst, mir Vorwürfe zu machen über meine Liebeshändel, obwohl er auch keinen
sonderlichen Gefallen daran hatte, wenn ich ihm von der
oder jener Frau sprach, die mich gerade im Netz hatte. Er
war unschuldig, wie der Erzengel Rafael; aber er kannte
auch die Welt und wußte, daß nicht alle waren wie er, und
war fern davon, die Menschen ändern zu wollen. Auch
als er bald merkte, wie es um uns stand, Lucia, – nie kam
ein Wort über seine Lippen. Ihr aber wißt wohl, daß er es
allein war, der all unsre Listen und Anschläge vereitelte.
Ich schäumte in mir; hundertmal schwor ich mir, sobald
ich ihn wiedersähe, ihm alle Freundschaft aufzukündigen,
wenn er ferner Eure Schwelle bewachte, eifersüchtiger als
der Onkel selbst, als ein Bruder, als ein Verliebter. Denn
er liebte Euch nicht und kein Neid auf mich war mit im
Spiel. Sah ich ihn dann, so zerbiß ich mir die Lippen, aber
sagte kein Wort, und fast wurde die Raserei nach Euch
gelinder in mir, wenn ich seine Stimme hörte.

Es schien, er las mir alle meine Gedanken in der Brust.
Vielmals redete er mit mir vom Onkel, wie gut er sei, wie
harmlos, und wie viel er an ihm gethan habe. Er sah mich
dann zutraulich an, als wollte er sagen: Nein, Tomà, es ist
nicht möglich, daß du einen Mann betrübst, dem dein
Freund A l l e s zu danken hat. Und ist er nicht auch gegen
dich die Güte, das Vertrauen selbst?

Ich verstand ihn wohl; aber wenn ich Euch dann begegnete, verschlang mir die Wuth der Liebe alle Vorsätze, alle Bedenken. Mein Gewissen verdorrte wie ein Baum neben der fließenden Lava. Und ein Jahrlang so herumzugehen, ich, der nie über eine Frist von vierzehn Tagen hinaus mich zu gedulden gelernt hatte! Schon einmal, als der Onkel nach Ischia gefahren war, Ihr entsinnt Euch, und wir aufathmeten, er aber sich ein Zimmer in der Sirena ausbat, um Noten abzuschreiben, weil der Lärm in seiner eigenen Wohnung ihn störe – schon damals hatt' ich finstre Gedanken. Ich wollt' ihm was unter den Wein mischen, was mir ein Bekannter gegeben; es sollte einen Menschen vierundzwanzig Stunden lang in Schlaf bringen. Dann aber entsetzte ich mich. Wenn es ein Gift wäre? Oder es schadete ihm an seiner Stimme? Ich that es nicht, aber es blieb ein Stachel in mir zurück gegen ihn, und von Stund an wich ich ihm aus, denn sein Anblick verdroß mich, als wenn er mir nach dem Leben gestanden hätte.

So kam der Tag näher, wo er zum ersten Mal in der Oper singen sollte. Was wir für jenen Abend abgeredet hatten, Lucia, Ihr wißt es wohl. Hätte ich Euch nicht gekannt, – mein Haus hätte indessen abbrennen können, und ich wäre vor dem letzten Ton, der Nino's Triumph sein sollte, nicht von meinem Platz im Theater gewichen. Nun war all mein Sinnen nur darauf gerichtet, was mich erwartete, wenn ich nach dem ersten Akt mich fortschliche in die Sirena, wo Ihr die Kranke spielen wolltet, um nicht mit dem Onkel in die Oper zu müssen.

Da kam er am Abend vorher, wie Ihr wißt, und beredete mich, ihn mit aufs Meer zu nehmen. Welcher Engel oder Teufel hatte ihm unser Geheimniß zugeraunt? denn er wußte es, und kaum daß wir allein auf der See zusammen waren, sagte er mir's ins Gesicht, das erste Mal, daß er mich offen zur Rede stellte. Ich leugnete Alles. Tomà, sagte er, wenn du mir nicht versprichst bei unserer alten

Freundschaft, davon abzustehen, so ist es mein Unglück. Ich werde singen wie ein Rabe, sie werden mich auszischen und Alles, was ich je gehofft hatte, wird für immer dahin sein. Mein Bruder, sagte er, ich fordere es von dir! Ich könnte ja hingehen, und den Onkel warnen. Aber er wüßte dann, welche Frau er hat, und wenn ich auch deinen Namen nicht nennte, wären wir ewig geschieden, du und ich. Versprich mir's also, das eine Opfer kann ich dir wohl werth sein. – Ich schwieg hartnäckig und sah nach den Netzen, und hörte zuletzt gar nicht mehr, was er redete, denn Euer Bild stand vor mir, Lucia, und das Blut tobte mir in den Schläfen.

Eine Stunde nachher kam ich allein im Boot nach der Küste zurück. – –

Die letzten Worte verhallten dunkel und tonlos, und die beiden Gestalten, er auf seinem Sitz, das Gesicht immer tiefer zwischen den Knieen herabgesunken, die Frau bleich wie eine Todte, verharrten so lange wie Bilder, während es dunkler im Zimmer ward und draußen durch das Rauschen des Bachs Teresa's Stimme erklang, die ein Ritornell anstimmte, wie um den Bruder zu erinnern, daß er ihr die Pein des Wartens nicht ohne Noth verlängern solle. Und in der That weckte die Stimme den versunkenen Mann. Er erhob sich vom Sessel und neigte sich über den Tisch dichter zu dem regungslosen Weibe.

Nein, Lucia, sagte er heiser, ich habe damals nicht gelogen. Das Netz zog ihn in die Tiefe, seine Füße verstrickten sich, nicht ich habe den Kahn umgestoßen; aber das ist nicht Alles. Ich saß noch am Steuer, als er schon hinuntergestürzt war. Eisig war mein Gebein, meine Augen stierten auf den Strudel neben mir, der sich über seinem Haupt geschlossen hatte, ich sah die Blasen aufsteigen, als wollten sie mir zurufen: er athmet noch da unten! Und jetzt, jetzt tauchte eine seiner Hände über den Wellen auf und haschte nach einer festen Hand seines Freundes, eine

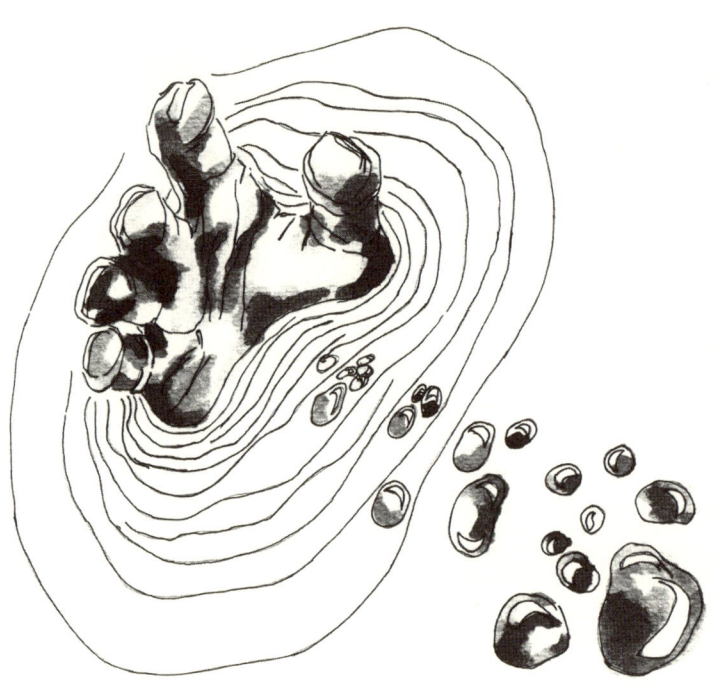

Bootslänge nur sah ich sie von mir entfernt – ein silberner Ring glänzte am kleinen Finger in der Sonne – nur das Ruder hätt' ich hinzustrecken brauchen und er war gerettet, Lucia! Wollte ich ihn denn nicht retten? mußte ich es nicht wollen? hielt ich nicht das Ruder auf den Knieen, und nur ein Ruck des Armes und die Hand mit dem Ring hätte sich darum festgeklammert? Aber da saß das Gespenst in meiner Brust und lähmte mir jede Faser und verstockte mir jeden Blutstropfen; wie vom Schlage gerührt saß ich fest, Euer Bild tanzte auf den Wellen, der Onkel, Nino, mir schwindelte, zu schreien versucht' ich – und immer stierte ich auf die Hand – und die Hand sank, jetzt bis an den Ring, jetzt bis an die Fingerspitzen, und jetzt – war sie versunken.

Erst da ließ mich die Hölle los; ich schrie wie ein Toller, ich sprang über Bord, daß der Kahn umschlug und tauchte hinab, und wieder auf, und wieder hinab, und fand ihn nicht, obwohl ich sonst hundertmal eine kleine Münze vom Meeresgrund heraufgeholt habe, und schwamm endlich wieder zu meinem Boote zurück, die Verzweiflung im Herzen und das Lachen der Hölle vor meinen Ohren. Aber das Maß war noch nicht voll. Wie ich nach Hause kam ohne ihn, brach meine Schwester am Herd zusammen wie eine verloschende Flamme; der Ring am Finger jener Hand, die aus den Wellen gestarrt hatte, war i h r Ring. Tags zuvor hatte sie ihn mit dem seinigen getauscht, ohne daß ich es wußte. –

Er warf sich wieder in den Stuhl zurück und kehrte das Gesicht mit geschlossenen Augen gegen die Decke. Der Lauscher in der Mühlenkammer hörte ihn lange wie einen schwer Schlafenden röcheln aus der gepreßten Brust, während das unglückliche junge Weib sich mehrmals mit der Hand über die Stirne fuhr, die kalten Tropfen wegzuwischen. Das Furchtbare, das sie vernommen, hatte ihre

Züge, die weich und sinnlich waren, geadelt; sie war schöner als zuvor, aber sie dachte nicht mehr daran.

Zuletzt schien Tommaso wie aus einem Halbschlummer aufzuwachen. Seid Ihr noch hier, Lucia? sprach er hastig. Was wollt Ihr noch von Tommaso? Seht Ihr sie nicht auch zwischen uns, die Hand mit dem silbernen Ring, die überall vor mir auftaucht und gen Himmel weis't? Wenn wir am Altare stünden und Ihr strecktet mir Eure Hand mit dem Goldreif entgegen, das Haar würde mir aufstehen, meine Augen sich verwirren, Gold wie Silber, Lucia's Hand wie Nino's scheinen, und Teufel mich aus der Kirche peitschen. – Geht heim, Lucia; vergeßt dies Alles, haltet Euern Schwur und betet für Tommaso!

Damit stand er auf und trat an den Herd. Der Deutsche sah, wie sie heftig zitterte. Wird es nie anders werden? hauchte sie endlich hervor. – Er schüttelte nur, ihr abgewandt stehend, die Locken und machte mit dem Zeigefinger die Geberde des Verneinens. – So behüte Euch Gott, Tomà; so gieße die Madonna Trost in Euer Herz und Schlaf zu Nacht auf deine Augen, Tomà, und – auf die meinen – die ewig nach dir weinen werden! Ich danke dir, daß ich Alles weiß; ich könnt' es sonst nicht tragen, daß wir uns verloren haben. Ich danke dir, daß du mich noch liebst; verlern' es nicht, es ist Alles, was ich noch habe! – –

Er sah nicht mehr nach ihr um, sah die Thränenflut nicht, die ihr still aus den Augen stürzte, nicht das Winken mit beiden Händen zum Abschiedsgruß und ihr gewaltsames Sich-Abwenden um zu gehen. Sie ließ die Thür offen hinter sich, und die Schwester, die gleich nach dem Abschied hereinstürzte, fand ihn noch wie vorher am Herd. Tomà! rief sie mit dem wildesten Schluchzen und Jauchzen und schlang die Arme um den stillen Mann, du hast ihr abgesagt, Du bist mein, wir bleiben unser! – Jetzt erst sah sie die tiefe Blässe auf seinem Gesicht und erschrak. Wehe! rief sie, so tief ging es Dir ans Leben? Nein, Tomà, das nicht, das sollst du nicht für mich thun. Noch erreicht sie deine Stimme; rufe sie zurück, mein Bruder, sage ihr –

Still, Kind! unterbrach er sie fest und zwang ein Lächeln auf seinen Mund, während die Augen mit der schmerzlichsten Innigkeit auf ihre Stirne niederblickten. Es ist vorbei und zu Ende. Ich bringe kein Opfer, glaub es Kind, d i r kein Opfer. Wärest du vor vier Jahren aus der Ohnmacht nicht wieder aufgelebt, ich hätte dennoch zu ihr gesprochen, wie ich gethan. – Es wird bald Nacht sein. Ich will noch einen Gang in die Schlucht hinauf machen, und sehen, wie es oben steht mit dem Mühlbach. Ich sehe dich noch vor Schlafengehen, meine Schwester, meine Teresa! Morgen ist ein neuer Tag.

Er küßte sie auf die Stirn und verschwand durch die Thür, die nach der Wiese ging.

Erst eine geraume Weile später wagte der Fremde die Thür der Mühlenkammer zu öffnen. Teresa erschrak, als er zu ihr trat; sie hatte seine Nähe, wie es schien, völlig vergessen. Ihr habt Alles gehört, sagte sie ernsthaft; besorgt nicht, daß ich Euch ausfrage. Tommaso wollte nicht, daß ich es höre; das ist mir genug. Wo lebt auf Erden ein Bruder wie er? Sagt, ob mein Loos nicht zu beneiden ist! O Tommaso!

Er nickte stumm und reichte ihr die Hand. Gute Nacht, Teresa, sagte er. Ich brauche Euch nicht zu bitten, daß Ihr es Euerm Bruder niemals sagt, wer seinem Gespräch mit Lucia zugehört hat. Es könnte ihm doch nur ein verhaßter Gedanke sein, daß ein Fremder Zeuge war, wo die eigene Schwester ausgeschlossen blieb.

Wie soll er es erfahren, erwiederte sie feierlich. Einen Bruder wie ihn zu betrüben, – wie käme mir das in den Sinn, für die er sein Leben gäbe! –

Er mußte sich abwenden, um nicht zu verrathen, wie furchtbar ihre arglose Hingebung an Den, der ihr das Theuerste entwendet, ihm durchs Herz schnitt. Worte des innersten Antheils schwebten ihm auf der Zunge; er unterdrückte sie, denn sie erwartete Glückwünsche von ihm und das Zeugniß, daß sie des Neides werth sei. Er sah den silbernen Ring an ihrem Finger und an der Wand drüben das Bild des Todten, und sagte sich: dies sieht Tommaso Tag für Tag und muß leben und dulden, daß die Schwester ihn liebt! –

Teresa, sagte er, erhalte dir Gott den Frieden, den du gerettet hast. Leb wohl! Ich nehme dein Bild mit hinweg, anders als ich dachte, aber unvergänglicher!

Sie trennten sich rasch, ohne viel zu reden auf dem Wege die Schlucht hinab, den er wieder auf dem Rücken des Thiers zurücklegte. Noch lange stand er unten und sah nach der Mühle hinauf und ließ sich von der Kühle des Bachs seine heiße Stirn umwehn. Die Nacht brach herein. Er konnte noch nicht den Heimweg suchen; seine Gedanken trieben ihn weit über die Höhen auf wechselnden Pfaden. Als er einen Felsenabhang erstieg, der sich weit ins Meer vorstreckte, gewahrte er am äußersten Rande eine männliche Gestalt, der die Locken im Winde ums Haupt flatterten. Der Mann spähte unverwandt über das Meer hinaus, wo in der Richtung von Carotta nach Neapel ein winziges Boot tief unten das Segel blähte. Er glaubte den Einsamen dort oben zu erkennen und zu wissen, wer in dem Boote saß, und in tiefer Bewegung schlug er den nächsten Pfad ein, der ihn zu den Wohnungen glücklicherer Menschen hinunter führte. Die Muse, nach deren Anblick er über Tag vergebens geseufzt hatte, war ihm erschienen. Aber das Antlitz, das sie ihm zeigte, war streng und ehern, und scheuchte zur Sühne für seinen verzagten Unmuth bis weit über Mitternacht den Schlaf von seinem Haupt.

Andrea Delfin

Eine venezianische Novelle

In jener Gasse Venedigs, die den freundlichen Namen »della Cortesia« trägt, stand um die Mitte des vorigen Jahrhunderts ein einfaches, einstöckiges Bürgerhaus, über dessen
niedrigem Portal, von zwei gewundenen hölzernen Säulen
und barockem Gesims eingerahmt, ein Madonnenbild in
der Nische thronte und ein ewiges Lämpchen bescheiden
hinter rothem Glase hervorschimmerte. Trat man in den
unteren Flur, so stand man am Fuße einer breiten, steilen
Treppe, die ohne Windung zu den oberen Zimmern hin-
aufführte. Auch hier brannte Tag und Nacht eine Lampe,
die an blanken Kettchen von der Decke herabhing, da in das
Innere nur Tageslicht eindrang, wenn einmal die Hausthür
geöffnet wurde. Aber trotz dieser ewigen Dämmerung war
die Treppe der Lieblings-Aufenthalt von Frau Giovanna
Danieli, der Besitzerin des Hauses, die seit dem Tode ihres Mannes mit ihrer einzigen Tochter Marietta das ererbte
Häuschen bewohnte und einige überflüssige Zimmer an
ruhige Leute vermiethete. Sie behauptete, die Thränen, die
sie um ihren lieben Mann geweint, hätten ihre Augen zu
sehr geschwächt, um das Sonnenlicht noch zu vertragen.
Die Nachbarn aber sagten ihr nach, daß sie nur darum von
Morgen bis Abend auf dem oberen Treppenabsatz ihr Wesen treibe, um mit jedem, der aus- und einginge, anzubinden und ihn nicht vorüberzulassen, ehe er ihrer Neugier
und Gesprächigkeit den Zoll entrichtet habe. Um die Zeit,
wo wir sie kennen lernen, konnte dieser Grund sie schwerlich bewegen, den harten Sitz auf der Treppenstufe einem

bequemen Sessel vorzuziehen. Es war im August des Jahres 1762. Schon seit einem halben Jahr standen die Zimmer, die sie vermiethete, leer, und mit ihren Nachbarn verkehrte sie wenig. Dazu ging es schon auf die Nacht, und ein Besuch um diese Zeit war ganz ungewöhnlich. Dennoch saß die kleine Frau beharrlich auf ihrem Posten und sah nachdenklich in den leeren Flur hinab. Sie hatte ihr Kind zu Bett geschickt und ein paar Kürbisse neben sich gelegt, um sie noch vor Schlafengehen auszukernen. Aber allerlei Gedanken und Betrachtungen waren ihr dazwischen gekommen. Ihre Hände ruhten im Schooße, ihr Kopf lehnte am Geländer, es war nicht das erste Mal, daß sie in dieser Stellung eingeschlafen war.

Sie war auch heute nahe daran, als drei langsame, aber nachdrückliche Schläge an die Hausthür sie plötzlich aufschreckten. Misericordia! sagte die Frau, indem sie aufstand, aber unbeweglich stehen blieb, was ist das? Hab' ich geträumt? Kann er es wirklich sein?

Sie horchte. Die Schläge mit dem Klopfer wiederholten sich. Nein, sagte sie, Orso ist es nicht. Das klang anders. Auch die Sbirren sind es nicht. Laß sehen, was der Himmel schickt. – Damit stieg sie schwerfällig hinunter und fragte durch die Thür, wer Einlaß begehre.

Eine Stimme antwortete: es stehe ein Fremder draußen, der hier eine Wohnung suche. Das Haus sei ihm gut empfohlen; er hoffe, lange zu bleiben und die Wirthin wohl zufrieden zu stellen. Das alles wurde höflich und in gutem Venetianisch vorgetragen, so daß Frau Giovanna, trotz der späten Zeit, sich nicht bedachte, die Thür zu öffnen. Der Anblick ihres Gastes rechtfertigte ihr Vertrauen. Er trug, so viel sie in der Dämmerung sehen konnte, die anständige, schwarze Kleidung des niederen Bürgerstandes, einen ledernen Mantelsack unter dem Arme, den Hut bescheiden in der Hand. Nur sein Gesicht befremdete die Frau. Es war nicht jung, nicht alt, der Bart noch dunkelbraun, die

Stirn faltenlos, die Augen feurig, dagegen der Ausdruck des Mundes und die Art, zu sprechen, müde und überlebt, und das kurzgeschorene Haar in seltsamem Gegensatz zu den noch jugendlichen Zügen völlig ergraut.

Gute Frau, sagte er, ich habe Euch schon im Schlafe gestört, und vielleicht sogar vergebens. Denn, um es gleich zu sagen: wenn Ihr kein Zimmer habt, das auf einen Canal hinausgeht, bin ich nicht Euer Miether. Ich komme von Brescia, mein Arzt hat mir die feuchte Luft Venedigs empfohlen für meine schwache Brust; ich soll überm Wasser wohnen.

Nun, Gott sei Dank! sagte die Witwe, so kommt doch einmal einer, der unserem Canal Ehre anthut. Ich hatte einen Spanier vorigen Sommer, der auszog, weil er sagte, das Wasser habe einen Geruch, als wären Ratten und Melonen darin gekocht worden! Und Euch ist es empfohlen worden? Wir sagen wohl auch hier in Venedig:

Wasser vom Canal

Curiert radical.

Aber es hat einen eigenen Sinn, Herr, einen bösen Sinn, wenn man bedenkt, wie manches Mal auf Befehl der Oberen eine Gondel mit Dreien auf die Lagunen hinausfuhr und mit Zweien wiederkam. Davon nichts mehr, Herr – Gott behüt' uns alle! Aber habt Ihr Euren Paß in Ordnung? Ich könnt' Euch sonst nicht aufnehmen.

Ich hab' ihn schon drei Mal präsentiert, gute Frau, in Mestre, bei der Wachtgondel draußen und am Traghetto. Mein Name ist Andrea Delfin, mein Stand rechtskundiger Schreiber bei den Notaren, als welcher ich in Brescia fungiert habe. Ich bin ein ruhiger Mensch und habe nie mit der Policei gern zu schaffen gehabt.

Um so besser, sagte die Frau, indem sie jetzt, ihrem Gaste voran, die Treppe wieder hinaufstieg. Besser bewahrt, als beklagt, ein Aug' auf die Katze, das andere auf die Pfanne, und es ist nützlicher, Furcht zu haben als Schaden.

O, über die Zeiten, in denen wir leben, Herr Andrea! Man
soll nicht drüber nachdenken. Denken verkürzt das Leben, aber Kummer schließt das Herz auf. Da seht, und sie
öffnete ein großes Zimmer, ist es nicht hübsch hier, nicht
wohnlich? Dort das Bett, mit meinen eigenen Händen hab'
ich's genäht, als ich jung war, aber am Morgen kennt man
nicht den Tag. Und da ist das Fenster nach dem Canal, der
nicht breit ist, wie Ihr seht, aber desto tiefer, und das andere Fenster dort nach der kleinen Gasse, das Ihr zuhalten
müßt, denn die Fledermäuse werden immer dreister. Seht
da überm Canal, fast mit der Hand abzureichen, der Palast
der Gräfin Amidei, die blond ist, wie das Gold, und durch
eben so viel Hände geht. Aber hier steh' ich und schwatze,
und Ihr habt noch weder Licht noch Wasser und werdet
hungrig sein.

Der Fremde hatte gleich beim Eintreten das Zimmer
mit raschem Blick gemustert, war von Fenster zu Fenster
gegangen und warf jetzt seinen Mantelsack auf einen Sessel. Es ist Alles in der besten Ordnung, sagte er. Ueber den
Preis werden wir uns wohl einigen. Bringt mir nur einen
Bissen und, wenn Ihr ihn habt, einen Tropfen Wein. Dann
will ich schlafen.

Es war etwas seltsam Gebieterisches in seiner Geberde,
so milde der Ton seiner Worte klang. Eilig gehorchte die
Frau und ließ ihn auf kurze Zeit allein. Nun trat er sofort
wieder ans Fenster, bog sich hinaus und sah den sehr engen Canal hinab, der durch kein Zittern seiner schwarzen
Flut verrieth, daß er Theil habe an dem Leben des großen
Meeres, dem Wellenschlag der alten Adria. Der Palast gegenüber stieg in schwerer Masse vor ihm auf, alle Fenster
waren dunkel, da die Vorderseite nicht dem Canal zuge-
kehrt war; nur eine schmale Thür öffnete sich unten, dicht
über dem Wasserspiegel, und eine schwarze Gondel lag angekettet vor der Schwelle.

Das alles schien den Wünschen des neuen Ankömmlings durchaus zu entsprechen, nicht minder auch, daß man ihm durch das andere Fenster, das nach der Sackgasse ging, nicht ins Zimmer sehen konnte. Denn drüben lief eine fensterlose Wand ohne andere Unterbrechung als einige Vorsprünge, Risse und Kellerlöcher hin, und nur den Katzen, Mardern und Nachtvögeln konnte dieser düstere Winkel angenehm und wohnlich erscheinen.

Ein Lichtstrahl aus dem Flur drang ins Gemach, die Thür öffnete sich, und mit der Kerze in der Hand trat die kleine Witwe wieder ein, hinter ihr die Tochter, die in der Eile noch einmal hatte aufstehen müssen, um beim Empfange des Gastes zu helfen. Die Gestalt des Mädchens war fast noch kleiner, als die der Mutter, erschien aber doch durch die höchste Zierlichkeit und kaum gereifte Schlankheit aller Formen größer und wie auf den Fußspitzen schwebend, während man auch im Gesicht dieselbe Aehnlichkeit und denselben Unterschied, der auf Rechnung der Jahre kam, auf den ersten Blick erkannte. Nur der Ausdruck in beiden Gesichtern schien niemals einander ähnlich werden zu können. Es war zwischen den dichten Brauen der Frau Giovanna ein Zug von Spannung und kummervollem Harren, der auch mit den Erfahrungen des Alters auf Marietta's klarer Stirn nie dauernd eine Stätte finden konnte. Diese Augen mußten immer lachen, dieser Mund immer ein wenig geöffnet sein, um jeden Scherz unverzüglich hinauszulassen. Es war unendlich drollig zu sehen, wie jetzt in diesem Gesichtchen Verschlafenheit, Ueberraschung, Neugier und Muthwille mit einander kämpften. Sie bog beim Eintreten den Kopf, dessen lose Flechten mit einem schmalen Tuche umwunden waren, seitwärts, um den neuen Hausgenossen zu sehen. Auch seine ernste Miene und sein graues Haar stimmten ihre Munterkeit nicht herab. Mutter, flüsterte sie, indem sie einen großen Teller mit Schinken, Brod und frischen Feigen und eine halbvolle

Flasche Wein auf den Tisch stellte, er hat ein curioses Gesicht, wie ein neues Haus im Winter, wenn der Schnee aufs Dach gefallen ist.

Schweig, du schlimme Hexe! sagte die Mutter rasch. Weiße Haare sind falsche Zeugen. Er ist krank, mußt du wissen, und du solltest Respect haben, denn Krankheiten kommen zu Pferde und gehen zu Fuß, und Gott behüte dich und mich, denn die Kranken essen wenig, aber die Krankheit frißt Alles. Hole nun ein wenig Wasser, so viel wir noch haben. Morgen müssen wir früh auf und neues kaufen. Sieh, er sitzt da, als ob er schliefe. Er ist müde von der Reise, und du bist müde vom Stillesitzen. So ist die Welt verschieden.

Während dieser halblauten Reden hatte der Fremde am Fenster gesessen und den Kopf in die Hand gestützt. Auch als er jetzt aufsah, schien er die Gegenwart des zierlichen Mädchens, das ihm eine Verbeugung machte, kaum zu bemerken.

Kommt und eßt etwas, Herr Andrea, sagte die Witwe. Wer nicht zu Nacht ißt, hungert im Traum. Seht, die Feigen sind frisch, und der Schinken zart, und dies ist Cyperwein, wie ihn der Doge nicht besser trinkt. Sein Kellermeister hat ihn uns selbst verkauft, eine alte Bekanntschaft noch von meinem Manne her. Ihr seid gereis't, Herr. Ist er Euch nicht einmal begegnet, mein Orso, Orso Danieli?

Gute Frau, sagte der Fremde, indem er einige Tropfen Wein ins Glas goß und eine der Feigen aufbrach, ich bin nie über Brescia hinausgekommen und kenne Keinen dieses Namens.

Marietta verließ das Zimmer, und man hörte sie, während sie die Treppe hinunterflog, ein Liedchen mit heller Stimme vor sich hin singen.

Hört Ihr das Kind? sagte Frau Giovanna. Man hielte sie nicht für meine Tochter, obwohl auch eine schwarze Henne ein weißes Ei legt. Immer singen und springen, als wären wir hier nicht in Venedig, wo es gut ist, daß die Fische stumm sind, weil sie sonst reden würden, was einem das Haar sträubte. Aber so war ihr Vater auch, Orso Danieli, der erste Arbeiter auf Murano, wo sie die bunten Gläser machen, wie nirgend auf der Welt. Ein fröhlich Herz macht rothe Wangen, das war sein Spruch. Und darum sagte er eines Tages zu mir, Giovannina, sagte er, ich halt' es hier nicht aus, die Luft schnürt mir die Kehle zu, gestern erst ist wieder einer erdrosselt und mit dem Fuß an den Galgen gehenkt worden, weil er freie Reden geführt hat gegen die Inquisitoren und den Rath der Zehn. Man weiß, wo man geboren wird, aber nicht, wo man stirbt, und Mancher denkt auf dem Pferde zu sitzen und sitzt auf der Erde. Also, Giovannina, sagte er, ich will nach Frankreich, Kunst bringt Gunst, und der Heller läuft dem Batzen nach. Meine Sache verstehe ich, und wenn ich's draußen zu was gebracht habe, kommst du nach mit unserem Kinde. – Das war damals acht Jahre alt, Herr Andrea. Es lachte, als es der Vater zuletzt küßte; da lachte er auch. Ich aber weinte, da mußte er wohl mit weinen, obwohl er ganz lustig wegfuhr in der Gondel, ich hör ihn noch pfeifen, als er schon um die Ecke war. So ging es ein Jahr. Und was geschah? Die Signoria ließ nach ihm fragen; es dürfe Keiner von Murano sein Gewerk ins Ausland tragen, damit sie es dort ihm nicht absähen, ich sollt' ihm schreiben, daß er wiederkäme, bei Todesstrafe. Ueber den Brief lachte er; aber den Herren vom Tribunal war's nicht spaßhaft.

Eines Morgens, da wir noch zu Bett waren, wurde ich abgeholt, das Kind mit mir, und hinaufgeschleppt unter die Bleidächer, und mußte ihm wieder schreiben, wo ich wäre, ich und unser Kind, und daß ich da bleiben würde, bis er selber mich abforderte in Venedig. Nicht lange, so hatte ich seine Antwort, das Lachen sei ihm vergangen, er wandere dem Brief auf den Fersen nach. Nun, ich hoffte täglich, daß er es wahr machen werde. Aber Wochen und Monde vergingen, und mir ward immer weher ums Herz und kränker im Haupt, denn da droben ist die Hölle, Herr Andrea; nur daß ich das Kind hatte, das nichts von dem Jammer begriff, außer daß es schlecht aß und über Tag heiß hatte; aber dennoch sang es, um mich lustig zu machen, daß mich's vollends angriff, die Thränen zu verhalten. Erst im dritten Monat wurden wir herausgeholt, es hieß, der Glasbläser Orso Danieli sei in Mailand am Fieber gestorben, und wir könnten nach Hause gehen. Ich habe es auch von Anderen gehört – aber wer das glaubt, kennt die Signoria nicht. Gestorben? Stirbt man auch, wenn man Frau und Kind unter den Bleidächern sitzen hat und sie herausholen soll?

Und was meint Ihr, daß aus Eurem Manne geworden sei? fragte der Fremde.

Sie sah mit einem Blick ihm ins Gesicht, der ihn daran gemahnte, daß die arme Frau lange Wochen unter den Bleidächern gelebt hatte. Es ist nicht richtig, sagte sie. Mancher lebt und kommt nicht wieder, und Mancher ist tot, und kommt doch wieder. Aber davon wollen wir schweigen. Ja, wenn ich es Euch sagte, wer steht mir dafür, daß Ihr nicht hingeht und es vor dem Tribunal ausplaudert? Ihr seht aus wie ein Galant'uomo; aber wer ist noch rechtschaffen heutzutage? Von Tausend Einer, von Hundert Keiner. Nichts für ungut, Herr Andrea, aber Ihr wißt wohl, wie es in Venedig heißt:

Mit Lug und Listen kommt man aus,
Mit List und Lügen hält man Haus.

Es entstand eine Pause. Der Fremde hatte längst den Teller weggeschoben und der Witwe gespannt zugehört.

Ich verdenke es Euch nicht, sagte er, daß Ihr mir Eure Geheimnisse nicht vertrauen wollt. Sie gehen mich auch nichts an, und zu helfen wüßte ich Euch ohnedies nicht. Aber wie kommt es, Frau., daß Ihr dieses Tribunal, unter dem Ihr so viel gelitten, dennoch Euch gefallen lasset, Ihr und alles Volk in Venedig? Denn ich weiß zwar wenig, wie

es hier aussieht – ich habe mich nie in politische Fragen
vertieft –, aber so viel habe ich doch gehört, daß erst im vorigen Jahr hier ein Tumult war, um das heimliche Tribunal
abzuschaffen, daß einer vom Adel selbst dagegen auftrat
und der große Rath eine Commission wählte, die Sache zu
bedenken, und Alles in Bewegung gerieth für und wider.
Ich hörte davon sogar in meiner Schreibstube zu Brescia.
Und als endlich Alles beim Alten blieb und die Macht des
heimlichen Gerichts fester gegründet stand, als je, warum
zündete da das Volk Freudenfeuer an auf den Plätzen und
verhöhnte die vom Adel, die gegen das Tribunal gestimmt
hatten und nun seine Rache fürchten mußten? Warum
war niemand, der es hinderte, daß die Inquisitoren ihren
kühnen Feind nach Verona verbannten? Und wer weiß, ob
sie ihn dort am Leben lassen, oder ob die Dolche schon
geschliffen sind, die ihn für immer stumm machen sollen!
Ich – wie gesagt – weiß nur wenig hiervon; ich kenne auch
jenen Mann nicht, und es ist mir Alles sehr gleichgültig,
was hier geschieht, denn ich bin krank und werde es in dieser bunten Welt ohnehin nicht mehr lange treiben. Aber es
wundert mich doch, dieses wankelmüthige Volk zu sehen,
das heute diese drei Männer seine Tyrannen nennt und
morgen frohlockt, wenn die untergehen, welche der Tyrannei ein Ende machen wollten.

Wie Ihr da redet, Herr! sagte die Witwe und schüttelte
den Kopf. Ihr habt ihn nie gesehen, den Herrn Avogadore
Angelo Querini, den sie verbannt haben, weil er der heimlichen Justiz den Krieg erklärte? Nun wohl, Herr, aber ich
habe ihn gesehen und die anderen armen Leute, und sie
sagen alle, er sei ein rechtschaffener Herr und ein großer
Gelehrter, der Tag und Nacht die alten Geschichten von
Venedig studirt hat und die Gesetze kennt, wie der Fuchs
den Taubenschlag. Aber wer ihn über die Straße gehen
oder im Broglio mit seinen Freunden stehen sah, so an die
Säule gelehnt und die Augen halb zugedrückt, der wußte,

daß er ein Nobile war von der Feder am Hut bis zu den Schuhschnallen, und was er gegen das Tribunal redete und handelte, war nicht fürs Volk, sondern für die großen Herren. Den Schafen aber ist es gleich, Herr Delfin, ob sie geschlachtet oder vom Wolf gefressen werden, und

Rauft sich der Habicht mit dem Weih,
Ist das Feld für die Hühner frei.

Seht, Lieber, darum war die Schadenfreude groß, als das Tribunal in allen Rechten bestätigt wurde und nach wie vor Niemandem Rechenschaft schulden sollte, als am jüngsten Tage dem Herrgott, und alle Tage dem Gewissen. Im Canal Orfano, von Hunderten, die dort ihr letztes Ave gebetet haben, liegen zehn von den kleinen Leuten neben neunzig von den großen Herren. Aber setzt den Fall, es würden adelige Verbrecher und bürgerliche vom großen Rath öffentlich gerichtet und hingerichtet – Misericordia! wir hätten achthundert Henker, anstatt drei, und der große Dieb hängte den kleinen auf.

Er schien etwas erwidern zu wollen, aber mit einem kurzen Auflachen, das die Wirthin für Zustimmung nahm, hatte es sein Bewenden. Indem trat Marietta wieder herein, ein Gefäß mit Wasser tragend und ein Räucherpfännchen, auf dem ein scharfriechendes Kraut glimmte und ihr seinen Dampf ins Gesicht trieb, daß sie mit Husten, Schelten und Augenreiben die drolligsten Geberden machte. Sie trug das Räucherwerk mit kleinen Schritten dicht an den vier Wänden herum, die mit einer Unzahl Fliegen und Mücken bedeckt waren.

Marschirt da weg, ihr Gesindel, sagte sie, ihr Blutsauger, schlimmer als Advocaten und Doctoren! Hättet ihr auch Lust, Feigen zu Nacht zu essen und Cyper zu naschen? Da könntet ihr wohl lachen, und hernach zum Dank dem Herrn da, wenn er schläft, das Gesicht zerstechen, ihr Meuchelmörder! Wartet, ich will euch was eingeben, das euch ohne Abendessen in Schlaf bringen soll.

Mußt du immer schwatzen, du gottlose Creatur? sagte die Mutter, die allen Bewegungen ihres Lieblings mit
strahlenden Blicken folgte. Weißt du nicht, daß ein Faß, das
klingt, leer ist, und wer viel spricht, wenig sagt? – Mutter,
sagte das Mädchen lachend, ich muß den Mücken ein
Schlaflied singen, und seht, wie es hilft, da fallen sie schon
von der Wand. Gute Nacht, ihr Tagediebe, ihr schlechten
Gesellen, die ihr keine Miethe bezahlt und doch in alle
Töpfe guckt.

Wir sprechen uns morgen wieder, wenn ihr heute nicht
genug bekommen habt.

Sie schwenkte das erlöschende Kraut noch einmal wie
beschwörend überm Haupte und schüttete die Asche in
den Canal, dann verbeugte sie sich rasch gegen den Fremden und lief wie der Wind hinaus.

Ist es nicht eine Hexe, ein häßliches, unerzogenes Geschöpf? sagte Frau Giovanna, indem sie aufstand und sich
ebenfalls zum Gehen anschickte. Und doch gefällt jeder
Aeffin ihr Aeffchen. Und übrigens so klein sie ist und so
nichtsnutzig, so anstellig ist sie auch, und es heißt auch
von ihr:

Bis die Große sich nur bückt,

Hat die Kleine schon das Kraut gepflückt.

Wenn ich das Kind nicht hätte, Herr Andrea! Aber
Ihr wollt schlafen, und ich stehe noch hier und brodle wie
die Suppe überm Feuer. Schlaft wohl und willkommen in
Venedig!

Er erwiederte ihren Gruß trocken und schien es nicht
zu bemerken, daß sie offenbar noch ein lobendes Wort über
ihre Tochter von ihm erwartete. Als er endlich allein war, saß
er noch eine ganze Weile am Tisch, und sein Gesicht wurde
immer düsterer und schmerzlicher. Das Licht brannte mit
langem Docht, die Fliegen, die Marietta's Hexenkünsten
entgangen waren, belagerten in schwarzen Klumpen die
überreifen Feigen, draußen in dem Sackgäßchen flogen die

Fledermäuse ans Fenster und stießen gegen das Gitter –
der einsame Fremde schien für Alles um ihn her erstorben,
und nur die Augen lebten an ihm.

Erst als es Eilf schlug vom Thurm einer nahen Kirche,
richtete er sich mechanisch auf und sah um sich. An der
Decke seines niedrigen Zimmers zog in grauen Streifen
der scharfe Dunst des Räucherkrautes hin, und der Dampf
der Kerze gesellte sich zu der Wolke droben. Andrea öffnete das Fenster nach dem Canal, um die Luft zu reinigen.
Da sah er gegenüber Licht in einem durch einen weißen
Vorhang nur halb geschlossenen Fenster, und konnte durch
die Lücke deutlich ein Mädchen beobachten, welches am
Tisch vor einer Schüssel saß und die Reste einer großen
Pastete hastig verzehrte, mit den Fingern die Bissen zum
Munde führend und dazu dann und wann aus einem Krys-
tallfläschchen trinkend. Das Gesicht hatte einen leichtsin-
nigen, aber nicht eben herausfordernden Ausdruck, nicht
mehr in erster Jugend. In der nachlässigen Kleidung und
dem halb aufgelös'ten Haar lag etwas Studirtes und Be-
wußtes, was doch nicht ungefällig war. Sie mußte längst
bemerkt haben, daß das Zimmer gegenüber einen neuen
Bewohner aufgenommen hatte; aber obwohl sie denselben
jetzt am Fenster sah, fuhr sie ruhig im Schmausen fort, und
nur wenn sie trank, schwenkte sie das Fläschchen erst vor
sich her, als wolle sie einen Mittrinker begrüßen. Darauf
stellte sie die leere Schüssel bei Seite, rückte den Tisch mit
der Lampe so gegen die Wand, daß alles Licht auf einen
breiten Spiegel im Hintergrunde fiel, und begann nun einen Haufen Masken-Anzüge, der auf einem Armsessel
bunt über einander lag, der Reihe nach vor dem Spiegel
anzuprobiren, so daß der Fremde gegenüber, dem sie den
Rücken dabei zudrehte, desto deutlicher ihr Abbild sehen mußte. Sie schien sich nicht wenig in ihren Verklei-
dungen zu gefallen. Wenigstens nickte sie ihrem Bilde aufs
freundlichste zu, lachte sich an, daß Zähne und Lippen

schimmerten, runzelte die Brauen, um eine tragische oder schmachtende Miene zu machen, und sah dabei heimlich seitwärts nach dem Beobachter drüben, den sie ebenfalls durch den Spiegel im Auge behielt. Als die dunkle Gestalt unbeweglich blieb und die erhofften Zeichen des Beifalls auf sich warten ließen, wurde sie ungehalten und bereitete einen Hauptschlag vor. Sie band sich einen großen rothen Turban um die Schläfen, aus dem an blitzender Agraffe eine Reiherfeder hervorsah. Das Roth stand allerdings nicht übel zu ihrer gelben Gesichtsfarbe, und sie machte sich selbst eine tiefe Verbeugung der Anerkennung. Als es aber drüben auch jetzt noch still blieb, riß ihr die Geduld, und sie trat, den Turban noch auf dem Kopf, hastig an das Fenster, dessen Vorhang sie ganz zurückschob.

Guten Tag, Moßu, sagte sie freundlich. Ihr seid mein Nachbar geworden, wie ich sehe. Hoffentlich spielt Ihr nicht die Flöte, wie Euer Vorgänger, der mich die halbe Nacht nicht schlafen ließ.

Schöne Nachbarin, sagte der Fremde, ich werde Euch mit keiner Art von Musik lästig fallen. Ich bin ein kranker Mensch, dem es lieb ist, wenn man ihm selbst seinen Schlaf nicht stört.

So! – erwiderte das Mädchen mit gedehntem Tone. Krank seid Ihr? Aber seid Ihr auch reich?

Nein! Warum fragt Ihr?

Weil es ja schrecklich ist, krank und arm zugleich zu sein. Wer seid Ihr denn eigentlich?

Andrea Delfin ist mein Name. Ich bin Gerichtsschreiber gewesen in Brescia und suche hier einen stilleren Dienst bei einem Notar.

Die Antwort schien ihre Erwartungen von der neuen Bekanntschaft vollends herabzustimmen. Sie spielte nachdenklich mit einer goldenen Kette, die sie um den Hals trug.

Und wer seid Ihr, schöne Nachbarin? fragte Andrea mit einem zärtlichen Tone, der dem eisernen Ausdrucke seines Gesichtes völlig widersprach. Euer holdes Bild so nahe zu haben, wird mir ein Trost sein in meinen Leiden.

Sie fühlte sich offenbar befriedigt, daß er in den Ton einlenkte, den sie zu erwarten berechtigt war.

Für Euch, sagte sie, bin ich die Prinzessin Smeraldina, die Euch erlaubt, von fern nach ihrer Gunst zu schmachten. Wenn Ihr mich diesen Turban aufsetzen seht, so sei es Euch ein Zeichen, daß ich geneigt bin, mit Euch zu plaudern. Denn ich langweile mich mehr, als bei meiner Jugend und meinen Reizen zu ertragen ist. Ihr müßt wissen, fuhr sie fort, indem sie plötzlich aus der Rolle fiel, daß meine Herrschaft, die Gräfin, durchaus nicht erlaubt, daß ich auch nur die kleinste Liebschaft habe, obwohl sie selbst ihre Liebhaber öfter wechselt als ihre Hemden. Sie sagt, daß sie ihre Vertraute und Kammerjungfer stets aus dem Dienste gejagt habe, sobald sie zweien Herren habe dienen wollen, ihr und dem kleinen Gott mit den Flügeln. Unter diesem Vorurtheil muß ich nun seufzen, und fänd' ich nicht sonst hier meine Rechnung, und wohnte nicht zuweilen drüben in Eurem Zimmer ein artiger Fremder, der sich ein wenig in mich verliebt...

Wer ist jetzt gerade der Liebhaber deiner Herrin? unterbrach sie Andrea trocken. Empfängt sie den hohen Adel Venedigs? Gehen die fremden Gesandten bei ihr aus und ein?

Sie kommen meist in der Maske, erwiderte Smeraldina. Aber das weiß ich wohl, daß der junge Gritti ihr der Liebste ist, mehr als jemals ein anderer, so lange ich in ihrem Dienste bin; ja, mehr als der österreichische Gesandte, der ihr so den Hof macht, daß es zum Lachen ist. Kennt Ihr meine Gräfin auch? Sie ist schön.

Ich bin fremd hier, Kind. Ich kenne sie nicht.

Wißt, sagte das Mädchen mit einem schlauen Gesichte, sie schminkt sich stark, obwohl sie noch nicht dreißig ist. Wenn Ihr sie einmal sehen wollt, nichts leichter. Man legt ein Brett von Eurem Fenster in meines, Ihr steigt herüber, und ich führe Euch an einen Ort, wo Ihr sie ganz verstohlen betrachten könnt. Was thut man nicht einem Nachbar zu Liebe! – Aber jetzt gute Nacht! Ich werde gerufen.

Gute Nacht, Smeraldina.

Sie schloß das Fenster. Arm – und krank, sagte sie für sich, indem sie den Vorhang dicht zusammenzog. Je nun, für die Langeweile immer noch gut genug.

Auch er hatte das Fenster geschlossen und durchmaß nun sein Zimmer mit langsamen Schritten. Es ist gut, sagte er, es kommt mir gelegen. Im schlimmsten Falle kann ich auch davon Vortheil ziehen.

Seine Miene zeigte, daß er an Alles eher dachte, als an Liebes-Abenteuer.

Nun packte er seinen Mantelsack aus, der nur wenig Wäsche und ein paar Gebetbücher enthielt, und legte Alles in einen Schrank an der Wand. Eines der Bücher fiel zu Boden, und die Steinplatte gab einen hohlen Ton. Sofort löschte er das Licht, verriegelte die Thür und fing an, in der Dämmerung, die durch den fernen Schein von Smeraldina's Lämpchen entstand, den Boden genauer zu untersuchen. Nach einiger Arbeit gelang es ihm, die Steinplatte, die sauber, aber ohne Mörtel eingefügt war, herauszuheben, und er entdeckte darunter ein ziemlich geräumiges Loch, handhoch und einen Schuh breit im Geviert. Rasch warf er sein Oberkleid ab und band sich einen schweren Gürtel mit mehreren Taschen ab, den er um den Leib trug. Er hatte ihn schon in das Loch gelegt, als er plötzlich inne hielt.

Nein, sagte er, es könnte eine Falle sein. Es ist nicht das erste Mal, daß die Policei in Miethwohnungen dergleichen Verstecke angelegt hat, um hernach bei Haussuchungen zu

wissen, wo sie anzuklopfen hat. Dies ist zu lockend einge-
richtet, um ihm trauen zu können.

Er senkte die Steinplatte wieder ein und suchte nach
einem sichereren Behälter für seine Geheimnisse. Das
Fenster nach der Sackgasse war mit einem Gitter versehen,
dessen Stäbe einen Arm durchgreifen ließen. Er öffnete es,
faßte hindurch und tastete an der Außenwand herum. Er
fand dicht unter dem Sims ein kleines Loch in der Mauer,
das schon einmal Fledermäuse bewohnt zu haben schienen.
Von unten aus konnte es nicht bemerkt werden, und oben
sprang das Gesims darüber vor. Geräuschlos erweiterte er
mit seinem Dolche die Oeffnung, indem er Mörtel und
Steine herausbrach, und war bald so weit gediehen, daß er
den breiten Gürtel bequem darin unterbringen konnte. Als
er fertig war, stand ihm der kalte Schweiß auf der Stirn.
Er fühlte noch einmal nach, ob auch nirgend ein Stück
Riemen oder eine Schnalle hervorstehe, und schloß dann
das Fenster. Eine Stunde später lag er in Kleidern auf dem
Bette und schlief. Die Mücken summten über seiner Stirn,
die Nachtvögel draußen umschwirrten neugierig das Loch,
worin sein Schatz verborgen war. Die Lippen des Schlä-
fers aber waren zu fest geschlossen, um selbst im Traum ein
Wort von seinen Geheimnissen zu verrathen.

In derselben Nacht saß in Verona ein Mann bei seiner
einsamen Lampe und entfaltete, nachdem er Fensterläden und Thür sorgfältig verschlossen hatte, einen Brief,
der ihm heute in der Dämmerung, als er in der Nähe des
Amphitheaters sich erging, von einem bettelnden Capuci-
ner heimlich zugesteckt worden war. Der Brief trug keine
Aufschrift. Aber auf die Frage, woher der Ueberbringer
wisse, daß er das Schreiben in die richtigen Hände gebe,
hatte der Mönch geantwortet: Jedes Kind in Verona kennt
den edeln Angelo Querini wie seinen Vater. Darauf war der
Bote gegangen. Der Verbannte aber, dessen Haft durch die
Achtung, die ihm in das Unglück folgte, gelockert worden

war, hatte den Brief trotz der Späher, die ihn beobachteten, unbemerkt in seine Wohnung gebracht und las jetzt, während der Schritt der Wache draußen am Hause drohend durch die Stille erklang, folgende Zeilen:

»An Angelo Querini.

Ich kann nicht hoffen, daß Ihr Euch der flüchtigen Stunde erinnert, in der ich Euch persönlich begegnet bin. Viele Jahre liegen zwischen damals und heute. Ich war mit meinen Geschwistern in der ländlichen Stille unserer Güter in Friaul aufgewachsen; erst als ich beide Eltern verloren hatte, trennte ich mich von meiner Schwester und dem jüngeren Bruder. Schon nach wenigen Tagen hatte mich der verführerische Strudel Venedigs verschlungen.

Da wurde ich eines Tages im Palast Morosini Euch vorgestellt. Noch fühle ich den Blick, mit dem Ihr uns junge Leute mustertet, Einen nach dem Anderen. Euer Auge sagte: Und das ist das Geschlecht, auf dessen Schultern die Zukunft Venedigs ruhen soll. Man nannte Euch meinen Namen. Unvermerkt lenktet Ihr das Gespräch mit mir auf die große Vergangenheit des Staates, dem meine Ahnen ihre Dienste gewidmet hatten. Von der Gegenwart und den Diensten, die ich ihm schuldig blieb, schwiegt Ihr schonend.

Seit jenem Gespräche las ich Tag und Nacht in einem Buche, das ich früher nie eines Blickes gewürdigt hatte, in der Geschichte meines Vaterlandes. Die Frucht dieses Studiums war, daß ich, von Grauen und Abscheu getrieben, die Stadt für immer verließ, die einst Länder und Meere beherrscht hatte und nun die Sclavin einer kläglichen Tyrannis war, nach außen so ohnmächtig, wie unselig und gewaltthätig nach innen.

Ich kehrte zu meinen Geschwistern zurück. Es gelang mir, meinen Bruder zu warnen, ihm die Fäulniß des Lebens aufzudecken, das von fern sich so gleißend ansah. Aber ich bedachte nicht, daß alles, was ich that, um ihn und uns zu retten, uns nur um so gewisser verderben sollte.

Ihr kennt die Eifersucht, mit der die Machthaber in der Mutterstadt Venedig den Adel der Terraferma von je-her betrachtet haben. Hatte man doch in Zeiten, wo der Republik zu dienen eine Ehre war, nie aufgehört, ein Los-reißen des Festlandes zu fürchten. Jetzt, wo verschuldete und unvermeidliche Uebel eine Aenderung der Weltstel-lung Venedigs herbeigeführt hatten, wurde jene Furcht die Quelle der unerhörtesten Ränke und Frevelthaten.

Laßt mich von den Schicksalen schweigen, die ich in der Nachbarschaft meiner Provinz mit ansah, von den ausge-suchten Mitteln, durch die man die Selbstständigkeit und Unabhängigkeit des Adels von Friaul zu brechen suchte, von dem Heer der Bravi, welches man gegen Widerspänsti-ge schickte und durch eine Unzahl von Amnestie-Decreten selbst von der Strafe ihrer eigenen Gewissen entband. Wie man den Zwist in die Familien zu tragen, Freundschaften zu vergiften, Verrath und Hinterlist im Schooße der engs-ten Blutsgenossenschaft zu erkaufen strebte, das alles ist Euch länger bekannt als mir.

Und nicht lange sollte mich das Andenken, das ich durch meine lockeren Sitten in Venedig zurückgelassen hatte, vor dem Verdachte schützen, daß auch ich eines Ta-ges gefährlich werden könnte. Als ich für meine Schwester um die Erlaubniß nachsuchte, die Hand eines vornehmen deutschen Herrn anzunehmen, wurde die Einwilligung der Regierung rundweg verweigert. Man wähnte mich und meinen Bruder im Einverständniß mit der kaiserlichen Po-litik und beschloß, uns büßen zu lassen.

Eine Beschwerde der Provinz gegen ihren Gouverneur, die ich sammt dem Bruder mit Unterzeichnete, lieferte der Inquisition den Anlaß, das Netz über uns zu werfen.

Mein Bruder wurde nach Venedig gerufen, sich zu verantworten. Als er kam, wurde er unter die Bleidächer geführt, und viele Wochen lang suchte man bald durch Drohungen, bald durch verlockende Anerbietungen ihn zu Geständnissen zu bewegen. Jenen einen Schritt brauchte er nicht zu beschönigen; er war gesetzlich. Anderes hatte er nicht zu gestehen, da wir nichts gegen den Staat unternommen hatten. So mußte man ihn endlich entlassen. Aber man dachte nicht daran, ihn zu begnadigen.

Ich selbst hatte ihn schriftlich gebeten, nicht sogleich abzureisen, um nicht neuen Verdacht zu erwecken. Wir wollten ihn lieber einige Monate länger entbehren. Als er endlich kam, sollten wir ihn nach wenig Tagen für immer missen. Er erlag einem langsam wirkenden Gifte, das man ihm in einem der glänzenden Häuser, die er besuchte, unter die Speisen gemischt hatte.

Noch war der Stein über seinem Grabe nicht aufgerichtet, als der Gouverneur der Provinz meiner Schwester seine Hand antrug. Sie wies sie mit Entrüstung zurück; in ihrem Schmerz entfuhren ihr Worte, die ihren Nachhall im Saale des Inquisitions-Tribunals finden sollten.

Eine neue Anstrengung des Adels von Friaul, die Lage des Landes zu bessern, wurde berathen. Ich hielt mich von den geheimen Anstalten fern, da ich von ihrer Fruchtlosigkeit überzeugt war. Aber das böse Gewissen der Herren der Republik deutete auf mich, als den am härtesten Getroffenen, der einen Bruder zu rächen hatte. Ein Haufen gedungener Bravi überfiel Nachts unsere einsame Villa in den Bergen. Ich hatte nur meine Diener zur Vertheidigung. Als die Elenden uns wohlgerüstet und entschlossen fanden, uns nicht leichten Kaufs zu ergeben, zündeten sie das Haus an vier Ecken an. Ich machte mit meinen Leuten einen verzweifelten Ausfall, die Schwester, die selbst eine Pistole trug, in unserer Mitte. Da streckte mich ein Schlag gegen die Stirn besinnungslos zu Boden.

Erst am Morgen wachte ich auf. Die Stätte war ein menschenleerer Trümmerhaufen, meine Schwester in den

Flammen umgekommen, meine braven Diener theils er-
schlagen, theils in das brennende Haus zurückgetrieben.

Viele Stunden lag ich so neben dem rauchenden Schut-
te und starrte in das leere Nichts, das mir meine Zukunft
bedeutete. Erst als ich unten im Thale Bauern heranziehen
sah, raffte ich mich auf. Eins wußte ich: So lange man mich
am Leben glaubte, würde man mich für einen Feind halten und überall hin verfolgen. Das brennende Grab war
geräumig genug; wenn ich verschwand, würde niemand
zweifeln, daß auch ich dort bei den Meinigen ausruhte. Im
Herumirren auf der Felshöhe fand ich die Brieftasche eines meiner Bedienten, der aus Brescia gebürtig und viel in
der Welt herumgefahren war. Seine Papiere lagen darin; ich
steckte sie zu mir, auf alle Fälle, und floh durch den dichten
Klippenwald. Niemandem begegnete ich, der mich hätte
verrathen können. Als ich mich verschmachtet zu einem
trüben Waldsee bückte, sah ich, daß auch mein Aeußeres
mich nicht verrathen konnte. Mein Haar war in der Einen
Nacht ergraut; meine Züge waren um viele Jahre gealtert.

In Brescia angelangt, konnte ich ohne Schwierigkeit
mich für meinen Diener ausgeben, da derselbe schon als
Knabe die Stadt verlassen hatte und dort keine Verwandten
mehr besaß. Fünf Jahre lang lebte ich wie ein lichtscheuer
Verbrecher und vermied die Menschen. Eine Ohnmacht
hatte sich auf meinen Geist gesenkt, als wäre durch jenen
Schlag, der mich zu Boden warf, das Organ des Willens in
mir zertrümmert worden.

Daß es nicht zerstört, sondern nur gelähmt war, empfand ich bei der Kunde von Eurem Auftreten gegen das
Tribunal. Mit einer fieberhaften Spannung, die mich ver-
jüngte und mir das Bewußtsein meiner Lebenskraft zurückgab, verfolgte ich die Nachrichten aus Venedig. Als
ich das Scheitern Eures hochherzigen Wagnisses vernahm,
sank ich nur auf einen Augenblick in die alte dumpfe Re-
signation zurück. Im nächsten Augenblick drang es wie ein

Feuerstrom durch alle meine Sinne. Der Entschluß stand fest, das Werk, das Ihr auf dem offenen Wege des Rechtes und des Gesetzes nicht hattet vollbringen können, auf dem Wege der Gewalt und einer furchtbaren Nothwehr, mit dem Arme des unsichtbaren Richters und Rächers zum Heil meines theuren Vaterlandes hinauszuführen.

Ich habe diesen Entschluß seither unablässig geprüft und meine Absicht unsträflich gefunden. Ich bin mir heilig bewußt, daß nicht Haß gegen die Personen, nicht Rache für erlittenes Leid, nicht einmal der gerechte Gram um das Weh, das meinen Lieben widerfahren, meinen Arm gegen die Gewaltherren bewaffnet. Was mich bewegt, für ein ganzes in Knechtschaft versunkenes Volk als Retter aufzutreten und einzeln den Spruch zu vollstrecken, der zu anderen Zeiten vom Gesammtwollen einer freien Nation über ungerechte, dem Arme des Richters unerreichbare Mächtige verhängt worden ist, – es ist weder Eigensucht noch eitle Ruhmbegier; es ist nur eine Schuld, die ich durch eine thatenlose Jugend auf mich geladen habe, und an deren Zahlung mich damals Euer Blick im Palast Morosini mahnte.

Gott, in dessen Schutz ich meine Sache befehle, möge mir als einzigen Ersatz für alles, was er mir genommen, die Gnade zu Theil werden lassen, daß ich in einem befreiten Venedig Euch noch einmal die Hand drücken kann. Ihr werdet die blutbefleckte nicht zurückstoßen, die dann in keiner Freundeshand mehr ruhen wird; denn wer das Amt des Henkers verwaltet hat, ist der Einsamkeit geweiht und hat den Blick der Menschen zu meiden. Gehe ich aber an meinem Werk zu Grunde, so weiß derjenige, an dessen Achtung mir am meisten gelegen ist, daß es auch in dem jüngeren Geschlechte nicht ganz an Männern fehlt, die für Venedig zu sterben wissen.

Diesen Brief wird Euch ein zuverlässiger Mann zustellen, der das Kleid eines Secretärs der Inquisition mit der Mönchskutte vertauscht hat, um durch Fasten und

Gebet die Sünden der Republik zu büßen, denen er seine Feder leihen mußte. Verbrennt dieses Blatt. Lebt wohl!
C a n d i a n o .«

Als der Verbannte den Brief zu Ende gelesen hatte, saß er
wohl eine Stunde in tiefem Kummer vor den verhängnißvollen Blättern. Dann hielt er sie über die Flamme, streute
die Asche in den Kamin und ging ruhelos bis an den frühen
Morgen auf und nieder, während der Unglückliche, dessen
Beichte er vernommen, wie einer, dessen Sache gerecht und
dessen Sachwalter der Himmel ist, schon längst den Schlaf
gefunden hatte.

Am anderen Tage ging der späte Ankömmling in der
Straße della Cortesia zeitig aus. Das lustige Singen Marietta's draußen auf dem Flur hätte ihn vielleicht länger
schlafen lassen, aber das laute Schelten der Mutter, daß sie
einen Lärm mache, der einen Todten erwecken könne, und
daß sie noch alle Fremden aus dem Hause treiben würde,
ermunterte ihn völlig.

Er hielt sich an der Stiege, wo seine Wirthin bereits auf
ihrem alten Posten saß, nur gerade so lange auf, um sich
nach den Wohnungen einiger Notare und Advocaten zu
erkundigen, deren Namen ihm ein Freund in Brescia auf-
geschrieben hatte. Als er Bescheid wußte, konnte weder die
zärtliche Sorge der Witwe um seine Gesundheit, noch die
rothe Schleife, die Marietta in ihr Haar gesteckt hatte, ihn
zu längerem Verweilen bewegen, und während sich die gute
Frau sonst bemüht hatte, den Verkehr ihrer Miethsleute
mit ihrer Tochter möglichst zu verhindern, war es ihr jetzt
fast unheimlich, daß der Fremde das holde Geschöpf, ihren
Augapfel, hartnäckig übersah. Sein ergrautes Haar erklärte ihr diese seltsame Blindheit nicht genügend. Er mußte
einen geheimen Kummer haben oder sich krank fühlen,
daß ihm der Anblick eines frischen Lebens wehe tat. Dennoch ging er straff und rasch, und seine Brust war breit und

gewölbt, so daß die Krankheit, von der er sprach, tief im Inneren ihren Sitz haben mußte. Auch seine Gesichtsfarbe war nicht verdächtig. Wie er die Straßen Venedigs durchschritt, zog er den wohlgefälligen Blick manch eines Frauenauges auf sich, und auch Marietta sah ihm aus einem der oberen Fenster nicht ohne Antheil nach.

Er aber ging in sich gekehrt seinen Geschäften nach, und obgleich er sich bei Frau Giovanna umständlich nach dem Weg erkundigt hatte und endlich über seine Ortsunkenntniß durch das Sprüchlein: »Mit Fragen kommt man bis Rom«, von ihr getröstet worden war, schien er doch jetzt ohne alle Hülfe sich in dem Netz der Gassen und Canäle zurecht zu finden. Mehrere Stunden vergingen ihm mit Besuchen bei Advocaten, die aber auf seine Empfehlung von einem Collegen aus Brescia wenig Gewicht legten und denen er, so bescheiden er auftrat, verdächtig vorkommen mochte. Denn allerdings war ein gewisser Stolz in der Falte seiner Stirn, der einem schärferen Beobachter sagte, daß er die Arbeit, die er suchte, eigentlich unter seiner Würde hielt. Zuletzt kam er zu einem Notar, der in einem Seitengäßchen der Marceria wohnte und allerlei Winkelgeschäfte nebenbei zu treiben schien. Hier fand er mit einem sehr mäßigen Gehalt eine Stelle als Schreiber, vorläufig zum Versuch, und die hastige Art, wie er zugriff, brachte den Mann zu dem Verdacht, er habe es etwa mit einem verarmten Nobile zu thun, deren mancher, nur um das Leben zu fristen, sich zu jeder Arbeit willig finden ließ, ohne um ihren Preis zu handeln.

Andrea jedoch war augenscheinlich mit dem Erfolg seiner Bemühungen sehr zufrieden und trat, da es inzwischen Mittag geworden war, in die nächste Schenke, wo er Leute aus den unteren Classen an langen ungedeckten Tischen sitzen sah, die ihre sehr einfache Kost mit einem Glase trüben Weines würzten. Er nahm seinen Platz in einem Winkel nahe der Thür und aß die etwas ranzigen Fische ohne Murren, während er freilich den Wein, nachdem er ihn gekostet hatte, verschmähte.

Er war schon im Begriff, nach der Zeche zu fragen, als er sich von seinem Nachbar höflich anreden hörte. Der Mann, den er bisher ganz übersehen hatte, saß schon lange vor seiner halben Flasche Wein, aß nichts, trank nur dann und wann einen Schluck, wobei er jedes Mal den Mund ein wenig verzog; während er aber scheinbar vor Müdigkeit die Augen halb geschlossen hielt, wanderten seine scharfen Blicke durch die ganze düsterliche Halle und hefteten sich mit besonderem Antheil an unseren Brescianer, der seinerseits nichts Merkwürdiges an ihm wahrgenommen hatte. Es war ein Mann in den Dreißigen, mit blondem, lockigem Haar, der in der schwarzen venetianischen Tracht seine jüdische Herkunft nicht sogleich verrieth. In den Ohren trug er schwere goldene Ringe, an den Schuhen Schnallen mit großen Topasen, während sein Halskragen zerknittert und unsauber und sein Rock von feinem Wollenstoff seit Wochen nicht gebürstet war.

Dem Herrn schmeckt der Wein nicht, sagte er halblaut, indem er sich geschmeidig zu Andrea hinbog. Der Herr scheint überhaupt nur aus Irrthum hier zu sein, wo man nicht gewohnt ist, Gäste von besserem Stande zu bewirthen.

Um Vergebung, Herr, erwiderte Andrea ruhig, obwohl er sich Gewalt anthat, überhaupt zu antworten, was wißt Ihr von meinem Stande?

Ich seh' es an der Art, wie der Herr ißt, daß er eine andere Gesellschaft gewohnt ist, als er hier findet, sagte der Jude.

Andrea maß ihn mit einem festen Blicke, vor dem das lauernde Auge des Anderen sich senkte. Dann schien ein Gedanke in ihm aufzusteigen, der ihn plötzlich bewog, dem Zudringlichen mit einer Art von Vertraulichkeit entgegenzukommen.

Ihr seid ein scharfer Menschenkenner, sagte er. Es ist Euch nicht entgangen, daß ich einst bessere Tage gesehen und einen unverfälschteren Wein getrunken habe. Auch kam ich in gute Gesellschaft, obwohl ich der Sohn eines kleinen Bürgers bin und nur kümmerlich die Rechte studirt habe, ohne einen Titel zu erwerben. Das hat sich geändert. Mein Vater machte Bankerott, ich wurde arm, und ein armer Gerichtsschreiber und Advocaten-Gehülfe hat auf nichts Besseres Anspruch zu machen, als was er in dieser Kneipe findet.

Ein studirter Herr hat immer Anspruch auf Verehrung, sagte der Andere mit einem sehr verbindlichen Lächeln. Es würde mich glücklich machen, wenn ich Ew. Gnaden einen Dienst erweisen könnte; denn ich habe stets nach dem Umgang gelehrter Männer gestrebt und bei meinen vielen Geschäften nur selten die Gelegenheit gehabt, mich ihnen zu nähern. Wenn ich Ew. Gnaden vorschlagen dürfte, ein besseres Glas Wein mit mir zu trinken, als hier zu haben ist... Ich kann besseren Wein nicht bezahlen, sagte der Andere gleichgültig.

Es würde mir eine Ehre sein, gegen den Herrn, der hier fremd scheint, die venetianische Gastfreundschaft zu üben. Wenn ich sonst mit meinem Vermögen und meiner Ortskenntniß dem Herrn irgend nützlich sein kann...

Andrea wollte ihm eben ausweichend antworten, als er bemerkte, daß der Wirth der Schenke, der im Hintergrunde am Credenztische stand, ihn lebhaft mit dem kahlen Kopfe zu sich heranwinkte. Auch von den anderen Gästen, die aus Handwerkern, Marktweibern und Tagedieben bestanden, machte ihn mancher mit verstohlenen Zeichen aufmerksam, daß man ihm gern etwas mitgetheilt hätte, was man nicht laut zu sagen wagte. Unter dem Vorwande, erst zu bezahlen, ehe er auf die höfliche Einladung antwortete, verließ er seinen Platz und ging mit der lauten Frage, was er schuldig sei, auf den Wirth zu.

Herr, flüsterte der guthmütige Alte, nehmt Euch in Acht vor dem. Ihr habt es mit einem Schlimmen zu thun.

Die Inquisitoren bezahlen ihn, daß er die Heimlichkeiten der Fremden ausspürt, die sich hier blicken lassen. Seht Ihr nicht, daß der Winkel leer ist, wo er Platz genommen hat? Sie kennen ihn alle, und nächstens fliegt er einmal zur Thür hinaus, der Gott Abraham's gesegn' es ihm! Ich aber, obwohl ich ihn dulden muß, um mir nicht die Finger zu verbrennen, bin es Euch doch schuldig, Euch reinen Wein einzuschenken.

Ich dank' Euch, Freund, sagte Andrea laut. Euer Wein ist ein wenig trübe, aber gesund. Guten Tag!

Damit kehrte er auf seinen Platz zurück, nahm seinen Hut und sagte zu seinem dienstfertigen Nachbar: Kommt, Herr, wenn es Euch gefällt. Man sieht Euch hier nicht gern, fügte er leiser hinzu. Man hält Euch für einen Spion, wie ich habe merken können. Wir wollen anderswo unsere Bekanntschaft fortsetzen.

Das schmale Gesicht des Juden erblaßte. Bei Gott, sagte er, man verkennt mich! Aber ich kann es den Leuten nicht verdenken, wenn sie auf der Hut sind, denn es wimmelt hier in Venedig von Spürhunden der Signoria. Meine Geschäfte, fuhr er fort, als sie schon auf der Gasse waren, meine vielen Verbindungen führen mich in so manche Häuser, daß es wohl scheinen mag, als bekümmerte ich mich um fremde Geheimnisse. Gott soll mich leben lassen hundert Jahr, aber was gehen mich fremde Leute an? Wenn sie mir zahlen, was sie mir schuldig sind, will ich ein Hund sein, wenn ich ihnen was nachrede.

Ich meine aber doch, Herr – wie ist Euer Name?

Samuele.

Ich meine aber, Herr Samuele, daß Ihr zu übel denkt von denen, die zum Besten des Staates die Plane und Anschläge der Bürger ausspähen und Verschwörungen gegen die Republik an den Tag bringen, ehe sie schaden können.

Der Jude stand still, hielt den Anderen am Aermel und sah ihn an. Warum hab' ich Euch nicht gleich erkannt?

sagte er. Ich mußte wissen, daß Ihr nicht zufällig in jene elende Kneipe gerathen konntet, daß ich einen Collegen in Euch zu begrüßen hatte. Seit wann seid Ihr im Amt?

Ich? seit übermorgen.

Was meint Ihr, Herr? Wollt Ihr mich foppen?

Wahrlich nicht, erwiderte Andrea. Denn es ist mein voller Ernst, daß ich nächstens so weit kommen werde, mich in Euern Orden aufnehmen zu lassen. Es geht mir schlecht, wie ich Euch gesagt habe, und ich bin nach Venedig gekommen, meine Umstände zu verbessern. Der Schreiberlohn, um den ich mich heute bei einem Notar verdungen habe, ist nicht das, was ich hier vom Glück und von meinem Bißchen Verstand erhofft habe. Venedig ist eine schöne Stadt, eine lustige Stadt; aber in dem Lachen der schönen Weiber ist ein Goldklang, der mich immer an meine Armuth erinnert. Ich denke, das kann nicht immer so währen.

Euer Vertrauen ehrt mich sehr, sagte der Jude mit einem nachdenklichen Zuge. Aber ich muß Euch sagen, daß die Herren nicht gern fremde Ankömmlinge in ihre Dienste nehmen, ehe sie eine Probezeit bestanden und sich ein wenig umgesehen haben. Wenn ich Euch bis dahin mit meiner Börse aushelfen kann – ich nehme niedrige Procente von meinen Freunden.

Ich dank' Euch, Herr Samuele, erwiderte Andrea gleichmüthig. Eure Protection ist mir werthvoller, der ich mich hiermit bestens empfohlen haben will. Dies aber ist mein Haus; ich nöthige Euch nicht hinein, weil ich Arbeit vollauf habe für meinen neuen Brodherrn. Andrea Delfin ist mein Name. Wenn es Zeit ist, daß man mich brauchen kann, denkt an mich: Andrea Delfin, Calle della Cortesia.

Er schüttelte dem seltsamen Freunde die Hand, der draußen noch eine Weile stehen blieb, sich das Haus und die nächste Umgebung genau ansah und dabei mit einer Miene des Zweifels und der listigen Ueberlegung vor sich hinmurmelte, aus der hervorging, daß er den Brescianer von seiner Probezeit nicht so rasch freisprechen würde.

Als Andrea die Treppe hinaufstieg, konnte er an Frau Giovanna nicht vorüber, ohne ihr Rede zu stehen. Sie war nicht damit zufrieden, daß er nur einen so geringen Platz gefunden hatte. Sie werde nicht ruhen, bis er ihn aufgegeben und sich einen einträglicheren und ehrenvolleren gesucht habe. Er schüttelte den Kopf. Es reicht wohl, gute Frau, sagte er ernsthaft, für die Spanne Zeit, die ich noch vor mir habe.

Was Ihr auch redet, schalt die Frau, dem Guten entgegen gehen und das Böse kommen lassen, so ziemt sich's für einen Mann, und nach Honig schluckt man, nach Wermuth spuckt man. Seht die schöne Sonne draußen und schämt Euch, daß Ihr schon nach Hause kommt, während auf der Piazzetta Musik ist und alles, was hübsch und reich und vornehm ist, den Marcusplatz auf und ab spazirt. Da gehörtet Ihr hin, Herr Andrea, statt ins Zimmer.

Ich bin weder hübsch, noch reich, noch vornehm, Frau Giovanna.

Habt Ihr denn gar keine Freude, die schöne Welt zu sehen? fragte sie eifrig, und sah sich dabei um, ob Marietta nicht etwa in der Nähe sei. Ihr seid doch nicht etwa liebeskrank?

Nein, Frau Giovanna.

Oder haltet Ihr's gar für eine Sünde, lustig zu sein? Ihr habt da so Büchlein auf Eurem Tische liegen, ich sag' es nur, weil Ihr der erste Fremde seid, der in mein Haus ein erbauliches Buch mitgebracht hat, Gott sei's geklagt! Aber die Jugend denkt heutzutage: Frech gelebt und fromm gestorben, heißt dem Teufel den Spaß verdorben, und um Weihnachten fasten auch die Spatzen auf dem Dach.

Gute Frau, sagte er lächelnd, Ihr sorgt Euch sehr um mich, aber mir ist nicht zu helfen. Wenn ich still bei meiner Arbeit sitze, ist mir am wohlsten, und Ihr könntet mir einen Gefallen thun, mir ein Schreibzeug zu schaffen und einige Bogen Papier.

Bald darauf brachte ihm Marietta das Verlangte auf sein Zimmer, wo er stumm am Fenster saß und vor sich hin sah. In derselben Stellung fand sie ihn Abends, als sie ihm das Licht brachte, und auf ihre Frage, was er zu essen begehre, verlangte er nur Brod und Wein. Sie hatte nicht den Muth, zu fragen, ob ihn die Mücken belästigten und er wieder geräuchert haben wolle. Mutter, sagte sie, als sie sich neben die Alte auf die Treppe setzte, ich gehe nicht wieder zu ihm hinein. Er hat so Augen, wie der Martyrer in der kleinen Capelle San Stefano. Ich kann nicht lachen, wenn er mich ansieht.

Was sie wohl gesagt hätte, wenn sie einige Stunden später ins Zimmer getreten wäre? Er stand, während die Nacht draußen über den Canal wehte, am Fenster, im Gespräche mit der Zofe drüben, eifrig bemüht, seinen Augen einen weltlichen Ausdruck zu geben.

Schöne Smeraldina, sagte er, ich konnte die Zeit nicht erwarten, dich wiederzusehen. Ich habe im Vorbeigehen bei einem Goldschmiedladen an dich gedacht und dir eine Nadel gekauft, von Filigran, die freilich zu gering für dich ist, aber dennoch echter, als die Agraffe an deinem Turban. Oeffne das Fenster, so werf' ich sie hinüber, in der Hoffnung, bald einmal denselben Weg durch die Luft zu machen und dir zu Füßen zu fallen.

Ich seid sehr artig, lächelte das Mädchen und fing das Geschenk, das er in ein Papier gewickelt hatte, mit beiden Händen auf. Ei, was Ihr für einen guten Geschmack habt! und Ihr sagtet doch, Ihr wäret arm? Wißt Ihr, daß es mir heute besonders noth thut, eine Freude zu haben? Wir haben viel ausgestanden über Tag, die Gräfin ist schlechter Laune. Ihr Liebster, der junge Gritti, des Senators Sohn, hat sich vierundzwanzig Stunden nicht blicken lassen. Sie hat nach seinem Hause geschickt; auch da wurde er vermißt, und man glaubt, das Tribunal habe ihn heimlich aufheben und gefangen nehmen lassen. Meine Gräfin ist außer sich, sie empfängt Niemanden, sie liegt auf ihrem Sopha und weint wie eine Unsinnige und hat mich geschlagen, als ich sie trösten wollte.

Ihr habt keine Ahnung, wessen man den Jüngling anklagt?

Nicht die geringste, Herr. Ich wollt' auch ein Gelübde thun, ewig Jungfer zu bleiben, wenn er das Mindeste gegen den Staat im Kopf hatte. Lieber Himmel, er war eben dreiundzwanzig Jahre, und nichts lag ihm am Herzen, als meine Gräfin und allenfalls das Spiel. Aber diese Herren von der Inquisition wissen Euch aus einem Spinneweb ein Seil zu drehen, stark genug, um die stärkste Kehle zuzuschnüren, und wer weiß, ob es diesmal nicht allein gegen seinen Vater, den Senator, gemünzt ist!

Sprecht vorsichtiger von den obersten Behörden dieser Stadt, sagte Andrea leise. Die Weisheit der Väter hat sie eingesetzt, und die Thorheit der Enkel soll sie nicht antasten.

Das Mädchen sah ihn an, ob es sein Ernst sei; es war nicht leicht, das Räthsel dieser Mienen zu lösen. Geht, sagte sie, Ihr werdet ernsthaft, und das mag ich nicht leiden. Ihr seid noch nicht lange hier, darum habt Ihr Respect vor den alten Blutrichtern und Henkern, die sich von fern oder etwa gemalt sehr ehrwürdig ausnehmen mögen. Ich aber habe sie schon manchmal in der Nähe gesehen, am Farotisch, wenn meine Gräfin Bank hielt, und ich kann Euch sagen, sie sind auch Menschen, wie Adam war.

Mag sein, Kind, antwortete er, aber sie haben die Gewalt, und ein armer Bürger, wie ich, thut nicht klug, so verfängliche Reden hier am offenen Fenster zu wechseln. Wenn es zu bösen Häusern kommt, daß wir beide die incarnirte Gerechtigkeit Venedigs für nichts Besseres als eine Hand voll sterblicher Menschen halten, so beschützt dich, meine theure Smeraldina, der Zauber deiner Schönheit; ich aber wandere den bekannten nassen Weg oder tausche wenigstens mein Quartier in der Calle della Cortesia mit einer viel bescheideneren Kammer in den Brunnen oder unter den Bleidächern.*

Ihr könnt hier reden, was Euch beliebt, sagte die Zofe; es gehen wenig Fenster auf den Canal hinaus, und da hat um diese Zeit Niemand was zu schaffen. Auf Eurer Seite drüben ist nun vollends die leere Mauer; denn wer's besser haben kann, sucht sich unsere trübe Cloake da unten nicht gerade zum Spiegel aus. Aber wißt Ihr was? Ihr solltet auf ein Stündchen herüberkommen; man hätte es doch immer bequemer, mit einander zu plaudern, und ein Glas Wein, guter Moscat von Samos, und eine Partie Tarok würden mir die Nerven sehr beruhigen nach den Ohrfeigen der Gräfin.

Ich käme gern, sagte er, aber es würde Aufsehen machen, und meine Wirtin ließe mich um Mitternacht schwerlich wieder ein.

Nicht doch, lachte die Zofe. Einen solchen Umweg braucht es nicht. Ich habe hier ein Brett, womit wir ohne viel Umstände eine Brücke schlagen können. Man kann sich ja mit den Händen abreichen über dem Canal; warum nicht mit den Füßen? Oder seid Ihr schwindelig?

Nein, schöne Freundin. Nur einen Augenblick, und ich bin bereit.

Andrea löschte das Licht, verriegelte die Thür in seinem Zimmer, horchte, ob Alles im Hause schlafe, und ging dann wieder an das Fenster. Smeraldina schien Uebung im Bau dieser Brücken zu haben, denn das Brett war bereit, und in wenigen Augenblicken lag der feste Steg über der Tiefe, hüben und drüben flach und sicher auf dem Gesims ruhend und gerade breit genug, um einen Mann zu tragen. Sie stand drüben und winkte ihm lustig zu. Rasch erstieg

* Die Gefängnisse unter dem Meeresgrunde.

er den Sims, betrat das Brett, indem er die Tiefe mit festem Auge maß, und mit einem einzigen ruhigen Schritte hatte er das Fenster drüben erreicht. Sie fing ihn, als er sich hinabschwang, in ihren Armen auf, und ihre Lippen streiften seine Wange. Aber er zog es vor, die Miene der Schüchternheit anzunehmen und sich zu stellen, als fühle er sich durch die Nähe seiner Freundin in die Schranken der Ehrerbietung zurückgewiesen, was sie mit einiger Verwunderung aufnahm. Das Brett ward wieder zurückgezogen, die Karten und der Wein aus dem Schranke geholt und ein Tisch vor das offene Fenster gerückt, an dem das seltsame Paar in vertraulichem Gespräch Platz nahm. Dabei trug das Mädchen beständig den rothen Turban, der ihr, während sie die Brücke schlug, etwas schief auf den Hinterkopf gerutscht war, und hatte Andrea's Geschenk, die Filigran-Nadel, zierlich vor die Brust gesteckt.

Sie schenkte sich eben das zweite Glas Wein ein und schalt ihren Gast, daß er so langsam trinke und überhaupt nicht recht aufthauen wolle, als eine Glocke aus dem Innern des Hauses heftig geläutet wurde.

Seht, sagte das Mädchen, indem sie aufstand und zornig die Karten wegwarf, so geht es mir, keine ruhige Stunde habe ich! Erst schickt sie mich fort, weil sie sich heut allein auskldeiden wolle, und nun stört sie mich noch so spät. Aber geduldet Euch nur zehn Minuten, mein Freund; ich bin gleich wieder bei Euch.

Sie schlüpfte hinaus, und er schien sich über seine Einsamkeit zu trösten. Er trat ans Fenster und betrachtete aufmerksam die Wand drüben zwischen seinem Fenster und dem Canal. Sie war nicht höher als etwa zwanzig Fuß, der Kalk durch die Feuchtigkeit fast überall verwittert und die nackten Steine rauh genug, um im Nothfalle daran emporzuklimmen. Unter dem Fenster der Zofe sprang, wie er schon am ersten Abend bemerkt hatte, die Wassertreppe vor, und an dem hohen Pfahl zur Seite lag die schmale

Gondel angekettet, so daß nur eben eine zweite Gondel vorübergleiten konnte. Das alles befriedigte ihn sichtlich.

Ich hätte es mir nicht besser bestellen können, murmelte er vor sich hin.

Nachdenklich sah er den Canal hinab, der in völliger Finsterniß zwischen den steilen fensterlosen Ufern der Häuser hinfloß. Da sah er am untersten Ende einen schwachen Lichtschein, der sich näher bewegte, und hörte nach einiger Zeit Geräusch von Ruderschlägen. Eine Gondel kam langsam heran und hielt unten an der Wassertreppe. Vorsichtig bog der Lauscher oben sich zurück, um nicht bemerkt zu werden, sah aber noch mit einem halben Blicke, daß ein Mann sich erhob und auf die Treppenstufe trat. Der Klopfer unten erklang in drei gewichtigen Schlägen, und bald darauf hörte er eine Stimme im Hause, die durch die Thüre fragte, wer Einlaß begehre.

Im Namen des erlauchten Rathes der Zehn, war die Antwort, öffnet!

Der Diener unten gehorchte augenblicklich, und die Wasserpforte schloß sich hinter dem nächtlichen Besuch.

Kurz darauf kam Smeraldina in ihre Kammer zurück, aufgeregt, in bloßem Haar und mit erhitzten Wangen. Habt Ihr gehört? flüsterte sie. O Gott, sie werden unsere Grafin fortschleppen, sie werden sie erdrosseln oder ersäufen, und wer steht mir dann für die sechs Monate Lohn, die sie mir schuldig ist?

Tröste dich, weichherziges Kind, sagte er rasch. So lange du gute Freunde hast, wirst du nicht verlassen sein. Aber du thätest mir einen Gefallen, wenn du mich irgendwo verbergen wolltest, wo ich hören könnte, was der hohe Rath von deiner Herrin will. Ich gestehe, daß ich neugierig bin, wie ein Fremder es ja wohl sein darf. Ueberdies aber könnte ich dir und der Gräfin vielleicht nützlich sein, da ich bei einem Advocaten diene und, wenn es auf eine öffentliche Anklage hinausläuft, meine geringen Dienste gern zur Verfügung stelle.

Sie besann sich. Ich wüßte es leicht zu machen, sagte sie. Der Ort ist sicher, und ich selbst habe manchmal dort gesteckt und meinen Ohren nicht getraut. Wenn es aber doch entdeckt würde?

So nehme ich Alles auf mich, mein Liebchen, und Niemand erfährt, auf welchem Wege ich ins Haus gekommen bin. Sieh, fuhr er fort, hier sind drei Zechinen, für den Fall, daß ich dir hernach nicht mehr danken kann. Geht aber Alles gut, so sollst du sehen, daß ich das Wenige, was ich noch übrig habe, gern mit einer so klugen Freundin theilen werde.

Sie steckte das Gold ohne Umstände ein, öffnete rasch die Thür und horchte auf den dunklen Gang hinaus. Zieht die Schuhe aus, flüsterte sie; gebt mir die Hand und folgt mir dreist, wohin ich gehe. Im Hause schläft Alles, außer dem Pförtner.

Sie löschte ihr Licht und huschte durch den Corridor voran, ihn an der Hand sich nachziehend. Einige große dunkle Gemächer durchschritten sie, dann öffnete das Mädchen die Thür nach einem Tanzsaale, der durch drei hohe Fenster in der Front des Palastes ein trübes Dämmerlicht erhielt. An einer Seite stieg ein Treppchen hinauf zu der Estrade für die Musiker. Sacht! warnte das Mädchen; die Treppe knarrt ein wenig. Ich lasse Euch hier allein. Droben findet Ihr im Getäfel eine Spalte, durch die Ihr hinlänglich sehen und hören könnt. Denn nebenan ist das Empfangzimmer der Gräfin. Wenn der Besuch fort ist, hol' ich Euch wieder ab. Aber nicht eher rührt Ihr Euch vom Fleck, als bis ich komme.

So ließ sie ihn allein, und ohne Zaudern stieg er die wenigen Stufen hinauf und tastete sich sacht an der Wand entlang, nach dem Lichtstreifen, der durch die schmale Spalte drang. Der Saal war von dem Nebengemach nur

durch eine Holzwand getrennt, da beide Räume in glänzenderen Zeiten eine große Festhalle ausgemacht hatten. Der
Schein kam von einem silbernen Armleuchter, der unten
auf dem Tische vor dem Ruhebette der Gräfin stand und
die Bildnisse an der Wand nur unstät beleuchtete. Andrea
mußte sich auf die Knie kauern, um hinabzusehen. Aber
so unbequem die Stellung war, so hätte wohl Mancher gern
mit ihm getauscht, auch wenn ihm weniger am Hören als
am Sehen gelegen gewesen wäre.

Denn wenn die Zofe Recht hatte, daß ihre Herrin sich
stark zu schminken pflegte, so that sie es wahrlich mehr der
Mode zu Liebe, als weil sie es nöthig hatte, um für schön
zu gelten. Sie saß auf dem Ruhebette in einem Anzuge, der
nicht auf so späten Besuch berechnet war, die überaus reichen, etwas ins Röthliche spielenden Haare kunstlos auf-
gebunden, die verweinten Augen wunderbar glänzend, auf
den vollen blassen Wangen noch die Spur der Thränen. Der
Mann, der ihr gegenüber im Lehnstuhl saß und Andrea
den Rücken zukehrte, schien sie aufmerksam zu betrachten; wenigstens bewegte er den Kopf nur selten und hörte
die heftigen Worte der schönen Frau, ohne eine Geberde
dazwischen zu werfen, mit an.

In der That, sagte die Gräfin, und in ihrer Miene lag dieselbe schmerzliche Bitterkeit, wie im Ton ihrer Stimme, ich
muß mich wundern, daß Ihr noch wagt, Euch hier sehen
zu lassen, nachdem Ihr die feierlichsten Versprechungen so
schmählich mit Füßen getreten habt. Hab' ich Euch darum
so manche Dienste geleistet, daß Ihr mir jetzt so grausam,
so feindselig begegnet? Wo habt Ihr ihn gelassen, meinen
armen Freund, den einzigen, an dem mir gelegen war, und
den Ihr unter allen Umständen zu schonen verspracht? Gab
es Niemanden anders, als ihn, wenn es Euch zu leer wurde
in Euren Gefängnissen? Und was habt Ihr Verdächtiges an
ihm gefunden, was hat er gegen die hohe Republik gesün-
digt, wofür es keine gelindere Strafe gab, als Verbannung,

keine, die minder schwer auf mich gefallen wäre? Denn ich habe es Euch nicht verhehlt, daß ich mein Herz an ihn gehängt habe, und daß der mein Feind wäre, der ihm nur ein Haar krümmte. Gebt ihn mir wieder, oder ich breche jede Verbindung mit Euch ab, ein für alle Mal, und verlasse Venedig und suche meinen Freund in der Verbannung auf und lasse Euch empfinden, wie viel Ihr durch diesen Verrath, durch diese Schändlichkeit eingebüßt habt. O, daß ich mich jemals zu Eurem Werkzeuge hergab!

Ihr vergeßt, Gräfin, sagte der Mann, daß wir Mittel haben, Eure Flucht zu hindern, und daß, selbst wenn sie glückte, unser Arm weit hinausreicht und stark genug ist, Euch überall zu verderben, wo Ihr eine Zuflucht zu finden glaubtet. Der junge Gritti hat seine Strafe verdient. Er hat trotz der Warnung, die wir ihm zugehen ließen, mit dem Secretär des österreichischen Gesandten, einem sehr tief eingeweihten jungen Manne, den Verkehr eifrig fortgesetzt. Die Gesetze Venedigs verbieten solchen Verkehr aufs strengste, wie Euch bekannt genug ist. Auch ist ein Brief des Angelo Querini aufgefangen worden, in welchem des unbesonnenen Jünglings lobende Erwähnung geschieht. Es war eine väterliche Maßregel, daß wir ihn verbannten, ehe er schuldiger wurde. Aber wir wissen zugleich, was wir E u c h schuldig sind, Leonora. Und deßhalb bin ich an Euch abgeschickt worden, Euch diese Aufschlüsse zu geben und einige Winke, wie Ihr, wenn Ihr verständig seid, das Geschehene wieder gut machen könnt.

Ich bin es müde, sagte sie heftig, mir von Euch Befehle geben zu lassen. Dieser Tag hat mir gezeigt, daß ich darüber zu Grunde gehe, früh oder spät, wenn ich auf Euch Vertrauen setze und mir einbilde, daß all meine Aufopferung in Eurem Interesse mir je gedankt werden, ja, mich auch nur vor den schnödesten Beleidigungen und Kränkungen schützen werde. Ich brauche Euch nicht, ich will nichts von Euch, es ist Alles aus zwischen mir und dieser

hohen Regierung, die Freund und Feind gleich rücksichts-
los bei Seite wirft.

Nur schade, warf er ein, daß man Euch noch braucht,
von Euch noch etwas will, und daß es daher fürs Erste
zwischen uns noch nicht aus sein kann. Ihr begreift, Leonora, daß es seine Bedenken hätte, Euch, die Mitwisse-
rin so vieler Geheimnisse der Republik, in fremde Länder
reisen zu lassen, wo Ihr bald einmal von der allgemeinen
Sucht der Zeit befallen werden könntet, Eure Memoiren
zu schreiben. Venedig und Ihr seid unzertrennlich, und Ihr
habt genug Proben einer hohen, über Weiberlaune erhabenen Klugheit gegeben, als daß es noch vieler Umschweife
bedürfte, Euch wieder zu versöhnen.

Ich will nichts von Versöhnung hören! rief sie leiden-
schaftlich, und Thränen traten ihr wieder ins Auge. Was
nützte es auch, es zu wollen? Ich tauge zu nichts, ich bin
unfähig, nur den einfältigsten Gedanken zu fassen, wenn
ich meinen armen Gritti nicht habe.

Ihr sollt ihn haben, Leonora. Aber noch nicht gleich, da
seine plötzliche Rückkehr unseren Plan kreuzen würde.

Und wie lange soll ich mich gedulden? fragte sie, ihn
flehentlich ansehend.

Es hängt von Euch ab, erwiderte er. Wie lange braucht
Ihr, um einen jungen Mann zu Euren Füßen zu sehen, der
bisher im Ruf eines Tugendhelden stand?

Ein Zug von Neugier und Interesse trat auf ihrem Gesichte hervor, das noch eben ganz Schmerz und Verzweiflung gewesen war. Von wem redet Ihr? fragte sie.

Von jenem Deutschen, der mit Gritti befreundet war,
dem Sekretär des wiener Ministers, Ihr kennt ihn?

Ich habe ihn bei der letzten Regatta gesehen. Gritti
zeigte mir ihn.

Er ist die Eins von der Null seines Gebieters. Wir haben Ursache, zu glauben, daß er sich im Stillen einen starken Anhang unter unsern Gegnern zu werben und die

Verstimmung, die Querini's Handel zurückgelassen hat, zu
Gunsten seines Souverains auszubeuten sucht. Er ist ungewöhnlich verschlagen. Von den vier Beobachtern, die wir
unter den eigenen Leuten des Gesandten in unseren Sold
genommen haben, hat noch Keiner die geringsten Beweise
in unsere Hand geliefert. Die Inquisitoren setzen ihr ganzes Vertrauen in Euch, Leonora, daß Ihr den Schlüssel zu
diesem wohlverriegelten Geiste finden werdet, wie es Euch
schon manchmal geglückt ist. Dies war nicht zu hoffen, so
lange Gritti dazwischen stand. Seine Verbannung ebnet
den Weg und gibt zugleich den Anlaß einer Annäherung
an den unzugänglichen Menschen, dem die Freundin seines Freundes, jetzt, da Ihr den Verlorenen gemeinsam be-
trauert, größere Theilnahme einflößen muß, als früher. Das
Uebrige überlasse ich der Macht Eurer Reize, die niemals
unwiderstehlicher waren, als wo sie auf Widerstand stießen.

Sie überlegte eine Weile. Ihre Stirn hellte sich auf, ihre
Augen gewannen einen kühnen, stolzen Ausdruck, ihr
schöner voller Mund öffnete sich halb, und ein nachdenkli-
ches Lächeln irrte über die Lippen. Ihr versprecht, sagte sie
endlich, daß Gritti sofort zurückgerufen wird, sobald ich
den Andern Euch überliefert habe?

Wir versprechen es.

So soll es nicht lange dauern, bis ich Euch an die Erfüllung Eures Wortes mahne.

Sie stand auf und warf das Tuch fort, das sie über Tag
naß geweint hatte. Andrea konnte aus seinem Versteck ihren Gang das Zimmer auf und ab nur eine Strecke weit
verfolgen, da die Spalte zu eng war, um den ganzen Raum
zu übersehen. Er bewunderte die königliche Haltung der
Gestalt, während sie, wie in Gedanken an neue Siege, langsam über den Teppich des Gemaches hinwandelte, das
Auge groß aufgeschlagen, das Haar zurückschüttelnd von
den weißen Schläfen. Es durchzuckte ihn seltsam, als ihr
Blick, der gegenstandslos in der Höhe herumschweifte, an

ihm vorüberglitt. Unwillkürlich fuhr er zusammen, als wäre es möglich gewesen, daß sie ihn entdeckte.

Der Mann im Lehnstuhl unten stand auf, schien aber seinerseits blind für ihren Zauber, denn im ruhigsten Geschäftstone fuhr er fort: Der Nuncius ist in der letzten Zeit seltener in Euer Haus gekommen. Ihr waret zu offen mit Euren weltlichen Neigungen, besonders das Spiel hat sich hier zu breit gemacht. Es wäre uns lieb, wenn Ihr wieder einige geistliche Bedürfnisse empfändet und den regen Verkehr mit der Eminenz von Neuem anknüpftet. Die Beziehungen der Papalisten zu Frankreich werden seit einiger Zeit beunruhigend.

Ihr könnt auf mich rechnen, erwiderte sie.

Noch Eins, Leonora. Die Summe, die wir Euch noch schulden für das Abendessen des Candiano...

Sie stand wie von einer Schlange gebissen still und verfärbte sich plötzlich. Bei allen Heiligen, sagte sie, schweigt davon, erwähnt es nie wieder, und den Rest des Geldes gebt an die Kirche, daß Sie Messen lese für seine Seele und – für meine. Wenn der Name genannt wird, ist mir's jedesmal wie eine Posaune des jüngsten Gerichtes.

Ihr seid kindisch, sagte der Andere. Die Verantwortlichkeit für jenes Nachtmahl gehört uns, nicht Euch. Er war ein Verbrecher, und nur seine Verbindungen und sein Ansehen machten es uns zur Pflicht, die Strafe geheim zu vollziehen. Er ist ruhig in seinem Bette gestorben, und Niemand hat je sagen können, daß er aus Eurem Hause den Tod davongetragen habe. Oder ist Euch dergleichen zu Ohren gekommen?

Sie zitterte und sah zu Boden. Nein, sagte sie. Aber in der Nacht wache ich auf von einer Stimme, die es mir zuraunt. O! Nur das hätte ich nicht thun sollen, nur das nicht!

Es ist eine Anwandlung, Leonora; Ihr werdet sie besiegen. Das Geld – wie ich Euch noch sagen wollte – liegt bei Marchesi für Euch bereit. Gute Nacht, Gräfin. Ich sehe, daß ich Euch lange aufgehalten habe. Schlaft wohl, und laßt morgen die Sonne Eurer Schönheit unbewölkt aufgehen über Gerechten und Ungerechten. Gute Nacht, Leonora!

Er verbeugte sich leicht vor ihr und ging auf die Thür zu. Nur flüchtig konnte Andrea im letzten Moment seine Züge sehen. Sie waren kalt, aber nicht hart, ein Gesicht ohne Seele und Leidenschaften, nur der Ausdruck eines mächtigen Willens herrschte auf Stirn und Brauen. Er band eine Maske vor und warf den schwarzen Mantel, den er am Eingange abgelegt hatte, um die Schulter. Dann verließ er, ohne ihren Abschied abzuwarten, das Gemach.

In demselben Augenblicke hörte Andrea die Stimme des Mädchens unten im Saale, die ihn leise herunter rief. Er gehorchte, nachdem er einen letzten Blick auf das schöne Weib geworfen, das immer noch regungslos mitten im Zimmer stand und dem Fortgegangenen tiefsinnig nachsah. Wie ein vom Schlage Getroffener stieg er unbeholfen von der Estrade herab und folgte, ohne ein Wort zu sprechen, dem voranhuschenden Mädchen. In ihrer Kammer brannte wieder Licht, der Wein stand noch auf dem Tischchen am Fenster, und nichts schien die Fortsetzung des unterbrochenen Spiels zu hindern. Aber auf dem Gesichte des Mannes lag ein unheimlicher Schatten, der selbst den Leichtsinn Smeraldina's verschüchterte und sie von dieser Nacht nichts mehr hoffen ließ.

Ihr seht aus, sagte sie, als hättet Ihr Gespenster gesehen. Kommt, trinkt ein Glas Wein und erzählt mir, was es gab. Es lief ja ruhiger ab, als wir fürchteten.

O gewiß, sagte er mit erzwungener Kälte. Man will deiner Herrin sehr wohl, und es ist sogar Aussicht, daß du deinen rückständigen Lohn nächstens ausbezahlt erhältst. Im Uebrigen sprachen sie so leise, daß ich wenig verstand, und jetzt bin ich vor allen Dingen todmüde von dem unbequemen Knieen auf den harten Brettern. Nächstens thue ich deinem Wein eine bessere Ehre an, gutes Kind. Aber heute muß ich schlafen.

Ihr habt mir noch nicht einmal gesagt, ob Ihr sie so schön findet, wie die anderen Leute, sagte das Mädchen und versuchte zu schmollen über ihren undankbaren, einsylbigen Freund.

Schön, wie ein Engel, oder eine Teufelin, murmelte er zwischen den Zähnen. Ich danke dir, Madamigella, daß du mir dazu verholfen hast, sie zu sehen. Ein anderes Mal bleibe ich fein bei dir, da ich heute meine Neugier hinlänglich gebüßt habe. Gute Nacht.

Er schwang sich auf den Sims und betrat das Brett, das sie mißmuthig wieder über den Abgrund geschoben hatte. Als er droben stand, sah er den Canal hinunter, in dessen Tiefe eben das Licht der Gondel verschwand. Gute Nacht! rief er noch einmal zurück und stieg dann vorsichtig in sein Zimmer hinunter, während Smeraldina die Brücke abbrach und sich vergebens bemühte, das seltsame Betragen des Fremden, seine Armuth, seine Freigebigkeit, sein graues Haar und seine Abenteuersucht mit einander zu reimen.

Eine Woche verging, ohne daß die Eroberung, die Smeraldina an ihrem Nachbar gemacht zu haben glaubte, sich sonderlich befestigte. Nur ein Mal ließ sie ihn, nachdem sie den Pförtner auf ihre Seite gebracht hatte, bei Nacht in der Maske zur Thür herein, führte ihn nach dem Wasserpförtchen und bestieg mit ihm die Gondel, die er selbst mit langsamen Ruderstößen durch das dunkle Labyrinth hindurchtrieb, um endlich auf dem großen Canal eine halbe Stunde im Freien hinzugleiten. Er war trotz der guten Gelegenheit auch diesmal nicht eben zärtlicher Laune, während sie beständig schwatzte und durch Erzählungen aus der großen Welt, in der die Gräfin ihre Rolle spielte, ihn zu belustigen suchte. Er erfuhr, daß seit wenigen Tagen der Secretär des österreichischen Gesandten lange Besuche bei ihrer Herrin zu machen pflege, wo beide ohne Zweifel sich beriethen, wie es anzufangen sei, daß die Verbannung des jungen Gritti zurückgenommen würde. Die Gräfin sei besserer Laune, als je, und habe sie reich beschenkt. Andrea schien dies alles nur mit halbem Ohr zu vernehmen und sich einzig der Lenkung der Gondel zu widmen. Es war also dem Mädchen selbst nicht unlieb, als ihr schweigsamer Gefährte umwandte und auf dem kürzesten Wege nach Hause fuhr. Geräuschlos trieb er das schmale Fahrzeug nah an den Pfahl heran, legte, nachdem sie ausgestiegen waren, die Kette herum und bat sich den Schlüssel aus, um sie festzuschließen. Sie gab ihn und war schon in der Thür, als er ihr nachrief, daß ihm in der Hast der kleine Schlüssel aus der Hand geglitten und in den Canal gefallen sei. Es war ihr selbst verdrießlich; aber mit ihrer gewöhnlichen Leichtherzigkeit tröstete sie ihren Freund, daß wohl noch ein zweiter Schlüssel sich im Hause finden werde, und er konnte diesmal nicht umhin, mit einem flüchtigen Kusse auf ihre Wange Abschied zu nehmen, als sie ihn um Mitternacht durch die Hauptpforte des Palastes entließ.

Seiner Wirthin, der Frau Giovanna, sagte er am anderen Morgen, daß es viel Arbeit bei seinem Brodherrn gegeben habe, so daß man die Nacht hätte zu Hülfe nehmen müssen. Dies aber war das einzige Mal, daß er den Hausschlüssel brauchte. Gewöhnlich kam er schon gegen die Dämmerung heim, genoß nur Brod und Wein und löschte früh das Licht, so daß die gute Frau ihn in der Nachbarschaft als ein Muster des Fleißes und unsträflichen Wandels pries. Nur das Eine beklagte sie, daß er sich nicht schone und bei seinen Jahren gar kein erlaubtes Vergnügen genieße, wodurch er sich aufheitern und sein Leben verlängern würde. Marietta war bei solchen Reden still und sah in ihren Schooß. Sie sang nicht mehr, sobald der Fremde in seinem Zimmer war, und schien überhaupt, seitdem er gekommen, sich mehr Gedanken gemacht zu haben, als sonst in einem Jahre.

Am Morgen des zweiten Sonntages, den Andrea im Hause der Witwe erlebte, trat die Frau hastig, mit verstörtem Gesichte und in vollem Staat, wie sie aus der Messe zurückkehrte, in sein Zimmer. Er saß am Tische, noch nicht völlig angekleidet, und las in einem seiner Gebetbücher. Sein Gesicht war bleicher, als sonst, aber sein Blick ruhig, und es schien, als ob er ungern in seiner Andacht gestört würde.

Sitzt Ihr noch still im Zimmer, Herr Andrea, rief sie ihm entgegen, und ganz Venedig ist auf den Beinen? Eilt und kleidet Euch an und geht selbst auf die Straße hinaus, wo Ihr so viel entsetzte Menschengesichter sehen könnt, wie Körner in der Mühle. Heiliger Jesus! daß ich das noch erleben muß, und dachte, es könne nichts mehr in Venedig geschehen, worüber ich staunte!

Wovon redet Ihr, gute Frau? sagte er mit gleichgültigem Tone und legte das Buch aus der Hand.

Sie warf sich auf einen Stuhl und schien sehr erschöpft. Bis an die Piazzetta bin ich fortgeschoben worden, fing sie wieder an, und sah die Herren vom großen Rath zu Haufen die Riesentreppe im Hofe des Dogenpalastes hinaufsteigen und die Trauerfahne wehen aus dem Fenster der Procurazien. Werdet Ihr es glauben? Heute nacht zwischen Eilf und Mitternacht hat man den Vornehmsten von den drei Staats-Inquisitoren, den edeln Herrn Lorenzo Venier, auf der Schwelle seines Hauses ermordet.

War es schon ein alter Mann? fragte Andrea ruhig.

Misericordia! Wie Ihr auch sprecht! Als wäre er nur in seinem Bette gestorben. Aber Ihr seid freilich kein Venetianer und könnt es nicht verstehen, was es heißt: ein Inquisitor ermordet, einer vom Tribunal. Es ist mehr, als wenn es ein Doge wäre, von denen mancher nicht mit rechten Dingen um sich kam, denn das Tribunal hat die Macht und der Doge das Kleid. Was aber das Entsetzlichste ist: Auf dem Dolche, den sie in der Wunde gefunden haben, steht

eingegraben: »Tod allen Inquisitoren!« A l l e n! versteht ihr
wohl, Herr Andrea? Das ist nicht, wie wenn ein Wicht von
einem Bravo gedungen wird, einen Einzelnen aus der Luft
zu schaffen, weil er einem Andern im Wege steht bei Liebschaft, Aemtern oder sonst. Das ist ein politischer Mord,
sagte mein Nachbar, der Special, und dahinter steckt eine
Verschwörung und Helfershelfer und der Angelo Querini
mit seinem Anhange. Er rieb sich die Hände, als er das sagte, aber mir zittert das Herz im Leibe, denn ich will nicht
sagen, was ich denke, aber ich weiß, mit der bösen That ist's
wie mit den Kirschen, schüttelt man eine herunter, so fallen
zwanzig nach, und dieses Blut wird viel Blut kosten.

Hat man denn keine Spur des Mörders, Frau Giovanna?
Wozu nützen dem Tribunal die Hunderte von Spionen, die
es bezahlt?

Nicht den Schatten einer Spur, antwortete die Witwe.
Es war eine dunkle Nacht, die Bora wehte, und auf dem
großen Canal, an dem sein Palast steht, war es leer von
Gondeln. Da kam er allein durch eine Seitengasse nach
Hause, und da traf ihn die unsichtbare Hand, und er lebte
nur so lange, bis er mit seinem letzten Stöhnen den Pförtner herausgeschreckt hatte. Da war die Gasse todtenstill
und Niemand zu erblicken. Ich aber weiß, was ich weiß,
Herr Andrea. Soll ich es Euch sagen? Ihr seid rechtschaffen und brav, und werdet es Niemandem weiter sagen und
mich nicht in neues Elend bringen: Ich kenne die Hand,
die dieses Blut vergoß.

Er sah sie fest an. Redet, sagte er, wenn es Euch erleichtert. Ich verrathe Euch nicht.

Habt Ihr keine Ahnung? sagte sie, indem sie aufstand
und dicht neben ihn hintrat. Hab' ich Euch nicht gesagt,
daß Mancher lebt und nicht wiederkommt, und Mancher
todt ist und doch wiederkommt? Wißt Ihr's nun? Er hat
es ihnen nicht vergessen, daß sie sein Weib und Kind unter die Bleidächer geschleppt und gemartert haben. Aber,

um Gottes willen, kein Wort davon über Eure Lippen! Wenn es sein Geist gethan hätte, die Lebendigen müßten es büßen.

Und was habt Ihr für Anlaß zu Eurem Glauben?

Sie sah sich im Zimmer unheimlich um. Wißt, flüsterte sie, es war nicht geheuer im Haus diese Nacht. An den Wänden hört' ich es hinauf und hinabhuschen, wie Gespensterschritte, ich lag im Bett und horchte, und es rauschte da unten heimlich über den Canal und klirrte an Eurem Fenster, und durch das Gäßchen nebenan schwirrte es von aufgescheuchtem Gethier bis lange nach Mitternacht. Erst mit dem Glockenschlag Eins ward Ruhe; ich weiß wohl, wer sie gestört hat.

Er kam, nachdem er es gethan, um uns zu grüßen, da wir ja keinen Abschied genommen haben.

Das Haupt war ihm auf die Brust gesunken. Jetzt stand er auf und sagte, daß er selbst ausgehen wolle, um sich zu erkundigen. Er habe, wie sie ja wisse, sich früh niedergelegt und besonders fest geschlafen, so daß er von allem Spuk nicht gestört worden sei. Uebrigens möge sie es für sich behalten, denn allerdings sei es gefährlich, von einem solchen Verbrechen auch nur eine gespenstische Mitwissenschaft erhalten zu haben. – Darauf zog er sich eilig an und ging in die Stadt hinaus.

Es war ein Wogen und Treiben auf den Gassen, wie man es selbst bei hohen Festen der Republik nicht gewohnt war. Lautlos bewegten sich aus der inneren Stadt hastige Züge von Neugierigen durch die engen Straßen fort nach dem Marcusplatze zu, und wer sich nicht anschloß, stand wenigstens draußen an der Thür seines Hauses und wechselte mit vorbei eilenden Bekannten beredte Zeichen und Blicke. Man sah es diesen Menschen an, daß etwas Unerhörtes und Furchtbares sie zugleich aufgeregt und betäubt hatte, daß sie alle planlos dem allgemeinen Zuge folgten, begierig, das Ereigniß vor Allem mit Augen zu sehen und mit

Händen zu greifen. Niemand redete laut, niemand lachte, pfiff oder seufzte auch nur vernehmlich; es war, als fühlten diese ehrsamen Bürger die Pfähle wanken, auf denen die Lagunenstadt gegründet ward.

In scheinbar nachlässiger Haltung schritt Andrea unter dem Volke hin, den Hut tief über die Augen gedrückt, die Hände auf den Rücken gelegt. Nun trat er auf den Marcus-platz hinaus, wo in unzähligen Gruppen alle Stände durch einander gemischt unter dem reinen Sommerhimmel sich geschart hatten, während unter den Hallen der Procura-zien der Strom weiterfloß, der Piazzetta zu, bis draußen an das breite Becken des Canals, das von den beiden Säulen beherrscht wird. Der alte Dogen-Palast stieg majestätisch über dem Gewühl empor. Man sah hinter den Bogenfens-tern und in den Arcaden Waffen blinken, und ein Trupp Soldaten hatte am Eingange Posto gefaßt, Spalier bildend und jedem die Wehr vorhaltend, der, ohne zum Großen Rat zu gehören, in das Innere Einlaß suchte. Denn oben in der weiten Halle, deren Wände mit den Großthaten der Republik ausgemalt sind, saß die Blüthe des Adels in ge-heimer Berathung beisammen, und die Menge, die unten scheu vor den schweren Pfeilern des alten Baues vorüber wallte, schien ungeduldig das Ergebniß dieser Sitzung ab-zuwarten; so oft ein Nobile sich am Fenster blicken ließ, entstand ein Murmeln und Deuten und Hinaufstarren, als werde jeden Augenblick das Urtheil über den unentdeckten Frevler vom Balcon herab verkündigt werden.

Auch Andrea, der das lange Viereck des Platzes einsam durchmessen hatte, näherte sich jetzt dem Dogen-Palast und warf im Vorbeigehen einen Blick in die Kirche von San Marco, wo er Kopf an Kopf bis zu den Pforten hinaus die Menschen stehen und der Predigt lauschen sah. Dann bahnte er sich mühsam einen Weg nach den beiden Säu-len und stand in düsteren Gedanken am Cai der Piazzetta, vor sich die wimmelnde Menge der schwarzen Gondeln, deren stählerne, gezahnte Schnäbel bei jeder Wendung ihre Sonnenblitze über die Wellen warfen. Auch die Riva degli Schiavoni, die zu seiner Linken lag, war dicht gedrängt von erwartungsvollen Menschen. Ueber dem Turban des Türken tauchte der rothe griechische Fez, die malerische Mütze der Schiffer von Chioggia, der dreieckige Hut und die gepuderte Perücke auf, und man hörte gleicher Weise die verschiedensten Zungen durch einander schwirren, während vom Wasser herauf die eintönigen Anrufe der Gondoliere auch dem Blinden sagten, daß der große Canal Venedigs zu seinen Füßen floß.

Eine offene Gondel, von zwei Dienern in reicher, goldgestickter Livree gerudert, flog vorüber; eine Dame lag nachlässig auf den breiten Polstern, das Haupt in die Hand gestützt. Das Feuer eines großen Diamantringes spielte aus dem röthlichen Glanz ihrer Haare hervor; ihre Augen ruhten auf dem Gesichte eines jungen Mannes, der ihr gegenüber saß und eifrig zu ihr sprach. Sie hob jetzt den Kopf und musterte mit einem stolzen Blicke das Menschengewoge droben auf der Piazzetta. Das ist die blonde Gräfin, hörte Andrea im Volke sagen; er hatte sie längst erkannt. Zusammenfahrend, wie wenn schon ihr Anblick Verderben brächte, wandte er sich ab. Da sah er in ein bekanntes Gesicht, das ihm vertraulich zunickte. Samuele stand hinter ihm.

Seid Ihr auch einmal unter Menschen, Herr Delfin? raunte ihm der Jude mit seiner dünnen Stimme zu. Vergebens habe ich Ew. Gnaden all die Tage her wieder zu begegnen gesucht. Ihr lebt eingezogener, als eine Frau in den Wochen. Wenn Ihr wollt mitgehen, wohin mich meine Geschäfte rufen, so hätt' ich Euch zu sagen, was Ihr vielleicht gern hört. Kommt! Was steht Ihr hier, wie die anderen Narren, die da glauben, im Großen Rath würde das Heil der Republik zur Welt gebracht? Die Ratten im Schiff machen es nicht flott, wenn es aufgefahren ist. Die wahren Lootsen haben jetzt Besseres zu thun, als zu schwatzen. Aber gehen wir von hier fort, ich habe Eile, und in der Gondel reden wir bequemer.

Er winkte eine von den Mieth-Gondeln heran und zog Andrea am Arm sich nach. Sie stiegen ein und setzten sich unter das schwarze Dach, links und rechts durch die Oeffnungen der engen Cajüte den Canal überblickend. Was habt Ihr mir zu sagen, Herr? begann Andrea. Und wohin führt Ihr mich?

Geht morgen früh nicht zu Eurem Notar, sagte der Jude. Es wäre möglich, daß Ihr zu einem Gange abgeholt würdet, der Euch mehr eintrüge.

Was meint Ihr, Samuele?

Ihr wißt, was die Nacht geschehen ist, fuhr der Andere fort. Es ist unerhört, daß zwölf Stunden nach einem Morde in Venedig vergehen und noch keine Spur gefunden ist, wer ihn begangen hat. Wir sind um unseren Credit gekommen bei der Signoria, beim Volk, bei den Fremden, die von der Policei hier zu Lande Wunder geglaubt und Zeichen erwartet haben. Der Rath der Zehn findet, daß er schlecht bedient wird. Er wird sich nach neuen Augen umthun, die besser in alle Winkel dringen. Eure Augen, Herr Delfin, möchten, wenn Ihr noch denkt wie vor zehn Tagen, bald eine feinere Schrift zu lesen bekommen, als die Acten Eures Herrn Notars. Darum haltet Euch zu Haus morgen früh. Wenn es was ist und ich kann ein Wort für Euch anbringen, soll es mich freuen.

Mein Sinn ist noch nicht verändert; aber fast zweifle ich an meinen Fähigkeiten.

Husch, husch! sagte der Andere und schüttelte den Zeigefinger. Ich müßte Gesichter nicht kennen, oder Ihr habt Eures in Eurer Gewalt, und wer verbergen kann, was er denkt, hat schon halb errathen, was für Gedanken Andere zu verbergen suchen.

Und wer entscheidet, ob man mich brauchen kann oder nicht?

Ihr müßt Euch prüfen lassen vor dem Tribunal; ich kann nichts thun, als sagen, daß ich Euch kenne und Euch Talente zutraue. Bis morgen, denk' ich, wird das Tribunal wieder vollzählig sein; die Zehn sitzen eben zusammen und wählen den dritten Mann. Ich kann sagen, daß man mir geben könnte viel Geld, daß ich sollte Staatsi-Inquisitor werden – ich dankte für die Ehre. Denn die Inschrift auf dem Dolche ist nicht so für die Langeweile eingravirt, und der Soldat auf der Pulvermine ißt sein Brod ruhiger, als einer der drei Herren Venedigs seit gestern nacht.

Dennoch ist wohl kein Zweifel, daß der Erwählte das Amt antritt? Oder darf er ablehnen?

Ablehnen! Wißt Ihr nicht, daß die Republik jeden schwer bestraft, der sich einem Amte entzieht?

Andrea schwieg und sah finster durch die Luke auf die Fläche des Canals. Eine unabsehliche Menge schwarzer Gondeln fuhr in derselben Richtung zwischen den hohen Palästen hin, und vom Rialto her kam eine nicht geringere Zahl ihnen entgegen. Beide Züge trafen jetzt auf einander und drängten sich um eine breite Wassertreppe, wo sie um die Wette anfuhren und ihre Herrschaften landeten. Es war der Palast Venier, und droben lag der Todte.

Ein Blick zeigte Andrea, wo sie waren. Gewaltsam beherrschte er seine Bewegung und sagte: Habt Ihr hier zu thun, Samuele, oder ist es bloß die Neugier, einen ermordeten Staats-Inquisitor auf dem Paradebette zu sehen?

Ich bin im Amt, erwiderte der Jude. Aber auch Euch kann es nützlich sein, mitzugehen. Ich werde Euch mit einigen meiner Freunde bekannt machen, denn der Zehnte hier weiß, was er sucht. Aber wir thun, als kennten wir uns nicht. Wißt Ihr, daß ich wetten möchte, von den Verschworenen seien nicht wenige unter diesen Beileids-Gesichtern? Wer weiß, ob der Thäter nicht selbst eben aus einer dieser Gondeln steigt! Er wäre nicht dumm, wenn er sich hier sicherer glaubte, als irgend wo sonst. Denn zu dieser Stunde, kann ich Euch sagen, durchsucht die Policei, während Alles im Freien ist, die Häuser, die ihr jemals verdächtig waren, und das Sprüchwort ist wahr: Der Teufel lehrt, es zu thun, aber nicht, es zu verbergen.

Mit diesen Worten sprang er aus der Gondel und half Andrea dienstfertig aussteigen. Ist es Euch unheimlich, einen Todten zu sehen? fragte er. Ihr seid nicht wohl aufgelegt.

Ihr irrt, Samuele, antwortete Andrea rasch und sah ihm gleichmüthig ins Gesicht. Ich bin Euch vielmehr dankbar, daß Ihr meiner Trägheit zu Hülfe gekommen seid. Ohne Euch wäre ich schwerlich hier. Laßt uns hinaufgehen und dem großen Herrn, der uns im Leben schwerlich angenommen hätte, unseren Besuch machen. Eine stattliche Wohnung, die er so hastig mit einem engen Kämmerchen vertauschen muß! Er thut mir leid, in der That, obwohl ich ihn nie mit Augen gesehen habe.

Sie stiegen unter einem großen Andrange neben einander die schwarzverhangene Treppe hinauf, von deren Höhe das umflorte Wappen des Hauses Venier herunter sah und statt jedes Pförtners die Menge herauf. Drinnen in dem größten Saale war der Katafalk unter einem Baldachin errichtet, Cypressenbäume ragten bis an die hohe Decke, Kerzen auf silbernen Candelabern flackerten im Luftzug, der durch den offenen Balcon vom Wasser herauf durch die Halle strich, und vier Diener des Hauses Venier in schwarzem Sammt, die blanken Hellebarden mit Flören umwickelt, hielten wie Standbilder an den Ecken des Todtengerüstes die Wache. Ueber den Leichnam war eine sammtne Decke gebreitet; die silbernen Franzen hingen bis auf den Boden herab. Der Todte zeigte den Eintretenden das scharfe Profil, das mit einem zornigen und traurigen Ausdruck das geschlossene Auge gegen den Baldachin kehrte. Andrea erkannte diese Züge wieder. Er hatte sie im Zimmer Leonora's in jener Nacht sich tief ins Gedächtniß geprägt. Aber kein Zucken seines Mundes noch der Augen, die scharf auf den Todten gerichtet waren, verrieth, daß der Rächer vor seinem Opfer stand.

Eine Stunde später kam Andrea nach Hause. Frau Giovanna empfing ihn oben an der Treppe mit einer fast mütterlichen Sorge, und auch Marietta schien unruhig auf ihn gewartet zu haben. Sie erzählten ihm, daß die Sbirren in seiner Abwesenheit sein Zimmer durchsucht, aber Alles in bester Ordnung gefunden hätten, übereinstimmend mit dem Zeugniß, welches sie selbst, die Wirthin, ihrem Miether ausgestellt habe. Die ruhige Art, in der Andrea ihre Erzählung anhörte, versicherte sie vollends, daß ihre Angst überflüssig und der Besuch der Policei mehr eine Sache der Form gewesen sei. Eine Menge Warnungen und Vorsichtsmaßregeln legte die gute Frau ihm ans Herz, wie er sich in dieser bösen Zeit mit Reden und Handlungen vor jedem Verdacht zu schützen habe. Sie werden das Regiment noch verschärfen, seufzte die Alte, denn sie wissen wohl: eine Katze mit Handschuhen fängt keine Mäuse, und das ist auch ein wahres Wort, daß die Todten den Lebenden die Augen öffnen. Darum seid auf Eurer Hut, theurer Herr, und traut Niemandem, der sich an Euch macht. Ihr kennt die schlimmen Gesellen noch nicht, wie gutmüthig sie sich zu stellen wissen, aber glaubt mir: man wird nur von dem betrogen, dem man traut. Geht lieber nicht zu Tisch in einem Gasthause, sondern laßt Euch gefallen, daß wir Euch zu Hause auftragen, was wir vermögen. Ihr seht angegriffen aus. Legt Euch ein wenig aufs Bett; Ihr seid das Herumlaufen nicht gewohnt.

Alle diese Reden begleitete Marietta mit bittenden Blicken und sah, neben der Mutter stehend, unverwandt in sein blasses, ernstes Gesicht. Er versicherte, daß ihm wohl sei, bat um Brod und Wein und kam, nachdem man es ihm gebracht hatte, den Rest des Tages nicht wieder zum Vorschein.

Früh am anderen Morgen, als er noch im Bette lag, trat Samuele bei ihm ein. Wenn Euch darum zu thun ist, sagte er, zum mindesten vierzehn Ducaten monatlich in die Tasche zu stecken, so kommt mit mir; es ist Alles eingeleitet, und ich denke, Ihr macht den Gang nicht umsonst.

Ist der neue Staats-Inquisitor schon gewählt? fragte Andrea.

Es scheint so.

Und noch keine Spur von der Verschwörung?

Noch keine Spur. Der Schrecken unter dem Adel ist groß. Sie verschließen sich in ihren Häusern und sehen in jedem Besucher einen Spion der Zehn oder des Tribunals. Einer nach dem anderen von den fremden Gesandten hat dem Dogen seine Aufwartung gemacht und die feierlichsten Versicherungen seiner Empörung über die That abgelegt und seine Hülfe zur Entdeckung des Thäters angeboten. Von nun an werden die Drei vom Tribunal sich noch geheimer halten als zuvor, und wie ich glaube, soll ein Preis auf den Kopf des Mörders gesetzt werden, der einen armen Teufel schon für einige Jahre flott machen würde. Die Augen auf, Herr Andrea! Wir Beiden trinken vielleicht bald einen besseren Wein zusammen, als damals in jener Kneipe!

Schweigend hatte sich Andrea angezogen und folgte nun seinem Gönner, der beständig plauderte, nach dem Dogen-Palast. Samuele war hier gut bekannt. Er klopfte an eine unscheinbare Thür im Hofe, sagte dem Diener, der öffnete, ein Wort ins Ohr und ließ Andrea auf einer kleinen Treppe höflich den Vortritt. Nachdem sie droben einen langen, helldunkeln Gang durchschritten, und einigen Hellebardieren Rede gestanden hatten, wurden sie in ein nicht gar großes Gemach eingelassen, dessen Fenster nach dem Hofe ging und mit einer dunkeln Gardine zur Hälfte verhangen war. Im Hintergrunde gingen drei Männer in flüsterndem Gespräch auf und ab, die Gesichter mit Masken bedeckt, unter denen nur die Spitzen der Bärte hervorsahen. Ein Vierter, unmaskirt, saß an einem Tisch und schrieb beim Schein einer einzelnen Kerze.

Er sah auf, als Samuele mit Andrea auf der Schwelle erschien. Die drei Anderen schienen die Hereintretenden nicht zu beachten, sondern ihr Gespräch eifrig fortzusetzen.

Ihr bringt den Fremden, den Ihr uns angekündigt habt? fragte der Secretär.

Ja, Ew. Gnaden.

Ihr könnt abtreten, Samuele.

Der Jude verneigte sich gehorsam und verließ das Zimmer.

Nach einer Pause, in welcher der Secretär des Tribunals einige Papiere, die vor ihm lagen, überflogen und dann mit einem langen Blick die Gestalt des Fremden geprüft hatte, sagte er: Euer Name ist Andrea Delfin; seid Ihr mit den venetianischen Nobili gleichen Namens verwandt?

Nicht daß ich wüßte. Meine Familie ist seit Urzeiten in Brescia ansässig.

Ihr wohnt in der Calle della Cortesia bei Giovanna Danieli; Ihr wünscht in den Dienst des erlauchten Rathes der Zehn zu treten.

Ich wünsche der Republik meine Dienste zu widmen.

Eure Papiere aus Brescia sind in Ordnung. Der Advocat, bei dem Ihr fünf Jahre gearbeitet habt, gibt Euch das Zeugniß eines verständigen und zuverlässigen Mannes. Nur über die sechs oder sieben Jahre, bevor Ihr zu ihm kamt, fehlt ein jeder Ausweis. Was habt Ihr, nachdem Eure Eltern gestorben waren, in der langen Zeit getrieben? Ihr habt sie nicht in Brescia zugebracht.

Nein, Ew. Gnaden, erwiderte Andrea ruhig. Ich war in fremden Ländern, in Frankreich, Holland und Spanien.

Nachdem ich mein geringes Erbe aufgezehrt hatte, mußte ich mich bequemen, Bedienter zu werden.

Eure Zeugnisse?

Sie sind mir entwendet worden in einem Koffer, der meine ganze Habe enthielt. Ich war dann des unsicheren Reiselebens müde und ging nach Brescia zurück. Meine Herrschaften hatten mich zu mancherlei Secretärdiensten brauchbar gefunden. Ich versuchte es bei einem Advocaten, und Ew. Gnaden haben das Zeugniß selbst vor Sich, daß ich zu arbeiten gelernt habe.

Während er dies sagte, in einer stillen, unterwürfigen Haltung, den Kopf etwas vorgebeugt und den Hut in beiden Händen, trat plötzlich einer der drei Herren in der Maske näher an den Tisch heran, und Andrea fühlte einen durchdringenden Blick auf sich gerichtet.

Wie heißt Ihr? fragte der Inquisitor mit einer Stimme, die ein hohes Alter verrieth.

Andrea Delfin. Meine Papiere weisen es aus.

Bedenkt, daß es Euer Tod ist, wenn Ihr das erlauchte Tribunal hintergeht. Erwägt die Antwort noch einmal. Wenn ich nun sage, daß Euer Name Candiano sei?

Eine kurze Pause folgte auf dieses Wort, man hörte den Todtenwurm im Gebälk des Zimmers bohren. Acht forschende Augen waren auf den Fremden geheftet.

Candiano? sagte er langsam, doch mit fester Stimme. Warum soll ich Candiano heißen? Ich wollt' es wahrlich selbst, denn so viel ich weiß, ist das Haus der Candiano reich und vornehm, und wer diesen Namen trägt, braucht nicht sein Brod mühsam mit der Feder zu verdienen. Ihr habt das Gesicht eines Candiano. Euer Betragen überdies verräth eine bessere Herkunft, als diese Papiere anzeigen.

Ich kann nichts für mein Gesicht, erlauchte Herren, erwiderte Andrea mit anständiger Unbefangenheit. Was mein Betragen angeht, so habe ich auf Reisen allerlei Sitten gesehen und die meinigen, so viel ich konnte, verbessert, auch meine Zeit in Brescia nicht verloren, sondern aus Büchern die Versäumnisse meiner Jugend nachgeholt.

Die beiden anderen Inquisitoren waren indeß jenem ersten näher getreten, und der eine, dessen rother Bart sich breit unter der Maske vorschob, sagte halblaut: Eine Aehnlichkeit mag Euch täuschen, die ich nicht wegläugnen will. Aber Ihr wißt selbst: der Zweig des Hauses, der bei Marano angesiedelt war, ist ausgestorben; der Alte ist in Rom begraben, die Söhne überlebten ihn nicht lange.

Mag sein, erwiderte der Erste. Aber seht ihn an und sagt, ob es nicht ist, als wäre der alte Luigi Candiano, nur verjüngt, aus dem Grabe erstanden. Ich hab' ihn gut genug gekannt; wir wurden an demselben Tage in den Senat gewählt.

Er nahm die Papiere vom Tisch und prüfte sie sorgfältig. Ihr mögt Recht haben, sagte er endlich. Es würde mit den Jahren nicht stimmen.

Für einen der Söhne Luigi's ist dieser zu alt. Wenn er ihn vor der Ehe erzeugt hätte – so würde es uns gleichgültig sein können.

Er warf die Papiere wieder hin, gab dem Secretär einen Wink und trat mit den Anderen in die Fensternische zurück, das unterbrochene Gespräch leise fortsetzend. Niemand konnte Andrea's Augen anmerken, welch eine Last in diesem Augenblick ihm von der Seele fiel. Der Secretär begann von Neuem. Ihr versteht fremde Sprachen? fragte er.

Ich spreche Französisch und ein wenig Deutsch, Ew. Gnaden.

Deutsch? Wo habt Ihr das gelernt?

Ein deutscher Maler in Brescia war mein guter Freund.

Seid Ihr je in Triest gewesen?

Zwei Monate, Ew. Gnaden, in Geschäften meines Herrn, des Advocaten.

Der Secretär stand auf und trat zu den Dreien am Fenster. Nach einer Weile kam er an den Tisch zurück und sagte: Man wird Euch den Paß eines österreichischen Unterthans geben, der aus Triest gebürtig war. Mit diesem geht Ihr in das Haus des österreichischen Gesandten und bittet um seinen Schutz, da die Republik Euch auszuweisen drohe. Ihr werdet sagen, daß Ihr in früher Jugend Triest verlassen habt und nach Brescia hinübergegangen seid. Was auch die Antwort sein möge, dieser Besuch wird Euch, bei einiger Geschicklichkeit, genügen, um mit dem Secretär des Gesandten Bekanntschaft zu machen. Es ist Eure Aufgabe, dieses Verhältniß fortzuspinnen und, so viel Ihr könnt, die geheimen Verbindungen des wiener Hofes mit den Adeligen Venedigs zu beobachten. Entdeckt Ihr das Geringste, was Euch Verdacht einflößt, so habt Ihr es unverzüglich zu melden.

Wünscht das hohe Tribunal, daß ich meine bisherige Stellung bei dem Notar Fanfani aufgebe?

Ihr ändert nichts in Eurer Lebensweise. Euer Gehalt beträgt für den ersten Monat nur zwölf Ducaten. Von Eurer Geschicklichkeit und Umsicht hängt es ab, die Summe zu verdoppeln.

Andrea verneigte sich zum Zeichen, daß er mit Allem einverstanden sei.

Hier ist Euer deutscher Paß, sagte der Secretär. Eure Wohnung ist dem Palast der Gräfin Amidei benachbart. Es wird Euch ein Leichtes sein, mit ihrer Kammerfrau ein Verhältniß anzuknüpfen, dessen Kosten Euch erstattet werden sollen. Was Ihr auf diesem Wege über die Beziehungen der Gräfin zu vornehmen Venetianern erfahrt, berichtet Ihr an diesem Ort. Die Republik erwartet, daß Ihr treu und gewissenhaft Eure Aufgabe erfüllt. Sie verpflichtet Euch nicht durch einen Eid, weil, wenn die Scheu vor den irdischen Strafen, die wir verhängen, Euch nicht in der Pflicht zurückhielte, Ihr kein Menschenblut in den Adern

haben müßtet und also auch der himmlischen Gerechtigkeit spotten würdet. Ihr seid entlassen.

Andrea verbeugte sich wiederum und wandte sich nach
der Thür. Der Secretär rief ihn zurück.

Noch Eins, sagte er, indem er ein Kästchen aufschloß,
das auf dem Tische stand. Tretet heran und betrachtet den
Dolch in diesem Kästchen. Es sind große Waffenfabriken
in Brescia. Entsinnt Ihr Euch,

dort irgend eine ähnliche Arbeit gesehen zu haben?

Andrea blickte, mit letzter Kraft sich bezwingend, in den
Behälter, den ihm der Secretär entgegen hielt. Er erkannte
die Waffe nur zu wohl. Es war ein zweischneidiges Messer, der Griff, ebenfalls stählern, in Kreuzesform. Auf der
Klinge, vom Blut noch nicht gereinigt, standen die Worte
eingegraben: »Tod allen Staats-Inquisitoren.«

Nach einer längeren Prüfung schob er mit fester Hand
das Kästchen zurück. Ich entsinne mich nicht, sagte er, einen ähnlichen Dolch in den Kaufläden von Brescia gesehen
zu haben.

Es ist gut.

Der Sekretär verschloß das Kästchen wieder und winkte
ihm mit der Hand, zu gehen. Langsam schritt Andrea hinaus. Die Hellebardiere ließen ihn passiren; wie im Traum
ging er den hallenden Corridor entlang, und erst als er auf
der dunkeln Treppe war, gönnte er sich's, einen Augenblick
auf einer der Marmorstufen niederzusitzen. Seine Kniee
drohten einzubrechen; der kalte Schweiß bedeckte seine
Stirn, die Zunge klebte ihm am Gaumen.

Als er ins Freie hinaustrat, athmete er tief auf, richtete den Kopf muthig in die Höhe und nahm seine ent-
schiedene Haltung wieder an. Am Portale draußen, das
sich nach der Piazzetta öffnet, sah er einen Haufen Volkes dicht beisammen stehen, vertieft in die Lesung eines
großen Anschlages, der an eine der Säulen angeheftet war.
Er trat ebenfalls hinzu und las, daß vom Rath der Zehn

mit hoher Bewilligung des Dogen eine Belohnung von
tausend Zechinen und die Begnadigung eines Verbannten
oder Verurtheilten demjenigen verheißen werde, der über
den Mörder Venier's Auskunft zu geben wisse. Das Volk
strömte vor der Säule ab und zu, und nur einige lauernde
Gesichter tauchten beharrlich immer wieder unter den Arcaden auf und bewachten die Mienen der Lesenden. Auch
Andrea entging ihnen nicht. Aber mit der Gleichgültigkeit
eines völlig unbetheiligten Fremden machte er, nachdem er
das Blatt überflogen, anderen Neugierigen Platz und stieg
ruhig am großen Canal in eine Gondel, die ihn nach dem
Hotel des österreichischen Gesandten bringen sollte.

Als er nach einer längeren Fahrt vor dem ziemlich abge-
legenen Palast ausstieg, der den doppelköpfigen Adler über
dem Eingange trug, bewegte gerade ein hochgewachsener
junger Mann den Klopfer am Thor. Er sah nach der Gondel
um, und seine ernsthaften Züge erheiterten sich plötzlich.
Ser Delfin, sagte er und bot Andrea die Hand, begegnen
wir uns hier? Kennt Ihr mich nicht mehr? Habt Ihr den
Abend am Gardasee schon vergessen?

Ihr seid es, Baron Rosenberg! erwiderte Andrea und
schüttelte herzlich die dargebotene Rechte. Seid Ihr für
längere Zeit in Venedig, oder holt Ihr schon Euren Paß hier
ab zur Weiterreise?

Der Himmel weiß, sprach der Andere, wann mich mein
Stern je von hier wegführt, und ob ich ihn dann willkommen heißen oder verwünschen werde. Um meinen Paß jedoch brauche ich Niemanden zu bemühen, da ich ihn mir
selbst visiren kann. Denn Ihr müßt wissen, werther Freund,
daß Ihr mit dem Secretär Seiner Excellenz des österreichischen Gesandten sprecht, was ich wahrlich nicht etwa sage,
um eine diplomatische Wand zwischen mich und meinen
werthen Reisegefährten von Riva zu schieben, sondern in
Eurem Interesse, Bester, da es nicht jedem Venetianer erwünscht ist, für einen alten Bekannten von mir zu gelten.

Ich habe nichts zu fürchten, sagte Andrea. Wenn ich Euch nicht lästig bin, trete ich einen Augenblick bei Euch ein.

Ihr wolltet zu mir, ohne mich zu kennen. Was Euch der Gesandtschafts-Secretär zu Gefallen thun sollte, wird Euch nun der Freund um so williger thun, falls es in seiner Macht steht.

Andrea erröthete. Zum ersten Male empfand er jetzt alles Demüthigende der Maske, die er trug, einem freien Manne gegenüber, der ihm nach einer flüchtigen Begegnung vor mehreren Jahren so freundschaftlich wieder entgegen kam. Der Paß des Triestiners, den er in der Tasche trug, drückte ihn wie ein bleiernes Gewicht. Aber die Uebung, seine inneren Kämpfe zu beherrschen, ließ ihn auch diesmal nicht im Stich.

Ich wollte nur eine Erkundigung einziehen über ein deutsches Handelshaus, sagte er, denn ich bin hier in Venedig in der sehr bescheidenen Stellung eines Schreibers, der sich von seinem Herrn Notar zu mancherlei kleinen Diensten gebrauchen lassen muß. Da ich aber in Brescia nicht viel Besseres war und Ihr dennoch mich nicht zu gering hieltet, mir Eure und Eurer Mutter Gesellschaft zu gönnen, so trete ich auch hier dreist mit Euch ein; Ihr müßt mir vor Allem sagen, wie es der trefflichen Frau ergeht, deren ehrwürdiges Bild, ihre rührende Liebe zu Euch, ihre große Güte gegen mich mir noch in lebendigster Erinnerung stehen.

Der Jüngling wurde ernsthaft und seufzte. Kommt in mein Zimmer, sagte er. Wir plaudern dort vertraulicher.

Andrea folgte ihm hinauf, und der erste Blick, den er in das behagliche Gemach that, fiel auf ein großes Pastellbild, das über dem Schreibtische hing. Er erkannte die leuchtenden Augen und das reiche Haar Leonorens. Aller verführerische Schmelz der Jugend und des Uebermuthes lag auf diesen lächelnden Lippen.

Der Jüngling rückte zwei Sessel an das Fenster, durch welches man den ziemlich breiten Canal, die malerische Brücke und zwischen den Häusern drüben die Chorseite einer alten Kirche übersah. Kommt, sagte er, macht es Euch bequem. Soll ich Wein kommen lassen oder Sorbetti? Aber Ihr hört nicht. Ihr seid in dieses unglückselige Bild vertieft. Wißt Ihr, wen es vorstellt? Kennt Ihr das Urbild, von dem es nur ein blasser Schatten ist? Doch wer in Venedig könnte es nicht! Sagt mir nichts von diesem Weibe. Ich weiß alles, was man von ihr sagt, und glaube alles, und dennoch versichere ich Euch in allem Ernste, daß Ihr selbst, wenn Ihr vor ihr ständet, an nichts von allem dem denken, sondern nur wie eine arme Mücke in diese prachtvolle Flamme hinein-starren und blindlings Eure Flügel opfern würdet.

Ist dieses Gemälde Euer Eigenthum? fragte Andrea nach einer Pause.

Nein; es hat einem Glücklicheren gehört, einem schö-nen jungen Venetianer, der, wie sie mir selbst gestand, ihr Abgott gewesen. Der Unvorsichtige ließ sich einfallen, mir seine Freundschaft anzutragen. Er büßt dieses Verbrechen in der Verbannung, und m e i n e Strafe ist nun, daß er mir dieses Bild vermacht hat, und daß ich die Augen des Origi-nals um ihn habe weinen sehen.

Er stand, während er dies sagte, vor dem Bilde und betrachtete es mit einem schwärmerich traurigen Blicke. Andrea beobachtete ihn mit der tiefsten Theilnahme. Er war nicht schön von Gesicht, nur anziehend durch die Mi-schung von jugendlicher Sanftheit der Formen und männ-lichem Ernst und Feuer seines Mienenspiels. Auch in den Bewegungen der hohen Gestalt offenbarte sich Adel und Energie. Unwillkürlich entfuhr Andrea der Ausruf: Daß Ihr, auch Ihr dieses Weib lieben könnt, das Euer so wenig werth ist!

Lieben? erwiderte der Deutsche mit einem seltsam düs-teren Tone. Wer sagt Euch, daß ich sie liebe, wie ich einst in

Deutschland geliebt habe und wie es allein den Namen verdient? Sagt, daß ich von ihr besessen bin, daß ich mit Knirschen und Stöhnen ihre Fesseln trage, und nehmt mein Geständniß hin, daß ich mich dieser Schwäche schäme und doch in ihr schwelge. Ich habe es nie vorher gewußt, wie alle irdische Wonne nichtig ist gegen das Gefühl, sich den Nacken von einem selbstgewählten Joch wund drücken zu lassen und den gesammten Mannesstolz um ein Lächeln solcher Augen in den Staub zu werfen.

Sein Gesicht hatte sich geröthet; er bemerkte jetzt erst, daß Andrea längst von dem Bilde wegsah und ihm tief bekümmert zuhörte.

Ich langweile Euch, sagte Rosenberg. Sprechen wir von etwas Anderem. Wie ist es Euch indeß ergangen? Warum habt Ihr Brescia verlassen?

Ihr habt mir von Eurer Mutter noch nichts erzählt, lenkte Andrea ein. Welch eine Frau! Der Fremdeste fühlte das Verlangen, sie wie eine Mutter zu verehren.

Redet weiter, sagte Baron Rosenberg. Vielleicht befreien mich Eure Worte von dem bösen Zauber, dem ich hier verfallen bin. Nicht, daß Ihr mir etwas Neues sagtet. Aber es von E u c h zu hören, welch eine Mutter sie ist, und welch ein undankbares Kind sie an mir großgezogen hat, bringt mich vielleicht zu meiner Pflicht zurück. Werdet Ihr es glauben, daß ich schon den dritten Brief von ihr habe, in welchem sie mich beschwört, Venedig zu verlassen und zu ihr nach Wien zu kommen? Sie träumt, daß mir hier Unheil bevorstehe. Das größte, dem ich verfallen bin, ahnt sie nicht; und doch hält mich sonst nichts hier fest, als ein Weib, das ich um Alles in der Welt nicht in ihre reine Nähe zu bringen wagte. – Aber nein, fuhr er fort, damit ich mir nicht selbst zu viel thue: Es wäre in der That schwer zu machen, daß ich in diesem Augenblicke mir Urlaub auswirkte. Mein Chef, der Graf, hat sich eingeredet, daß ich ihm unentbehrlich sei, und gerade jetzt gibt es mancherlei

zu thun, was ihm selber lästig wäre. Es ist Euch nicht unbekannt, daß wir hier unliebe Gäste sind. Man will die
Augen nicht öffnen nach der Seite hin, von der eine wirk-
liche Gefahr drohen könnte, und hätschelt das Vorurtheil,
als hätte die Macht, die wir vertreten, die Hand im Spiele
bei allem Feindseligen, was in Venedig geschieht. Ist man
doch so weit gegangen, uns für die Ermordung Venier's
verantwortlich zu machen, eine That, die ich von Grund
meines Herzens eben so verabscheue, wie ich ihre Anstifter
für kurzsichtige Politiker halte. – Denn sagt selbst, werther
Freund, fuhr er mit rückhaltlosem Eifer fort, vielleicht
nicht ohne die Absicht, einen Fürsprecher mehr in Venedig zu gewinnen, sagt selbst, ob die geringste Aussicht ist,
das Ziel, den Sturz des Tribunals, auf diesem verbrecheri-
schen Wege zu erreichen? Setzen wir die moralische Seite
für einen Moment aus den Augen: ist es irgend denkbar,
daß ein so weit verzweigter Anschlag hier, in Venedig, so
lange geheim bleibe, wie er müßte, wenn der Zweck der
Einschüchterung erreicht werden sollte?

Es ist undenkbar, erwiderte Andrea gelassen. Was drei
Venetianer wissen, weiß der Rath der Zehn. Um so wun-
derbarer, daß er diesmal so schlecht bedient wird.

Und nun jetzt den Fall, es gelänge den Verschworenen
nach Wunsch, Mord auf Mord, worauf es ja abgesehen
scheint, erreichte die Inquisitoren trotz des Geheimnisses,
das sie umgibt, und endlich fände sich Niemand, der sein
Leben an eine so gefährliche Würde wagte – was wäre damit erreicht? Eine Aristokratie von so ungeheuerlicher Or-
ganisation, wie die venetianische, bedarf, um zu bestehen,
um sich gegen die drohenden Wogen des Volkswillens zu
sichern, den festen Damm einer immerwährenden Dictatur, die in sanfteren oder härteren Formen immer wieder
aufgerichtet werden müßte. Denn wo sind die Elemente,
aus denen eine echte Republik mit freien Institutionen sich
bilden könnte? Ihr habt eine herrschende Kaste und eine

beherrschte, Souveraene zu Hunderten und Pöbel zu Tausenden. Wo sind die B ü r g e r, ohne die ein freies Stadtwesen ein Unding ist? Eure Nobili haben dafür gesorgt, daß der geringe Mann nie zum Bürgersinn, zum Gefühl der Verantwortlichkeit und des wahren bewußten Opfers für große Zwecke heranreifte. Sie haben den Plebejern nie erlaubt, sich um Staats-Interessen zu bekümmern. Aber weil das Regiment von achthundert Tyrannen zu schwerfällig, zu uneinig und schwatzhaft ist, um eine mächtige Wirkung nach außen oder innen zu üben, knechteten diese Herren sich lieber selbst und beugten sich unter das Joch eines unverantwortlichen Triumvirats, das wenigstens aus ihrer Mitte hervorgegangen war. Sie zogen es vor, ihre eigenen Mitglieder ohne Gesetz und Recht diesem dreiköpfigen Götzen zum Opfer fallen zu sehen, als unter dem Schutze von Gesetzen und Rechten zu leben, die sie mit dem Volke gleich stellen würden.

Ihr sagt die Sachen, wie sie sind, warf Andrea ein. Aber müssen sie bleiben?

Bleiben – oder sich verschlimmern. Denn seht, Bester, wie furchtbar sich die Schneide ihrer Waffe gegen sie selbst gekehrt hat. So lange die Republik eine Aufgabe hatte unter den Völkern Europa's, so lange war der Druck dieser stehenden Dictatur im Innern durch die Erfolge nach außen aufgewogen. Niemals wäre Venedig ohne dieses Zusammenfassen all seiner Kräfte in der Hand unerbittlicher Dictatoren zu der Blüthe politischer Macht und unermeßlichen Reichthums gediehen, wie wir sie bis ins vorige Jahrhundert noch im Wachsen finden. Sobald die Zwecke wegfielen, die so gewaltsame Mittel allein beschönigen konnten, blieb die nackte Tyrannei in all ihrer Unförmlichkeit übrig und begann, um nicht müßig zu gehen und sich selbst für überlebt zu halten, nach innen zu wüthen. Eine Dictatur im Frieden, mag sie von Einem oder Dreien ausgeübt werden, ist immer eine Lebensgefahr für jeden großen oder kleinen Staat. Hier aber ist die Krankheit zu alt geworden, um noch Heilung zu finden. Die Keime des wahren Bürgerthums, aus denen jetzt für die Republik ein neues Leben erwachsen müßte, sind verfault, durch ein Jahrhunderte langes Schreckenssystem, durch das Netz der ausgesuchtesten Spionenkünste ist alles Vertrauen, alle Geradheit, Sicherheit und Freiheitsliebe erstickt und das Gebäude, das so künstlich und dauerhaft aufgeführt scheint, würde zusammenbrechen, sobald der Kitt der Furcht aus den Fugen verschwände.

Eure Gründe mögen gut sein, erwiederte Andrea nach einer Pause, aber es sind Gründe eines Fremden, dem es nichts kostet, diese Republik für ausgelebt und dem Untergang verfallen zu erklären. Einen Venetianer möchtet Ihr schwerlich überzeugen, daß die Krankheit seiner alten Mutterstadt nicht wenigstens den letzten Versuch einer Heilung werth sei.

Ihr aber seid kein Venetianer.

Ihr habt recht, ich bin nur aus Brescia, und meine Stadt hat schwer unter Venedigs Geißel geblutet. Dennoch kann ich mich eines tiefen Mitgefühls mit diesen verzweifelten Männern, die das fressende Geschwür der geheimen Schreckensherrschaft mit dem Messer auszuschneiden versuchen, nicht ganz erwehren. Ob sie ihr Ziel erreichen, steht in den Sternen geschrieben. Meine Augen sind schwach; ich verzichte darauf, diese Schrift zu lesen.

Beide Männer schwiegen und sahen eine Weile durch das Fenster auf den Canal. Ihre Sessel standen dicht neben einander. Die Sonne brannte herein, ohne daß sie der lästigen Glut auswichen.

Ihr seht, begann endlich lächelnd der Jüngere, daß ich für einen Diplomaten, und einen, der in V e n e d i g sich die Sporen verdient, noch viel zu wenig Vorsicht gelernt habe. Wir haben uns nur ein Mal gesehen, und heute sage ich Euch ohne Umschweife, was ich von den hiesigen Dingen

halte. Aber freilich traue ich mir hinlängliche Menschen-
kenntniß zu, um zu wissen, daß ein Geist wie der Eure sich
nicht in den Sold dieser Signoria begeben kann.

Andrea reichte ihm stumm die Hand. In demselben Augenblicke wandte er das Gesicht und sah wenige Schritte
hinter ihnen in unterwürfiger Haltung seinen Amtsgenos-
sen, Samuele, mitten im Zimmer stehen. Er hatte die Thür
leise geöffnet, und war auf den Teppichen des Zimmers unter vielen Verbeugungen ungehört herangetreten. Ew. Gnaden, sagte er jetzt, zu Rosenberg gewandt, indem er sich
gegen Andrea fremd stellte, ich bitte zu verzeihen, daß ich
bin eingetreten ungemeldet. Der Herr Kammerdiener war
nicht im Vorzimmer. Ich bringe die bestellten Juwelen; Sachen, Ew. Gnaden, wie sie die schönste Esther hätte tragen
können.

Er holte aus seinen Taschen Schachteln und Kästchen
hervor und breitete seine Waaren sorgfältig auf dem Tische aus, wobei er sichtlich den jüdischen Händler, den er
sonst in seinem Wesen nach Kräften verleugnete, hervorzu
kehren suchte. Während der Deutsche die Schmucksachen
musterte, warf Samuele einen Blick des Einverständnisses
nach Andrea hinüber, der ihm den Rücken kehrte und an
das Fenster trat. Er begriff, was der Besuch des Juden zu
dieser Stunde bezweckte. Der Spion sollte den Spion im
Auge haben, der alte Fuchs den Neuling bei seinem Probe-
stücke überwachen.

Indessen hatte Rosenberg eine Halskette mit einem
Rubinschlosse ausgewählt, und bezahlte den Preis, den der
Jude forderte, ohne zu handeln. Er warf ihm die Goldstü-
cke hin, nickte ihm, ohne weiter auf sein Geschwätz zu
antworten, seine Entlassung zu, und trat wieder ans Fenster. Ich sehe es an Eurer Miene, sagte er, daß Ihr mich be-
mitleidet und für einen Wahnsinnigen haltet. In der That,
ich handelte klüger, wenn ich dieses blitzende Geschmeide
in den Canal würfe, statt es um Leonorens weißen Nacken

zu legen. Aber was hilft mir alle Klugheit gegen diesen
Dämon?

Ich bin überzeugt, antwortete Andrea, daß Eure Ent-
zauberung nicht lange auf sich warten lassen wird. Aber
eine andere Warnung bin ich Euch schuldig. Kennt Ihr den
Juden näher, der uns eben verließ?

Ich kenne ihn. Er ist einer von den Spionen, die der Rath
der Zehn in unserem Hause besoldet. Er ißt sein Brod mit
Sünden. Denn unser ganzes Geheimniß ist, daß wir ehrlich
sind. Und weil sie dies für ganz unmöglich halten, gelten
wir ihnen für die Gefährlichsten und Verstecktesten. Nur
um Euretwillen ist es mir unlieb, daß der Schleicher gerade
jetzt hier eintrat. Er hat gesehen, daß Ihr mir die Hand
gabt. Ich bürge Euch dafür, daß Ihr, ehe eine Stunde ver-
geht, im schwarzen Buche des Tribunals stehen werdet.

Andrea lächelte bitter. Ich fürchte sie nicht, mein
Freund, sagte er. Ich bin ein friedfertiger Mensch und mein
Gewissen ist ruhig.

Vier Tage waren nach jenem Gespräch vergangen, Andrea hatte sein gewohntes Leben fortgesetzt, sich regelmä-
ßig Morgens bei seinem Notar eingefunden und am Abend
das Haus gehütet, obwohl ihm jetzt, da er zu der hohen
Policei in ein nahes Verhältniß getreten war, an dem guten
Leumund in der Straße della Cortesia nicht mehr viel gelegen sein konnte.

Am Samstag Abends erbat er sich den Hausschlüssel
von Frau Giovanna. Sie lobte ihn, daß er eine Ausnahme von seiner Regel mache. Es sei heute auch der Mühe
werth; die Todtenfeier für den erlauchten Herrn Venier in
San Rocco mitanzusehen, würde sie selbst reizen können.
Aber sie scheue das Gedränge, und dann – er wisse wohl,
weßhalb d i e s e r Fall ihr ein besonderes Grauen einflöße.

Auch er gehe dem nächtlichen Gewühl lieber aus dem
Wege, sagte Andrea. Es beklemme ihm die Brust. Er wolle
eine Gondel nehmen und nach dem Lido hinausfahren.

So verließ er die Alte und schlug die Richtung ein, die San Rocco entgegengesetzt war. Es war schon acht Uhr, ein feiner Regen trübte die Luft, hielt aber die Menschen nicht ab, der Kirche drüben über dem Canal zuzuströmen, wo die Exequien für den ermordeten Staats-Inquisitor um diese Stunde abgehalten werden sollten. Dunkle Gestalten, theils in Masken, theils das Gesicht durch den Hutrand gegen den prickelnden Regen schützend, eilten an ihm vorbei nach den Plätzen der Ueberfahrt, oder nach der Rialtobrücke, und ein dumpfes Glockengetön summte durch die Luft. In einer Seitengasse stand Andrea still, zog eine Maske aus seinem Rock und band sie sich vor. Dann ging er an den nächsten Canal, sprang in eine Gondel und rief: Nach San Rocco!

Die stattliche alte Kirche war schon von unzähligen Kerzen taghell erleuchtet, und eine ungeheure Volksmenge umwogte den leeren Katafalk, der dunkel mitten im Schiff aufragte ohne Blumen und Kränze. Nur ein großes silbernes Kreuz stand zu Häupten, und die schwarze Decke trug zu beiden Seiten das Wappen des Hauses Venier. Auf schwarzausgeschlagenen Sitzen, die durch die ganze Tiefe des Chores amphitheatralisch hinaufstiegen, hatte der Adel Venedigs Platz genommen, in einer Vollzähligkeit, wie sie selten auch bei wichtigen Sitzungen des großen Rathes zu Stande kam. Niemand wagte es, zu fehlen, denn Jedem lag daran, daß an der Aufrichtigkeit seiner Trauer um den Todten nicht der leiseste Zweifel entstände. Auf einer besonderen Tribune saßen die fremden Gesandten. Auch ihre Reihe war vollzählig.

Aus der Höhe herab bliesen die Posaunen die feierliche Introduction eines Requiems und ein vollstimmiger Chor, von der Orgel begleitet, stimmte den Klagegesang an, der erschütternd durch die Kirche wallte und draußen auf dem Platz und weit in die benachbarten Straßen hinein von dem zuströmenden Volk vernommen wurde. Der feine Regen, der noch immer anhielt, die Dunkelheit der Nacht, aus der schon fern die hellen Steinrosen der Kirchenfenster wundersam hervorglommen, das verstohlene Schwirren und Summen der Tausende verbreitete ein banges Grausen rings um die Kirche, dessen nur wenige sich erwehren mochten. Je näher am Eingang in den erhabenen Raum, der alles umschloß, was in Venedig groß und mächtig war, desto andächtiger verstummten alle Lippen. Aus den schwarzen Masken, die nach alter Gewohnheit bei Trauer- wie bei Freudenfesten zahlreich unter der Menge erschienen, sahen nicht wenige bange Blicke in das helle Portal hinein nach dem Katafalk, der an das Ende der Dinge und die Hinfälligkeit irdischer Macht noch vernehmlicher mahnte, als die Worte des Gesanges.

In einer Seitenstraße, die damals durch dunkle Arcaden nach dem Platz von San Rocco mündete, gingen zwei Männer hastig im Gespräch mit einander. Sie sahen es nicht, daß im Dunkel der Häuser ein Dritter ihnen auf dem Fuße folgte, in Mantel und Maske sorgfältig versteckt, der sich bald näherte, bald zurückblickte und ihnen wieder einen Vorsprung ließ. Jene Anderen trugen die Maske nicht. Der Eine war ein graubärtiger Herr mit vornehmem Anstand, sein Begleiter schien jünger und geringeren Standes. Er horchte aufmerksam auf jedes Wort des Alten und warf nur zuweilen eine bescheidene Bemerkung hin.

Jetzt kamen sie an eine Stelle, wo aus einem erleuchteten Hause ein heller Schein über die Gassen fiel. Unversehens hatte die Maske sie überholt und spähte, als sie jetzt dicht an ihr vorüber gingen, hinter dem Pfeiler hervor scharf in die beiden Gesichter. Die Züge des Secretärs der Staats-Inquisitoren tauchten deutlich für einen Augenblick aus der Finsterniß auf. Die Stimme des Alten war ebenfalls im Gemach des geheimen Tribunals laut geworden. Sie hatte Andrea Delfin ins Gesicht gesagt, daß er ein Candiano sei.

Geht nun zurück, schloß der Alte das Gespräch, und besorgt die Sache ohne Aufschub. Der Großcapitän ist bei San Rocco beschäftigt, wie Ihr wißt: aber eine kleine Abteilung seiner Leute genügt, um Beide zu verhaften. Ihr werdet ihnen einschärfen, daß es ohne Lärm abgehen muß. Das erste Verhör habt Ihr sofort anzustellen, denn vor Mitternacht bin ich schwerlich zurück. Ist etwas Dringendes zu melden, so findet Ihr mich, nachdem die Feier vorüber ist, bei meinem Schwager.

Sie trennten sich, und der Alte schritt durch den einsamen Pfeilergang dem Platz von San Rocco zu. Eben verstummte die Musik in der Kirche, und Aller Augen richteten sich auf die Kanzel, die ein schneeweißer Priester, der päpstliche Nuntius, auf zwei jüngere Geistliche gestützt, mühsam bestieg, um zu dem versammelten Adel und Volk Venedigs zu reden. Kein Laut regte sich mehr; die schwache Stimme des Greises begann, weit vernehmlich, das Gebet, daß der Herr in Gnaden herabsehen und aus dem Schatz seiner ewigen Weisheit und Barmherzigkeit den bekümmerten Geistern Trost und Erleuchtung spenden möge, das Dunkel erhellen, welches Schuld und Arglist dem Auge des irdischen Gerichts entziehe, und die Werke der Finsterniß zu Schanden machen wolle.

Das Amen war kaum verhallt, so erhob sich von dem Portale her ein murmelndes Geräusch und pflanzte sich blitzschnell durch das Schiff der Kirche fort und lief bis zu den Sitzen der Nobili hinan, so daß im Nu die ungeheure Versammlung wie ein aufgewühlter See schwankte und brandete. Alle spähten, im ersten Moment rathlos, von welcher der Blitz des Schreckens eingeschlagen hatte. Man sah jetzt durch das Hauptportal Fackeln in Hast über den dunkeln Platz irren und während Alles athemlos hinaushorchte, erscholl plötzlich von vielen Stimmen der Ruf in die Kirche hinein: Mörder! Mörder! Rette sich, wer kann!

Ein beispielloser Aufruhr, eine Verwirrung, wie wenn das Gewölbe der Kirche jählings den Einsturz drohe, folgte auf diesen Ruf. Volk und Patricier, Geistliche und Laien, die Sänger oben vom Chor, die Wächter des Katafalks, Männer und Frauen drängten sich blindlings den Ausgängen zu, und nur der Greis auf der Kanzel droben sah mit unerschütterlicher Würde auf das angstvolle Gewimmel herab, und verließ seinen Sitz erst, als nur noch das schwarze Gerüst inmitten der leeren Kirche ihn an das Wort mahnte, das ihm so plötzlich abgeschnitten worden war.

Draußen aber wälzte sich die entsetzte Menge nach einem Punct, wo einige Fackeln mühsam mit Wind und Regen kämpften. Die Sbirren, die unter der Führung des Großcapitäns beim ersten Aufzucken des Ereignisses an jene Stelle geeilt waren, hatten einen regungslosen Körper im Dunkel der Seitengasse gefunden, dem noch immer das Blut aus der Seite strömte. Als die Fackeln herbeikamen, sah man einen Dolch mit stählernem Kreuzgriff in der Wunde stecken und las die eingegrabenen Worte: »Tod allen Staats-Inquisitoren!«, die durch die entsetzte Menge halblaut von Mund zu Mund gingen.

Der erste Stoß eines Erdbebens, obwohl die Mahnung furchtbar ist, daß man auf vulcanischem Boden stehe, erschüttert die Gemüther noch nicht in den Tiefen. In den Schrecken mischt sich zu lebhaft Ueberraschung und Befremden, ja, wo die Wirkungen nicht allzu fühlbar bleiben, sind die Menschen, die rasch wieder ins Gleichgewicht zurückstreben, gern geneigt, um ihrer Ruhe willen lieber an eine Sinnentäuschung zu glauben. Erst die Wiederholung des Verderblichen, Unabwendbaren und Erbarmungslosen widerlegt jeden Glauben an einen Irrthum, jede Hoffnung, daß nur zufällige Umstände das Ereigniß herbeigeführt haben möchten. Die Wiederkehr der Gefahr verewigt die Furcht und deutet auf eine unabsehliche Reihe von

Schrecknissen hinaus, gegen die weder Muth noch Feigheit den geringsten Schutz gewähren können.

Eine ähnliche Wirkung übte in Venedig die Kunde von dem zweiten mörderischen Anfall gegen einen Staats-Inquisitor aus. Denn daß der Verwundete nichts Geringeres war, hatten die Eingeweihten nicht zu verheimlichen vermocht. Niemand konnte sich's verhehlen, daß die Kühnheit, mit der dieser zweite Schlag geführt worden war, durch das Gelingen der That nur neu angespornt und zum Weiterschreiten auf der Bahn der Gewalt ermuntert werden mußte. Zwar hatte dieses Mal der Dolch, durch ein seidenes Unterkleid abgelenkt, das Opfer nicht sogleich tödlich getroffen. Aber die Wunde gefährdete dennoch das Leben und verursachte jedenfalls einen Stillstand in der Thätigkeit des geheimen Tribunals, das ohne Einstimmigkeit seiner drei Mitglieder keinen Spruch thun durfte. Seine Herrschaft war also für den Augenblick gelähmt, und, was wichtiger war, das undurchdrungene Geheimniß, in das sich die feindliche Macht hüllte, zerstörte den Glauben an die Allwissenheit und Allmacht des Triumvirats und mußte zuletzt das Selbstvertrauen und die rücksichtslose Energie seiner Mitglieder untergraben.

Denn welche Maßregeln der Vorsicht blieben noch übrig und welche Mittel geheimer Nachforschung waren noch unerschöpft? Hatte man nicht über die Neuwahl des dritten Inquisitors im Rath der Zehn sich gegenseitig das tiefste Stillschweigen mit schwerem Eide angelobt? und dennoch war wenige Tage nachher der Schlag so sicher, so wie vom Himmel herab gerade auf den Neugewählten gefallen. Mit argwöhnischen Blicken sah Jeder den Anderen an. Der Gedanke drängte sich auf, daß im Schooße der Machthaber selbst der Verrath niste, daß die Tyrannen selbstmörderisch Hand an ihre Herrschaft gelegt hätten. Man verhaftete den Secretär der Inquisition, der mit dem Verwundeten die letzten Worte kurz vor dem Ueberfall gesprochen hatte. Er wurde peinlich befragt und mit grausamem Tode bedroht. Auch das war erfolglos.

Und was hatte die Vermehrung der geheimen Policei, die massenhafte Anwerbung neuer Spione unter den Dienern der Nobili und der fremden Gesandten, in den Gasthöfen, im Arsenal, selbst in den Casernen und Klöstern für einen Gewinn gebracht? Halb Venedig war dafür besoldet, daß es die andere Hälfte überwachte. Eine ansehnliche Summe sollte die geringste Nachricht, die auf die Spur der Verschwörung half, belohnen. Man verdreifachte sie jetzt. Aber man versprach sich, da man die Verschwörung bei dem Adel suchte, wenig von einer Maßregel, die nur auf das ärmere Volk berechnet war. Man that überhaupt eine Menge Dinge, nur um den Schein zu retten, als sei man nicht müßig, obwohl, was man that, müßig war. Es erschienen strenge Verordnungen über das Schließen der Gasthäuser und Schenken mit dem Eintritt der Dunkelheit, das Tragen von Masken und Waffen jeder Art wurde bei schwerer Strafe verpönt, die ganze Nacht hallte der Schritt der Runden durch die Gassen und hörte man die Gondeln anrufen, die auf den Canälen den Wachtposten vorüberfuhren. Niemand erhielt einen Paß, der Venedig verlassen wollte, und am Eingang des Hafens lag ein großes Wachtschiff, das jedes Fahrzeug anhielt und selbst von den Beamten der Republik die Parole verlangte, ehe sie passiren durften.

Weit über die Terraferma hin verbreitete sich das Gerücht von diesen unheimlichen Zuständen, wie gewöhnlich mit der Entfernung wachsend. Wer eine Reise nach der Mutterstadt vorhatte, schob sie auf. Wer sich in eine Handelsverbindung mit einem venetianer Hause hatte einlassen wollen, zog es vor, den Ausgang dieser Wirren abzuwarten, die den Bau der Republik in ihren Grundfesten umzuwühlen drohten. Der Rückschlag zeigte sich bald in der Verödung der Stadt, wo Alles zu stocken schien. Die Nobili verließen nur im dringendsten Nothfall ihre Paläste,

Andrea Delfin

in denen sie sich, um nicht unwissend an einen der Verschworenen zu streifen, gegen jeden Besuch absperrten. Niemand wußte genau, was draußen vorging, und die abenteuerlichsten Gerüchte von Verhaftungen, Folter und verhängten Strafen drangen zu den verschlossenen Thüren ins Innere der bangen Familien. Auch das geringere Volk, obwohl es klar fühlte, daß es nicht in erster Linie unter diesen Zuständen litt, und es schadenfroh mit ansah, wie die Vornehmen in panischem Schrecken sich unter einander scheel anblickten, konnte sich doch auf die Länge einer beklommenen Stimmung nicht erwehren. Es war immerhin lästig, Karten und Wein mit dem Einbruch der Nacht im Stich zu lassen, von einer jeden Wache, der es einfiel, nach verborgenen Waffen durchsucht zu werden und bei dem besten Gewissen von der Welt keinen Augenblick vor der Tücke falscher Denuncianten sicher zu sein.

Unter den Wenigen, auf deren Leben und Treiben die Schwüle, die über den Gemüthern lag, scheinbar keinen Einfluß übte, befand sich auch Andrea Delfin. Er war am Morgen nach der That gleich dem anderen Troß der geheimen Späher von dem Nachfolger jenes unglücklichen Secretärs, der ihn in Sold genommen hatte, über seine Beobachtungen um die Stunde der That befragt worden und hatte das Märchen von einer Fahrt nach dem Lido aufgetischt, bei der er die Absicht gehabt hätte, die Stimmung unter den Fischern auszukundschaften. Was er aus dem Hotel des österreichischen Gesandten und dem Palast der Gräfin mitzutheilen wußte – unverfängliche Thatsachen, die dem Tribunal längst bekannt waren – zeugte wenigstens für seinen Eifer, sich in seine Aufgaben hineinzuarbeiten. Sein Freund Samuele hatte nicht versäumt, die auffallende Vertraulichkeit zu denunziren, in welcher er den Brescianer mit dem Gesandtschafts-Secretär betroffen hatte. Ruhig verantwortete sich Andrea, und die alte Bekanntschaft von Riva her konnte den Absichten des Tribunals nur förderlich sein.

So verging denn fast kein Tag, an dem er nicht, wenn er mit seiner Arbeit für den Notar fertig war, seinen deutschen Freund aufsuchte, dem das Gespräch des ernsten, von geheimem Kummer verdüsterten Mannes in seiner Abgeschiedenheit von anderem Verkehr nach und nach zum Bedürfniß wurde. Er hatte ein unbegränztes Vertrauen zu Andrea gefaßt, und wenn er politische Themata ihm gegenüber vermied, geschah es mehr, weil er bei der Verschiedenheit ihrer Nationalität eine Verständigung zwischen ihnen nicht hoffen durfte, als aus Besorgniß, daß Andrea seine Offenheit mißbrauchen möchte. Er erzählte ihm sogar mit lachendem Munde, daß er vor ihm gewarnt worden sei; als vor einem Spion des Tribunals. Die Sorglosigkeit, mit der er täglich die verfehmte Schwelle des fremden Gesandten betrete, falle natürlich auf.

Ich bin kein Nobile, erwiderte Andrea mit gelassener Miene. Daß ich keine diplomatischen Verbindungen hier suche, leuchtet den Zehnmännern ein; sie haben mich bis jetzt nicht einmal einer Warnung gewürdigt. Euch aber habe ich liebgewonnen, und würde mit Schmerzen darauf verzichten, Euch dann und wann meine unerfreuliche Gesellschaft aufzudrängen, denn ich bin ein völlig einsamer Mensch. Selbst meine brave Wirthin, die mir sonst wohl ein Stündchen mit ihren Sprüchwörtern die Zeit vertrieb, betritt mein Zimmer nicht mehr. Sie ist krank, krank an Venedig und den bleichen Schatten, die darin umgehen.

So verhielt es sich in der That. Nach dem zweiten Attentat auf die Staats-Inquisition war Frau Giovanna einen Tag lang tiefsinnig umhergegangen, und es hatte sich mit der sinkenden Nacht eine immer wachsende Aufregung bei ihr eingestellt. Sie war nun fest überzeugt, daß der Geist ihres Orso der Thäter sei; denn nur ein unkörperlicher Schatten konnte zum zweiten Male den tausend lauernden Augen, die Venedigs Ruhe bewachten, entgehen. Sie legte ihre besten Kleider an und beschloß, da sie nichts Geringeres als einen Besuch ihres Abgeschiedenen erwartete, die ganze Nacht oben an der Treppe zu seinem Empfange bereit zu sein. In rührender Verwirrung der Begriffe hatte sie eine Lieblingsspeise ihres Mannes auf einem gedeckten Tisch mit drei Sesseln angerichtet, und war nicht dazu zu bewegen, selbst einen Bissen zu genießen. In diesem Zustande verwachte sie den größten Theil der Nacht. Erst nachdem das Lämpchen auf dem Flur erloschen war, gelang es Marietta, die Andrea zu Hülfe rief, die arme Frau wieder ins Zimmer und zu Bett zu bringen. Ein Fieber brach aus, nicht gefährlich, aber lebhaft genug, um täglich mehrere Stunden lang ihr das Bewußtsein zu rauben. Andrea sah dem allem in tiefem Mitleiden zu, und die beweglichen Worte, die der Kranken in ihren Phantasieen entfielen, peinigten ihn sehr. Er mußte sich sagen, daß er die Verstörung dieser guten Seelen auf dem Gewissen habe, und die traurigen Blicke Mariettas drückten ihn schwerer, als alle blutigen Geheimnisse, die er mit sich herumtrug.

Mit dieser Last beladen, schlenderte Andrea eines Nachmittags am Dogenpalaste vorbei und stand lange an dem schmalen Canal, der unter dem hohen Bogen der Seufzerbrücke dahinfließt. Wenn seine Entschlüsse in ihm wankend wurden und er an der Unsträflichkeit des Richteramtes, das er übernommen hatte, zu zweifeln begann, flüchtete er an diese Stelle und bestärkte sich durch einen Blick auf die uralten Mauern, hinter denen Tausende von Opfern einer unverantwortlichen Macht geseufzt und geknirscht hatten, in dem Glauben an das Recht und die Noth seiner Sendung.

Die Sonne schien mit stechenden Strahlen durch die Septemberdünste, die vom Wasser aufstiegen. Dieser Quai, der sonst von Leben wimmelte, war unheimlich still. Die finsteren Blicke der Soldaten, die unter den Arcaden des

Palastes auf und ab klirrten, mochten die laute Munterkeit
der Vorübergehenden einschüchtern. Andrea konnte deutlich hören, daß aus einer Gondel, die eben an die Piazzetta anfuhr, sein Name gerufen wurde. Er erkannte seinen
Freund, den Secretär des wiener Gesandten.

Habt Ihr Zeit, rief der Jüngling ihm zu, so steigt ein wenig ein und fahrt eine Strecke mit mir. Ich bin eilig und
möchte Euch doch gern noch einmal sprechen.

Andrea stieg in die Gondel und der andere reichte ihm
mit besonderer Herzlichkeit die Hand. Ich freue mich sehr,
mein theurer Andrea, daß ich Euch zufällig hier antreffen
sollte. Ich wäre ungern ohne Abschied von Euch gegangen,
und doch wagte ich nicht, Euch zu besuchen oder nach
Euch zu schicken, da es ohne Zweifel aufgefallen wäre.

Ihr reis't? fragte Andrea fast bestürzt.

Ich muß wohl. Da les't diesen Brief meiner guten Mutter, und sagt, ob ich darauf hin noch länger zögern kann.

Er zog den Brief aus der Tasche und gab ihn dem Freunde. Die alte Dame beschwor den Sohn, wenn ihm daran
liege, daß sie je wieder eine Stunde Schlaf fände, ohne
Aufenthalt zu ihr zu reisen. Die Gerüchte aus Venedig, die
Stellung, die er dort einnehme, und welche ihn mehr als
Andere gefährde, der Umstand, daß kaum der dritte seiner
Briefe an sie gelange, sie wisse nicht, durch wessen Schuld
– das alles nage an ihrer Ruhe, und ihr Arzt wolle für nichts
stehen, wenn sie nicht durch einen Besuch ihres Sohnes
erst wieder getröstet und beruhigt worden sei. Es ging ein
Ton greänzenloser mütterlicher Hingebung und tiefen
Kummers durch diese Zeilen, daß Andrea sie nicht ohne
Bewegung lesen konnte.

Und dennoch, sagte er, als er das Blatt zurückgab, dennoch wünschte ich fast, Ihr reis'tet nicht gerade jetzt, obwohl ich weiß, daß Eure Mutter die Stunden zählt. Nicht
darum, weil ich, wenn Ihr fort seid, völlig verlassen sein,
und wie ein wandelnder Todter hier zurückbleiben werde,

sondern weil es nicht gerathen ist, jetzt aus Venedig zu gehen, da der Verdacht Euch auf den Fersen folgen wird, Ihr
ginget aus Vorsicht. Hat man gar keine Schwierigkeiten
gemacht, Euch zu beurlauben?

Nicht die geringsten. Wie könnte man auch, da ich zur
Gesandtschaft gehöre?

So seid doppelt auf Eurer Hut. Man hat schon manche
Thür in Venedig zuvorkommend geöffnet, weil der Schritt
über die Schwelle in einen Abgrund führte. Wenn Ihr mir
folgtet, zeigtet Ihr Euch nicht so offen und unverkleidet
hier in der Stadt während der letzten Stunden vor Eurer
Abreise. Ihr könnt nicht wissen, was man vielleicht anstellt,
dieselbe zu verhindern.

Was soll ich aber thun? fragte der Jüngling. Ihr wißt, daß
die Masken verboten sind.

So bleibt zu Hause und laßt die Würdenträger dieser
Republik lieber umsonst auf Euren Abschiedsbesuch warten. – Und wann werdet Ihr reisen?

Morgen früh um fünf. Ich denke einen Monat fort-
zubleiben und hoffentlich meine Mutter dann beruhigt
verlassen zu können. Nun es fest beschlossen ist, daß ich
mich losreißen soll, bin ich fast schon ausgesöhnt mit dieser
Gewaltcur, obwohl sie mir nicht wenig ins Leben schnei-
det. Vielleicht gelingt es mir, wenn ich die Kreise meiner
Zauberin nur erst ein Mal durchbrochen habe, ihre Macht
für immer abzuschütteln. Aber werdet Ihr's glauben, mein
Freund, daß ich vor der Trennung zittere, wie wenn ich sie
nicht überstehen könnte?

So ist das beste Mittel, Euch s o f o r t von ihr zu trennen.

Ihr meint, sie vor der Reise nicht wiederzusehen? Ihr
verlangt Uebermenschliches.

Andrea ergriff seine Hand. Mein theurer Freund, sagte
er mit einer Innigkeit, die er noch stets bemeistert hatte,
ich habe kein Recht, von Euch nur das geringste Opfer in
Anspruch zu nehmen. Das Gefühl herzlicher Neigung, das

mich von Anfang an zu Euch hingeführt hat, dankt sich selbst reichlich, und ich wage es nicht, im Namen dieser meiner Freundschaft Euch um etwas zu bitten. Aber bei dem Bilde jener edlen Frau, deren Liebesworte Ihr mir eben zu lesen gabt, beschwöre ich Euch: geht nicht mehr in das Haus der Gräfin. Mehr als alles, was ich von ihr weiß, ja, was Ihr selbst nicht in Abrede stellt, laßt Euch meine Ahnung warnen, daß es Euer Unheil ist, wenn Ihr sie nicht in diesen letzten Stunden meidet. Versprecht mir's mein Theuerster!

Er hielt ihm die Hand hin. Aber Rosenberg schlug nicht ein. Fordert kein festes Versprechen, sagte er mit ernstem Kopfschütteln. Laßt es Euch genügen, daß ich den besten Willen habe, Eurem Rathe zu folgen. Aber wenn der Dämon stärker wäre, als ich, und alles über den Haufen stürmte, was ich ihm in den Weg legte, so hätte ich den doppelten Kummer, mir selbst und Euch untreu geworden zu sein. Ihr aber wißt nicht, was dieses Weib erreichen kann, wenn sie will.

Sie schwiegen hierauf und fuhren noch eine Weile nachdenklich mit einander durch die leblose Flut, die träge, wie ein Sumpf, vor dem Kiel ihrer Gondel zurückwich. In der Nähe des Rialto begehrte Andrea auszusteigen. Er trug dem Jüngling Grüße an die Mutter auf und zuckte auf die Frage, ob er nach einem Monat noch in Venedig zu treffen sein werde, finster die Achseln. Sie hielten sich lange Hand in Hand und schieden, als die Gondel landete, mit einem herzlichen Kuß. Noch ein Mal sah das kluge und treuherzige Gesicht des Jünglings aus der Luke des schwarzen Verdecks hervor und nickte dem Freunde zu, der auf der Wassertreppe in Gedanken verloren stehen geblieben war. Beiden war die Trennung schmerzlicher, als sie sich erklären konnten.

Andrea zumal, der sich seit lange von allen Banden gelöst glaubte, mit denen der Einzelne sich an Einzelne knüpft, der über dem einen furchtbaren Ziel, das er sich gesteckt, allen kleinen Lebenszwecken abgestorben schien, wunderte sich bei sich selbst, wie weh ihm der Gedanke that, daß er nun mehrere Wochen sich ohne diesen Jüngling behelfen müsse. Bald aber drängte der Wunsch sich vor, daß er ihm hier nie mehr begegnen möchte, ehe sein Werk gelungen sei. Er nahm sich vor, einen Brief an die Mutter zu schreiben, und sie mit geheimnißvollen Warnungen dergestalt zu drängen, daß sie in die Rückkehr ihres Sohnes nach Venedig nicht wieder willigte. Als er diesen Gedanken gefaßt hatte, fiel eine große Last von ihm. Er ging sofort nach Hause, um sein Vorhaben auszuführen.

Aber in seinem grauen Zimmer, wo nie ein Sonnenstrahl hindrang und die leere Wand des Gäßchens unwirthlich durch das Eisengitter hereinsah, überkam ihn, sobald er sich zum Schreiben niedersetzte, eine so heftige Unruhe und Beklommenheit, daß er die Feder hinwarf und hin und her lief, wie ein Raubthier in seinem Käfich. Er war sich völlig klar darüber, daß diese Stimmung nicht aus der Tiefe seines Gewissens aufstieg, daß keine Furcht, sein Geheimniß verrathen und der Rache überliefert zu sehen, sich in die Verstörung seiner Seele mischte. Erst an diesem nämlichen Morgen hatte er wieder vor dem Secretär des Tribunals gestanden und sich von der völligen Rathlosigkeit der Gewaltherren überzeugt. Der verwundete Staats-Inquisitor lag noch immer zwischen Leben und Tod. Je länger dieser Zustand der Schwebe dauerte, um so mehr wurde das Dasein des Triumvirates selbst in Frage gestellt. Noch Ein glücklicher Schlag gegen das wankende Gebäude, und es lag für alle Zeiten in Trümmern. Andrea zweifelte keinen Augenblick, daß die Fürsehung, die ihm bisher die Hand geführt, auch das Letzte werde gelingen lassen. Noch niemals war er an seiner Sendung irre geworden. Und wenn ihn heute die unbestimmte Ahnung eines großen Unglückes ruhelos machte, so hatten seine eigenen Thaten und Plane keinen Antheil daran.

Der Tag dunkelte schon, als er drüben an Smeraldina's Fenster ein leises Husten hörte, das verabredete Zeichen, daß ihn das Mädchen zu sprechen wünsche. Er hatte sie in der letzten Zeit ziemlich vernachlässigt und knüpfte heute nicht ungern wieder an, theils um seinen eigenen Gedanken zu entrinnen, theils um durch Neuigkeiten aus dem Palaste der Gräfin sich den Zugang zum Tribunal offen zu erhalten, und vielleicht gar zu einem der Inquisitoren hindurchzudringen. Rasch trat er ans Fenster und grüßte hinüber. Die Zofe empfing ihn mit einer kühlen Herablassung.

Ihr macht Euch rar, sagte sie; es scheint, Ihr habt indessen andere Bekanntschaften gemacht, die Ihr Eurer Nachbarin vorzieht.

Er versicherte, daß seine Gefühle für sie unverändert seien.

Wenn es wahr ist, sagte sie, so will ich Euch wieder zu Gnaden annehmen. Es wäre heute gerade eine gute Gelegenheit, einmal wieder ungestört mit einander zu plaudern. Meine Gräfin hat eine Spielgesellschaft auf den Abend, ein halb Dutzend junger Herren. Sie gehen schwerlich vor Mitternacht, und bis dahin könnten auch wir Zwei zusammen kommen, und ich versorgte uns hinlänglig aus der Küche und vom Credenztische.

Ist der Deutsche geladen, von dem du mir erzählt hast, daß die Gräfin ihn so oft bei sich sieht?

Der? wo denkt Ihr hin! Der ist so eifersüchtig, daß er keinen Fuß über die Schwelle setzt, wenn er hier Gesellschaft wittert. Uebrigens reis't er fort. Wir grämen uns eben nicht todt darum.

Andrea athmete auf. Ich bin um zehn Uhr hier am Fenster, sagte er; oder soll ich ans Portal kommen?

Sie besann sich. Thut lieber das, sagte sie. Der Pförtner ist ja ein guter Bekannter von Euch. Und Eure Wirthin

gibt Euch wohl den Schlüssel. Oder spielt Ihr den Tugend-
haften vor der kleinen Marietta? Wißt Ihr, daß ich auf das
unbedeutende Geschöpf in allem Ernste eifersüchtig zu
werden anfing?

Auf Marietta?

Sie ist in Euch vernarrt, oder ich habe keine Augen im
Kopf. Seht sie nur an. Geht sie nicht wie verwandelt einher
und singt nicht mehr, während man sich sonst die Ohren
zuhalten mußte? Und wie manche Stunde betreffe ich Sie
darüber, daß sie, während Ihr fort seid, in Euer Zimmer
schleicht und Eure Sachen durchstöbert!

Sie liest in meinen Büchern; ich habe es ihr erlaubt.
Wenn sie nicht mehr singt, so ist es, weil die Mutter krank
liegt.

Ihr wollt sie nur entschuldigen, aber ich weiß genug, und
wenn ich dahinter kommen sollte, daß sie schlecht von mir
gesprochen hat, um Euch mir abspenstig zu machen, so
kratze ich ihr die Augen aus, der neidischen Hexe.

Sie schlug das Fenster heftig zu, und er konnte nicht
umhin, ihren Worten lange nachzudenken. In früheren
Zeiten hätte die Vorstellung, daß er dem reizenden Mädchen nicht gleichgültig sei, sein Blut zu schnelleren Schlägen getrieben. Jetzt ging es ihm nur im Kopfe herum, wie er
seinen Weg einzurichten habe, um die ruhige Bahn dieser
arglosen Seele nicht ferner zu kreuzen. Nachträglich fielen
ihm mancherlei kleine Züge ein, die für Smeraldina's Meinung sprachen. Er hatte sie einzeln sich verläugnet. Ihre
Summe mußte er gelten lassen. Ich muß fort von hier, sagte
er bei sich selbst. Und doch, wo bin ich so sicher und geborgen, wie in diesem Hause?

Nachts um die bestimmte Stunde fand er sich am Portal
des Palastes ein, der mit hellen Fenstern auf den winkeli-
gen Platz hinaussah. Die Luft war mondlos und trübe, ein
früher Herbst kündigte sich an, und die wenigen Menschen, die noch auf den Straßen waren, hüllten sich in ihre

kurzen Mäntel. Andrea, als er stand und wartete, daß man ihn einlasse, dachte des Abends, da ein anderer Candiano diese Schwelle betreten hatte, um den Tod davonzutragen. Er schauderte in sich zusammen. Seine Hand, die bald darauf von der öffnenden Zofe vertraulich ergriffen wurde, war kalt.

Sie führte ihn in ihr Zimmer, aber Essen und Trinken, wozu sie ihn nöthigte, war ihm unmöglich, obwohl sie die Tafel ihrer Herrin nicht geschont und vom Ausgesuchtesten für ihren Freund bei Seite gebracht hatte. Er entschuldigte sich mit seiner Krankheit, und sie ließ es gelten, da er sich nicht weigerte, einige Ducaten im Tarok an sie zu verlieren. Auch hatte er ihr wieder ein Geschenk mitgebracht, so daß sie es verschmerzte, auch heute einen so einsylbigen und enthaltsamen Liebhaber an ihm zu finden. Sie aß und trank desto eifriger, trieb allerlei Possen und nannte ihm die Namen der jungen Venetianer, die zum Spiel bei der Gräfin sich eingefunden hatten.

Da geht es anders her, als bei uns, sagte sie, das Gold wird nicht gezählt, sondern mit der vollen Faust auf die Karte gesetzt. Habt Ihr Lust, einmal einen Blick hinein zu werfen? Ihr kennt ja die Schliche schon.

Du meinst den Spalt in der Wand? Aber sind sie denn nicht im Saale?

Nein, im Zimmer der Gräfin. Der Saal ist nur für große Galatage im Carneval.

Er besann sich kurz. Es konnte ihm nur erwünscht sein, seine Personenkenntniß unter dem Adel zu erweitern. Führe mich hin, sagte er. Ich werde bald genug haben und dir nicht lange untreu werden.

Nur verliebt Euch nicht in meine Gräfin, drohte sie. Im Puncte der Eifersucht verstehe ich keinen Spaß, und leider finden Manche meine Herrin schöner, als mich.

Er suchte in diesen Ton einzustimmen, und sie gingen scherzend aus dem Zimmer. Draußen begegneten ihnen einige Lakaien in Livree, die an dem Begleiter des Mädchens keinen Anstoß zu nehmen schienen. Sie trugen silberne Schüsseln und Teller vorüber und ließen den Weg nach dem großen Saale frei. Derselbe war unbeleuchtet wie das erste Mal; aber nebenan ging es fröhlicher und lauter zu, und Andrea, als er seinen unbequemen Lauerposten oben auf der Tribune eingenommen hatte, erkannte das Gemach kaum wieder. Die hohen Wandspiegel warfen sich die Strahlen der Kerzen verhundertfacht zu, und ihre goldenen Rahmen fingen die Streiflichter auf und schnellten den Wiederschein bis an die Decke. Dazwischen aber funkelten die Juwelen der schönen Leonora, und Andrea erkannte deutlich an ihrem Halse die Kette mit dem Rubinschlosse, die sein deutscher Freund von Samuele gekauft hatte. Der Stein lag wie ein rother Blutfleck auf der weißen Brust. Aber ihre Augen sahen müde und gleichgültig auf die Karten, und wenn sie die Gesichter der jungen Männer überflogen, war es deutlich wahrzunehmen, daß Keiner von ihnen sie fesselte. Und doch thaten die Gäste ihr Bestes, um liebenswürdig zu sein. Sie begleiteten ihre Einsätze mit den scherzhaftesten Reden und verloren rascher ihr Gold als ihre Laune. Einer, der bereits Alles verspielt zu haben schien, saß auf einem Sessel zwischen zwei Wandspiegeln und sang schmachtende Barcarolen zur Laute. Ein Anderer, der eine Weile vom Gewinnen ausruhte, zielte mit Goldstücken nach den Mustern des Fuß-Teppichs und vergaß, sich nach den rollenden Zechinen wieder zu bücken. Dazwischen gingen die Diener mit Eis und Früchten ab und zu und ein Bologneserhündchen unterhielt sich in aller Freundschaft mit dem großen, grünen Papagei, der von seiner vergoldeten Stange herab zuweilen auf gut Venetianisch drollige Flüche in die Gesellschaft hineinrief.

Schon wollte der Lauscher oben auf der Musikbühne sich wieder zurückziehen, da ihm das Bild, in das er hinuntersah, die peinlichsten Gefühle erregte, als plötzlich durch die hohe Flügelthür eine stattliche Figur in das Spielzimmer trat, die von allen Anwesenden mit Befremden begrüßt wurde. Es war ein ziemlich bejahrter Herr, der aber sein weißes Haupt noch aufrecht genug auf den Schultern trug und auch im Gange nichts Greisenhaftes hatte. Er musterte mit einem raschen Blick die jungen Leute, neigte sich leicht vor der Gräfin und bat, sich nicht stören zu lassen.

Ihr verlangt zu viel, Ser Malagiero, erwiderte die Gräfin. Die Ehrfurcht dieser Jugend vor den Diensten, die Ihr der Republik zu Meer und zu Lande geleistet habt, erlaubt nicht, daß wir in Eurer Gegenwart fortfahren, die edle Zeit so sündlich zu töthen.

Ihr seid im Irrthum, schöne Leonora, versetzte der Alte. Habe ich doch nur deßhalb mich von allem Staatsdienst zurückgezogen und selbst den großen Rath schon seit Jahren nicht mehr besucht, weil mir der Respect der jungen Leute lästig ward und es mich nach ungebundener, fröhlicher Gesellschaft verlangte. Wer aber mag sich heutzutage das Herz vom Wein öffnen lassen, wenn einer vom Rathe der Zehn oder gar ein Staats-Inquisitor mit bei Tische sitzt? Man altert rascher im Amt, und ich denke noch eine Weile meiner weißen Haare zu spotten und wenigstens beim Weine jung zu sein, wenn ich auch der Schönheit gegenüber meine Jahre fühle.

Ihr nehmt es wahrlich in der Artigkeit noch mit diesen jungen Herren auf, sagte Leonora, die meinen, es gehöre nur ein zierlich gekräuselter blonder oder schwarzer Bart dazu, um das Recht zu haben, jeden schönen Frauenmund zu küssen. Aber ich will den Credenztisch hereintragen lassen, um meinem seltenen Gaste Willkommen zuzutrinken.

Verzeiht, meine holde Freundin. Ich komme nicht, um das Gastrecht in Anspruch zu nehmen. Nur der Wunsch trieb mich her, Euch unverzüglich die Nachrichten von Eurem Bruder zu bringen, die durch den Courier aus Genua heute Abends an mich gelangt sind. Sie sind so guter Art,

daß ich nicht fürchte, die Heiterkeit der schönen Wirthin zu trüben, und daher auf Verzeihung rechne, wenn ich
Euch diesen edlen Herren für einige Augenblicke entführe.
Darf ich hier mit Euch eintreten? sagte er, auf die Thür zu
dem dunkeln Saal deutend, auf die er zugeschritten war.

Andrea zuckte zusammen. Er begriff, daß er nicht so
rasch und geräuschlos seinen Platz verlassen konnte, um
unbemerkt sich davon zu schleichen. Und schon öffnete
sich die Saalthür und er hörte das Kleid der Gräfin herein-
rauschen. Schnell entschlossen, legte er sich platt auf den
Boden der hohen Estrade nieder, deren Geländer, so nied-
rig es war, ihn dennoch in dieser Lage völlig deckte. Er hörte den Schritt des Alten, der Leonoren folgte und die Frage,
ob ein Leuchter hereingebracht werden sollte, verneinte.

Nur zwei Worte habe ich zu sagen, rief Malagiero in
das Spielzimmer zurück. Niemand der jungen Herren wird
Zeit haben, auf mich eifersüchtig zu werden.

Die Thür schloß sich hinter ihnen, und sie gingen unter
der Tribune auf und ab.

Was führt Euch her? sagte die Gräfin hastig. Bringt Ihr
mir endlich die Nachricht, daß Gritti zurückberufen wird?

Ihr habt die Bedingung noch nicht erfüllt, Leonora.
Welches von den wiener Geheimnissen habt Ihr dem Tribunal mitgetheilt?

Lag es an mir? That ich nicht Alles, was ein Weib nur
vermag, und ließ diesen eigensinnigen Deutschen im Netze
zappeln, wie einen Fisch auf dem Sande? Aber nie kam ein
Wort von Geschäften über seine Lippen. Und heute reis't er
ab, wie Ihr wissen werdet. Ich bin krank vor Aerger, daß ich
so viel Zeit umsonst an ihn verschwendet habe.

Man sähe es lieber, wenn e r krank wäre.

Wie das?

Er will fort, man hat ihm den Weg nicht verlegen können. Aber wir sind gewiß, daß es der Republik zum größten
Schaden gereicht, wenn er wirklich bis Wien kommt. Die

Vorwände seines Urlaubs sind nichtig. Der wahre Grund ist, daß er Dinge in Wien zu melden hat, die er selbst einem geheimem Courier nicht anzuvertrauen wagt. Und darum liegt Alles daran, daß die Reise verhindert wird.

So verhindert sie. Sein Gehen oder Bleiben ist mir völlig gleichgültig.

Ihr habt das leichteste Mittel in der Hand, Leonora, ihn hier festzuhalten.

Das wäre?

Ihr sendet ihm jetzt sogleich eine Botschaft, daß er kommen möge, um Euch weniger grausam zu finden, als bisher. Wenn er dann, wie unzweifelhaft ist, sich noch in dieser Nacht bei Euch einfindet, so sorgt Ihr dafür, daß er bald darauf erkrankt.

Sie unterbrach ihn rasch. Ich habe einen Schwur gethan, sagte sie, in dergleichen Zumuthungen nie wieder zu willigen.

Man wird Euch Eures Schwurs entbinden und Euer Gewissen beruhigen, Leonora. Auch ist die Meinung nicht, daß das Mittel tödlich sein soll; dies wäre sogar ernstlich zu verhüten.

Thut, was Ihr wollt, sagte sie. Aber mich laßt aus dem Spiel.

Euer letztes Wort, Gräfin?

Ich hab' es gesagt.

Nun wohl, so wird man dafür sorgen müssen, daß der Reisende unterwegs verunglückt. Es ist immer umständlicher und verdächtiger.

Und Gritti?

Von ihm ein ander Mal. Erlaubt, daß ich Euch zu Eurer Gesellschaft zurückführe.

Die Thür des Saales öffnete sich und schloß sich wieder. Andrea konnte sich ohne Gefahr aufrichten. Aber die Worte, die er gehört hatte, lähmten noch seine Sinne und Glieder. Er hörte undeutlich durch die Wand das muthwillige

Lachen und die Scherze der jungen Leute; die furchtbare
Nähe, in der hier Tod und Leben, Verbrechen und Leichtsinn an einander hinstreiften, sträubte ihm das Haar. Als
er sich mühsam aufrichtete und die Stufen hinuntertappte,
suchte seine Hand krampfhaft nach dem Dolch, den er im
Gewande versteckt immer bei sich trug. Seine Lippen waren blutig, so hatte er die Zähne darin verbissen.

Aber noch war er besonnen genug, Smeraldina wieder
aufzusuchen und ihr in gelassenen Worten zu sagen, daß
die Gesellschaft ganz lustig anzusehen sei; aber er werde
nie wieder durch die Spalte schauen, da er nur mit genauer
Noth der Entdeckung durch die Gräfin und einen älteren
Gast entkommen sei. Er hoffe, daß sie es nicht gehört hätten, wie er bei ihrem Eintritt in den dunkeln Saal durch die
andere Thür entschlüpft sei. – Darauf leerte er seine Börse
vollends und drang darauf, sogleich von ihr zu gehen. Am
sichersten sei es, daß sie ihn auf dem Brett durchs Fenster
entlasse, um jedem Verdacht der Gräfin auszuweichen. Sie
hatte kein Arg dabei, und die Brücke war im Nu geschlagen. Er überschritt sie mit festem Fuß, obwohl der Entschluß zu einer schweren That bereits in ihm fest stand.
Doch dieses Mal galt es nicht die große Sache allein, der
er sich geweiht hatte. Es galt, einen Freund vor feindseliger
Tücke zu schützen, einen Sohn der Mutter wohlbehalten in
die Arme zu senden, einen schnöden Verrath des Gastrech-
tes durch strenges Gericht zu verhüten.

Leise trat er auf den Flur seines Hauses und horchte in
den dämmerigen Gang hinaus. Die Thür seiner Wirthin
war geschlossen; aber er hörte trotzdem ihre Stimme, die
aus Fieberträumen heraus sich mit Orso's Schatten be-
sprach. Er gewann die Treppe und öffnete unten behutsam
die Pforte. Die Straße war leer; das ewige Lämpchen leuchtete nicht weit in die windige Nacht hinüber; aber er kannte
die Wege und ging mit eiligen Schritten durch die nächsten
Quergassen über die schmale Brücke des Canals, die auf

den kleinen Platz vor Leonorens Palast führte. Er hatte nirgends eine Gondel gesehen, und mußte annehmen, daß der Alte den Weg nach seinem Hause zu Fuß zurücklegen werde. Er ersah sich einen Platz, wo er vorüberkommen mußte. Ein tiefer, dunkler Vorsprung eines Thürpfeilers schien ihm passend zum Hinterhalt. Hier drückte er sich in die Ecke und faßte das Portal des Palastes scharf ins Auge.

Aber die Hand, die den Dolch gezückt hielt, zitterte stark und das Blut schoß ihm so gewaltig zu Herzen, daß er mit höchster Anstrengung sich zu ermannen suchte. Was war es, das dieses Mal sich in ihm auflehnte gegen eine That, die er für eine heilige Pflicht, für das Gebot einer höheren Nothwendigkeit hielt? Er kämpfte hart gegen die dunkeln Stimmen an, die ihn von seinem Posten wegzulocken schienen. Die Schulter bohrte sich eisern in den Pfosten ein, mit der Linken lüftete er die Stirn, auf der kalte Tropfen standen. Halt aus! sagte er unwillkürlich zu sich selbst. Vielleicht, wenn der Himmel es gnädig fügt, ist es das letzte Mal.

Da fiel ihm ein, daß der alte Malagiero ohne Zweifel sich von Dienern werde geleiten lassen, und augenblicklich begriff er die Unmöglichkeit, in diesem Falle den Schlag zu führen. Fast war es ihm lieb, einen Vorwand zu sehen, weßhalb er heute unverrichteter Sache nach Hause gehen müsse. Aber indem er schon mit einem Fuß aus der Höblung der Thürnische heraustrat, öffnete sich drüben das Portal des Palastes und in der grauen Nacht, sah er die stattliche Figur in den Mantel gehüllt einsam über die Schwelle treten und auf ihn zu kommen. Das weiße Haar wallte deutlich genug unter dem Hute vor, der rasche Schritt erklang über den Steinplatten, und sorgfältig hielt sich der späte Wanderer an den Häusern. Jetzt näherte er sich dem Hause, in dessen Schatten der Rächer stand; als ahne er die Nähe einer Gefahr, schlug er den Mantel vor das Gesicht und hielt die Linke fest am Griff seines Degens, den er trotz des Waffenverbotes an der Seite trug. Er ging an seinem Feinde vorüber, ohne ihn zu gewahren; zehn, zwanzig Schritte weit ließ ihn Jener Vorsprung gewinnen. Schon nähert sich der Einsame der Brücke. Auf einmal hört er einen Fußtritt hinter sich, er wendet sich um, die Hand läßt den Mantel sinken, aber in demselben Augenblick bricht seine hohe Gestalt zusammen; der Stahl war ihm tief ins Leben gefahren.

Meine Mutter! meine arme Mutter! stöhnte der Ermordete. Dann sank sein Haupt auf das Pflaster. Die Augen schlossen sich für immer.

Eine Stille von mehreren Minuten folgte auf diese Abschiedsworte. Der Todte lag quer über die Straße ausgestreckt, mit ausgebreiteten Armen, als wollte er das treulose Leben inbrünstig umfangen. Der Hut war ihm von der Stirn gefallen, unter der Verkleidung der weißen Locken drängte sich das natürliche braune Haar hervor, das jugendliche Gesicht erschien wie schlafend in der falben Dämmerung der Nacht. Und einen Schritt von ihm entfernt, an der Wand des nächsten Hauses, starr wie eine angelehnte Bildsäule, stand der Mörder, und seine Augen stierten in die regungslosen Züge des Jünglings und mühten sich in verzweifelter Angst vergebens ab, die entsetzliche Gewißheit sich zu verläugnen, sich einzureden, daß ein Spuk ihn verblende, daß unter dieser jungen Larve, die ihm die Hölle vorhalte, sich die Züge jenes Alten versteckten, der kurz zuvor im Saale Leonorens dem Freunde Andrea's einen Hinterhalt bestellt hatte. Hatte er nicht dieses Freundes wegen sich geeilt, den Streich zu führen? Wollte er nicht der Mutter ihren Sohn wohlbehalten zurücksenden? Und was hatte der Mann, der dort am Boden lag, von seiner armen Mutter gelallt? Warum stand nun der Richter und Rächer wie ein Verurtheilter und vermochte kein Glied zu regen, obwohl seine Zähne wie in Todesangst klapperten und Frost seinen Körper schüttelte?

Das Blut, das ihm in die Augen geschossen war, trat zurück und tobte gegen die Herzkammern. Seine Blicke erkannten deutlich den Dolch in der Brust des Todten. Er las in dem trüben Zwielicht die Worte auf dem Heft, die er mit eigener Hand mühsam eingegraben hatte: »Tod allen Staats-Inquisitoren.« Er sprach sie unwillkürlich laut aus, und ließ seine Augen zwischen der verhängnißvollen Waffe und dem Gesicht des armen Opfers hin und her gehen, sich sättigend mit dem vernichtenden Widerspruch zwischen diesen Worten und diesen Zügen. In furchtbarer Hast jagten sich die Gedanken an ihm vorbei. Er war plötzlich über Alles klar, was hier geschehen war und nie gesühnt werden konnte. Kein Wunder hatte mitgewirkt, um das Grauenvolle zur Wirklichkeit zu machen. Alles war so ganz natürlich, so wahrscheinlich, ein Kind mußte es begreifen. Ueber Tag hatte sich der Jüngling von seiner verderblichen schönen Feindin fern gehalten. Er wollte fort ohne Abschied. Er hatte es ihr sagen lassen, und sie war gleichgültig genug, sich für den nämlichen Abend Gesellschaft zu laden. Als die Nacht kam, widerstand er dem heftigen Zwange des Dämons nicht und ging den gewohnten Weg. Man hatte ihm an der Pforte gesagt, daß er die Gräfin nicht allein finden würde. Augenblicklich war er entschieden, umzukehren. Und gerade dieser Augenblick hatte genügt, daß sein einziger Freund sich in den Hinterhalt stellen konnte, um zum Mörder an ihm zu werden.

Erst als Andrea das alles klar überlegt hatte, mit einer kalten Hellsichtigkeit, wie sie in allen entscheidenden Stunden, wo jeder Trost schwindet, dem Menschen nahe tritt, lös'te sich die Starrheit seines Leibes. Er stürzte zu dem stillen Schläfer hin, sank knieend auf das Pflaster und sah ihm dicht ins Gesicht. Ein irres Lachen, das wie ein Röcheln klang, entfuhr ihm jetzt, als er die weißen Locken ihm vom Haupte strich, die ihn so unselig betrogen hatten. Es fiel ihm ein, daß er selbst am Nachmittag den Freund

gewarnt hatte, sich nicht offen in den Straßen Venedigs zu
zeigen. Er selbst hatte die Falle gelegt, für sich und seinen Theuren. Dann riß er ihm das Kleid auf und fühlte,
ob noch ein Rest von Leben im Herzen klopfe. Er neigte seinen Mund dicht an die Lippen des Jünglings, ob er
noch einen Hauch spüren könne. Alles war still und kalt
und hoffnungslos.

In diesem Moment wurde die Pforte des Palastes wieder geöffnet, und eine hohe Gestalt im Mantel trat heraus.
Der Lichtschein aus dem Flur fiel auf das weiße Haar des
alten Malapiero, der in sein Haus zurückkehrte. Andrea
sah auf, die schneidende Ironie seiner Lage trat ihm vor die
Seele. Da ging der Mann, vor dem er Venedig, die wehrlose Herde des Adels und Volkes, und nicht zuletzt seinen
deutschen Freund zu schützen dachte. Da kam er einsam
genug des Weges heran, nur in der Maske eines Geheimnisses, das sein Feind durchdrungen hatte; nichts hinderte,
sich auf ihn zu werfen, der Dolch war zur Hand – ; aber
dieser Dolch war mit unschuldigem Blut geschändet worden, nichts mehr unterschied den Richter und Rächer von
dem, an welchem er den Spruch vollziehen wollte, als daß
hier ein tückisch blinder Zufall den Streich geführt hatte,
während jene unverantwortlichen Henker ihre Ziele sicher
und unfehlbar vor Augen hatten.

Dieses alles tobte durch Andrea's Geist. Er raffte sich
auf, zog den Dolch aus der Wunde und floh, noch unbemerkt von dem greisen Triumvirn, im Schatten hin, über
die schmale Canalbrücke seinem Hause zu. Als ihm einfiel,
daß der alte Malagiero den Todten finden und seinem unbekannten Mörder Dank wissen würde, daß er ihm eine
Mühe gespart, mußte er die Zähne zusammenbeißen, um
nicht wild aufzuschreien.

So kam er an seine Hausthür und fand sie offen. Als er
die Treppe hinaufsah, erblickte er oben, wo sonst die Alte
saß, ihre Tochter, die an der obersten Stufe stand und weit

vorgebeugt, beide Arme auf das Geländer gestützt, hinab-
spähte. Kommt Ihr endlich! flüsterte sie ihm entgegen. Wo
waret Ihr so spät? Ich hörte Euch fortgehen und konnte
nicht schlafen.

Er erwiderte kein Wort; mühsam erstieg er die Treppe und wollte an ihr vorbei. Da sah sie den Dolch, den zu
verbergen er durchaus keine Sorge trug, und plötzlich fiel
sie mit einem erstickten Ausruf ihm gerade vor die Füße.
Er ließ sie liegen und schritt nach seinem Zimmer. Kein
Mitleiden mit kleinem Menschenweh hatte noch Raum
in seinem Innern. Er sah nur die Mutter vor sich, die mit
Ungeduld ihren Sohn aus der Fremde zurückerwartete und
statt dessen seinen Sarg empfangen sollte.

Kaum aber hatte er sich in seinem Zimmer eingeschlos-
sen, als er Marietta's Klopfen vernahm und ihre leise Stimme, die ihn um Einlaß bat.

Geh zu Bett! sagte er. Ich habe nichts mehr mit Menschen zu theilen. Morgen in der Frühe melde dich im
Dogen-Palast. Es sind dreitausend Zechinen dort abzuholen. Du kannst sagen, daß einer der Verschworenen
unschädlich sei. Fürchte nicht, daß man mich lebend er-
greift. Gute Nacht!

Sie blieb beharrlich an der Thür. Ich will hinein, sagte sie.
Ich weiß, Ihr thut Euch ein Leids an, wenn Ihr allein bleibt.
Ihr denkt, ich könne Euch verrathen, weil ich Euch habe
kommen sehen mit dem Dolch. O, Ihr seid sicher davor,
daß i c h Euch Gefahr brächte. Laßt mich hinein, seht mir
ins Gesicht und dann sagt, ob Ihr mir etwas Schimpfliches
zutraut. Hab' ich's nicht lange geahnt, daß Ihr es wärt, den
sie suchten? Ich sah Euch im Traume mit Blut befleckt.
Aber ich haßte Euch dennoch nicht. Ich wußte, daß Ihr
unglücklich seid; mein Leben könnt' ich hingeben, wenn
Ihr es verlangtet.

Sie horchte an der Thür, aber es kam keine Antwort.
Statt dessen hörte sie, wie er an das Fenster trat, das nach

dem Canal ging und sich dort zu schaffen machte. Eine tödliche Angst überfiel sie, sie rüttelte an der Thür, sie rief von Neuem, sie beschwor ihn in den rührendsten Worten, nichts Verzweifeltes zu unternehmen – Alles umsonst. Da es endlich drinnen ganz still geworden war, stemmte sie sich in furchtbarer Qual mit den Schultern heftig gegen die Thür und suchte mit Aufbietung aller Kräfte das Schloß zu sprengen. Das alte Holzwerk brach ein, nur der Rahmen hielt Stand. Das Loch, das sie gebrochen hatte, ließ ihre schlanke Gestalt so eben durchschlüpfen.

Das Zimmer war leer; in allen Winkeln suchte sie ihn vergebens. Als sie an das offene Fenster trat, nun nicht mehr zweifelnd, daß er sich in den Canal gestürzt habe, wagte sie kaum über das Gesims in die Tiefe hinabzuspähen. Aber was sie sah, gab ihr die verlorene Hoffnung wieder. Ein Strick hing, an einem festen Haken unterhalb des Gesimses angeknüpft, an der Mauer draußen herab. Er reichte bis auf die Wasserfläche. Wer sich unten angelangt mit den Füßen von der Mauer abstieß, mußte sich leicht auf die Wassertreppe drüben am Palaste der Gräfin, oder in die Gondel schwingen können, die dort angekettet zu sein pflegte. Heute war sie verschwunden, und dem einsamen Mädchen, das vergebens die dunkle Schlucht des Canals hinabschaute, um eine Spur des Entflohenen zu entdecken, blieb wenigstens die tröstliche Ueberzeugung, daß, wenn er sich retten wollte, er keinen sichereren Weg hätte wählen können.

Daß sie dies glauben sollte, war seine Absicht gewesen. Er wollte das Gemüt des unschuldigen Wesens, dem er schon zu viel Kummer gemacht hatte, nicht mit der ganzen herben Wahrheit belasten, daß es für ihn keine Rettung mehr gab, da er sich selber nicht zu entfliehen vermochte.

Noch sah das arme Mädchen aus dem Fenster und ihre Thränen stürzten bitterlich in die schwarze Flut unter ihr, als Andrea schon seine Gondel in den großen Canal hinaus lenkte. Die Paläste zu beiden Seiten ragten dunkel über dem Wasserspiegel auf. Er fuhr an dem Hause Morosini vorbei, er sah den Palast Venier, und ein Schauder sträubte ihm das Haar. Hier lag wie mit einem Ring umschlossen, sein Leben vor ihm; welch ein Anfang und welch ein Ende!

Als er an der Giudecca vorüberruderte und nun die breite Stirn des Dogen-Palastes im Zwielicht einer trüben Mondsichel vor sich liegen sah, durchzuckte ihn flüchtig der Gedanke, daß hier die Stätte sei, wo man Verbrechen richte. Aber für das seinige waren hier keine Richter zu finden; denn wer darf richten in eigener Sache? Und begleitete ihn nicht noch immer die Hoffnung, daß aus seiner Freveltat dennoch Rettung und Befreiung für seine Mitbürger erblühen könne, daß vielleicht sogar der Mord des Unschuldigen, den die Stimme des Volkes unfehlbar dem Tribunal zuschreiben würde, das begonnene Werk vollenden und das Maß der Gewaltherrschaft überfließen machen würde?

Er hätte diese Hoffnung selbst zerstört, wenn er sich den Richtern gestellt, ihre Furcht vor den unsichtbaren Feinden zerstreut, und die Beschwerden der fremden Mächte von ihnen abgelenkt hätte.

Mit starken Ruderschlägen trieb er die Gondel gegen den Lido hin und durchschnitt das Hafenbecken, wo die Laternen der Schiffe allein noch wachten. Am Eingange des Hafens lag die große Felucke, die seit einer Woche auch dem kleinsten Fahrzeuge auszulaufen wehrte, wenn nicht auf den Anruf die Parole der Inquisition antwortete. Andrea hatte gleich den übrigen geheimen Dienern des Tribunals heute früh das Wort empfangen. Ungehindert ließ man ihn ins freie Meer hinaus.

Die See war still. Nicht mit den Wellen hatte Andrea zu kämpfen, als er längs dem Ufer mehrere Stunden weit hinruderte. Aber in der ruhigen lauen Nacht empfand er seine Qualen nur heftiger, und schlug dann und wann wie wahnsinnig das Ruder ins Meer, um nur einen anderen Ton zu hören, als die letzten Worte seines Freundes: »Meine Mutter, meine arme Mutter.«

Es war schon weit über Mitternacht, als er die Gondel ans Land trieb, hinaussprang und auf ein einsames Kloster zuging, das auf einer Landzunge stand und den armen Schiffern wohl bekannt war. Capuziner haus'ten hier, die von den Wohlthaten der Chiozzoten und dem Bettel auf dem Festlande lebten und dafür geistlichen Trost spendeten und in mancher Noth dem Volke eine Stütze waren.

Andrea zog die Glocke am Thor. Bald darauf hörte er die Stimme des Pförtners, die fragte, wer draußen stehe.

Ein Sterbender, antwortete Andrea. Ruft den Bruder Pietro Maria, wenn er im Kloster ist.

Der Pförtner entfernte sich von der Thür. Indessen setzte sich Andrea auf die Steinbank am Hause, riß ein Blatt aus seiner Brieftasche und schrieb bei dem Scheine einer Laterne, die aus der Pförtnerzelle hervorschimmerte, folgende Zeilen:

»An Angelo Querini.
Ich habe den Richter gespielt und bin zum Mörder geworden. Ich habe mich der Gerechtigkeit angemaßt, die Gott sich vorbehalten, und Gott hat mich in meinen eigenen Frevelwahn verstrickt, und mich gerechtes Blut vergießen lassen. Das Opfer, das ich zu bringen dachte, ist verworfen worden. Die Zeit war noch nicht erfüllt, das Priesterthum der Befreiung Venedigs ist anderen Händen aufbehalten. Oder ist überhaupt keine Rettung mehr?

Ich gehe vor das Angesicht Gottes, des höchsten Richters, der auf seiner ewigen Wage meine Schuld und meine Leiden gerecht abwägen wird. Von Menschen habe ich nichts mehr zu erwarten; von Euch nur ein großmüthiges Mitgefühl für meinen Irrthum und mein Unglück.

Candiano.«

Die Pforte des Klosters öffnete sich, und ein ehrwürdiger Mönch mit kahlem Haupte trat zu dem Schreibenden heraus. Andrea stand auf. Pietro Maria, sagte er, ich danke Euch, daß Ihr kommt. Ihr habt dem Verbannten in Verona meinen Brief gebracht?

Der Greis nickte.

Wenn Euch am letzten Danke eines Unglücklichen etwas gelegen ist, so bringt auch dieses Blatt sicher in dieselben Hände. Versprecht Ihr mir's?

Ich verspreche es.

Es ist gut. Gott lohne es Euch! Lebt wohl!

Er nahm die Hand nicht an, die ihm der Mönch zum Abschied reichte. Ohne Aufenthalt stieg er wieder in die Gondel und fuhr in die offene See hinaus. Als der Alte, nachdem er die Zeilen überflogen, entsetzt ihm nachrief und ihn beschwor, noch einmal umzukehren, antwortete er nicht mehr. In höchster Bewegung sah der alte Diener der Republik den letzten Sproß eines edlen Geschlechtes auf den öden Wellen hinaustreiben, die sich jetzt, von einem frühen Morgenwinde erregt, lebhafter kräuselten. Er überlegte, ob es wohlgethan, ob es überhaupt möglich sei, den festen Willen des Sterbenden zu kreuzen. Da erhob sich in der fernen Gondel die dunkle Gestalt, deutlich erkennbar gegen den grauen Horizont; der Scheidende schien noch einmal einen Blick über Land und Meer zu werfen und nach der Stadt zurückzuspähen, deren Umriß auf den Nebeln der Lagunen wie auf einer Wolkeninsel schwamm. Dann sprang er in die Tiefe.

Der Mönch, der sein Ende mit ansah, faltete die Hände und betete still und inbrünstig. Er stieg dann selbst in einen Kahn und fuhr ins Meer hinaus, wo die leere Gondel auf der Brandung tanzte. Von dem Unglücklichen, der sie gelenkt, fand er keine Spur.

Der Centaur

Eine glänzende Julisonne stand über dem Hochgebirg und schmolz auch auf den nördlichen Abhängen die letzten Reste des Winterschnees, die in Bäche verwandelt zu Thal stürzten. Ihr Rauschen war die einzige Stimme der Wildniß, die sich weit und breit vernehmen ließ. Denn das nächste Dorf lag zu fern, als daß der Schall der Sonntagsglocken, die eben in vollem Schwunge waren, heraufdringen konnte.

Die Mahnung an den Kirchgang war es also nicht, die jetzt in der dämmrigen Höhle hoch unter dem Grat der Alpen den seltsamen Schläfer ermunterte. Durch einen breiten Spalt in der Felsdecke, die sich über dem kühlen Schlupfwinkel wölbte, schoß die Sonne ihren Strahl gerade auf die Stirn eines schlafenden Centauren, der sich hier auf hartem Boden sein Lager gewählt hatte. Nur im Hochsommer fand die Sonne diesen Zugang. Aber zweitausend Sommer waren hingegangen, ohne daß das Spiel des Lichtes auf seiner Stirn den verschollenen Mann beunruhigt hätte. Heut zuckte er zum ersten Mal mit den Augenliedern, bewegte träumerisch den Schweif, wie um einen Fliegenschwarm zu verjagen, brummte einen Fluch in den Bart und schlug endlich schlaftrunken die Augen auf.

Warum er eben heute erwachte, wissen wir nicht besser zu sagen, als warum er bis heut geschlafen hatte. Wir erinnern uns daran, daß man dem Volk der Centauren seiner Zeit einen unmäßigen Hang zu berauschenden Getränken nachsagte. Aber ein Rausch, den auszuschlafen man zwei Jahrtausende braucht, ist selbst bei Halbgöttern unerhört. Auch trug die Höhle keinerlei Spuren eines

festlichen Gelages oder einsamen Bacchusdienstes. War
dieser Letzte seines Geschlechts vielleicht im Eifer für die
Heilkunde, durch den alle seine Brüder sich auszeichneten,
ins Hochgebirge botanisiren geritten und hatte von einem
unbekannten Zauberkraut gekostet, das ihn magisch ein-
schläferte? War er vom Zeus als reitender Bote in Liebes-
händeln gebraucht und von der zornigen Juno zur Strafe
in Schlaf gesenkt worden? Hatte er dem Medusenhaupt
ins Gesicht geblickt und zwar durch seine kräftige Natur
dem Versteinern entgangen, aber einer zweitausendjähri-
gen lähmenden Müdigkeit anheimgefallen?

Ihn selbst, auch als er seiner Sinne völlig mächtig geworden und aus der Höhle herausgetreten war, schienen
diese Zweifel durchaus nicht zu beunruhigen. Er glaubte
nicht anders, als daß er zwölf Stunden eines erquicklichen
Schlafes genossen und nicht das Mindeste versäumt hätte.

Mancherlei Träume waren ihm gekommen; vielleicht
hatte er den Sturz der olympischen Götter, den Untergang
der alten Welt, die Erfindung des Schießpulvers und der
Homöopathie im Traume mit durchgelebt; aber wenn dem
auch so war, er besann sich auf nichts mehr. Daß er selbst
ein Anachronismus, eine naturhistorische Unmöglichkeit,
mit einem Wort, durchaus nicht mehr zeitgemäß sei, ahnte
ihm nicht von fern.

Und wie hätte es ihm auch einfallen sollen, da er an
seinem eigenen Leibe nirgend die Spur der verheerenden
Zeit wahrnahm. Seine Glieder waren nicht morsch geworden, sein Blut nicht zu Eis erstarrt. Die silbergraue Haut
seines Pferdeleibes schimmerte unversehrt, der starke, wal-
lende Schweif war eben so wie der Haarschopf am Haupt
und der dichte Bart in der kühlen Felshöhle vor Motten-
schaden bewahrt geblieben; sein gutmüthiges Gesicht aber
ließ weder die Runzeln noch die gereifte Weisheit des
hohen Alters erkennen, und wenn er den breiten Mund
öffnete, blinkten zwei tadellose Reihen weißer Zähne aus

dem struppigen Dickicht hervor. Jeder, der ihn sah, mußte
ihn für einen Centauren in seinen besten Jahren halten.

Auch der Hunger, den er bald empfand, hatte nichts
Befremdliches. Er war gewöhnt, jeden Morgen, wenn er
ausritt, bei den Hütten der wilden Hirtenfamilien anzu-
halten und bald hier bald dort sein Frühstück, Haferbrod
und einen Trunk Meth, zu sich zu nehmen, was ihm gern
gewährt wurde, da er sich durch ärztliche Dienstleistun-
gen weit und breit unentbehrlich gemacht hatte. So dachte
er auch heute, als er langsam die steilen Bergpfade hinabschritt, bei der ersten Hürde, die ihm begegnete, anzuhal-
ten, und sich für sein Tagewerk zu stärken.

Je tiefer er aber hinunterkam, desto mehr fiel ihm ein
veränderter Zuschnitt der Gegend auf. Wälder, die er wohl
gekannt hatte, waren verschwunden, auf Wiesen, wo sonst
nur wilde Steinböcke gegras't hatten, sah er eine Heerde
buntfarbiger Kühe weiden, hie und da stand ein Blockhaus
am Wege, hoch hinauf mit Heu angefüllt, und nicht selten
bemerkte er Stufen in den Fels gehauen, an Stellen, die er
früher mit einem mächtigen Satz hatte überspringen müssen. Kopfschüttelnd hielt ihr still und überlegte bei sich, ob
er noch träume, oder wer dies Alles über Nacht verwandelt
haben könnte. Da er kein Freund von überflüssigem Nach-
sinnen war, beschloß er, eine Waldnymphe um Aufschluß
zu bitten, die in der Nachbarschaft wohnte, und mit der er
auf freundschaftlichem Fuße stand. Er rief ihren Namen in
die Schlucht hinunter, aus der die mächtigen Edeltannen
dunkel heraufragten. Sie hatte sonst nie versäumt, sich sogleich in der Krone des höchsten Baumes zu zeigen, denn
in ihrer Abgeschiedenheit war sie dankbar für jeden Besuch. Heut standen die Wipfel unbeweglich, und nur der
Wiederhall antwortete, von Wand zu Wand springend, auf
seinen Ruf.

So bedenklich ihm die Sache war, so hielt er es doch
für das Beste, ruhig seinen Weg fortzusetzen. Nun lichtete

sich schon die rauhe Klippenwelt und die gelindere Luft
vergnüglich einathmend ritt er langsam hinab. Plötzlich
aber stutzte er und stand wie eingewurzelt still. Ein brei-
terer Thalgrund that sich vor ihm auf, das nächste Ziel,
das er zu erreichen wünschte. Denn hier dachte er das
genügsame Geschlecht seiner Freunde zu finden, die Hirten, die ihm den Hunger und heute überdies die Neugier
beschwichtigen sollten. Aber statt der wohlbekannten
niedrigen Hütten und Pferche erblickte er in der Tiefe
kleine weiße Häuser mit Schindeldächern, eine breite
Dorfstraße, die hindurchführte, und ein seltsames Gebäude in der Mitte, das mit seinem Thurm ziemlich hoch
über die Gehöfte aufstieg. Zugleich hörte er ein ihm ganz
unerklärliches Getön, das aus diesem Thurm zu kommen
schien und in seiner feierlichen Einfachheit ihn vollends
bestürzt machte.

Eine geraume Zeit verging, bis er das dumpfe Staunen
abschütteln konnte. Aber da ihm Furcht völlig unbekannt
war, setzte er sich endlich wieder in Trab und lenkte in den
Fahrweg ein, entschlossen, sich die seltsamen Dinge in der
Nähe anzusehen.

Am Wege stand, mit einem braunen Dach gegen das
Wetter geschützt, ein grellbemalter hölzerner Sanct Sebastian, vor dem er mit einem aus Grauen und Mitleiden
gemischten Gefühl eine Weile still hielt. Ein Rosenstrauch
wucherte am Fuß des Bildes empor. Er bückte sich und
pflückte eine der Blumen, die er zierlich hinters Ohr steckte. Die unschuldige, sorgenfreie Miene, mit welcher der
jugendliche Märtyrer gen Himmel blickte, verwunderte
unseren Verschollenen nicht wenig. Gutmüthig fragte er
ihn, ob er ihm nicht schleunigst den Pfeil ausziehen solle,
der ihm so lästig im Magen stecke; er verstehe sich auf die
Heilkunst und den Verband schwerer Wunden. Als Alles
still blieb, überkam ihn trotz seiner Beherztheit ein un-
heimliches Gefühl. Der kleine Mann ist taub, sagte er bei

sich; aber wer mag es sein? – Nachdenklich wandte er sich
ab und sprengte dem Dorfe zu.

Aber so wie er des ersten Hauses ansichtig ward, mä-
ßigte er wieder seinen Schritt. So vieles war ihm neu, die
Fenster mit ihren gläsernen Scheiben, dann die vor den
Thüren aufgeschichteten Misthaufen, die sorgfältig mit
Flechtwerk umgeben waren, dann mancherlei unbekann-
tes Geräth, das er in den Höfen erblickte, vor Allem der
Pflug. Denn obwohl er kein Jüngling mehr war, hatte er
doch, seit ihn Familienverhältnisse in früher Jugend ge-
nöthigt hatten, seine griechische Heimath mit diesen
fernen Alpenthälern zu vertauschen, niemals den Trieb
gefühlt, die Welt zu sehen; nur das Gebirg pflegte er nach
allen Richtungen zu durchstreifen, und unter den Hirten
war ihm am wohlsten gewesen. Wo waren sie hingekom-
men, während ihre Wohnstätten sich so wundersam ver-
wandelten? Er sah nirgends ein Menschengesicht, das er
hätte ansprechen können.

Und dieses ging, wie Alles in dieser wahrhaften Geschichte, völlig mit rechten Dingen zu. Eine Stunde weiter
abwärts lag ein größeres Dorf, das gerade an diesem Sonntag seine Kirchweih feierte. Aus der ganzen Umgegend
war, was irgend die Beine regen konnte, dorthin zusam-
mengeströmt, und nur die alten Mütterchen und Groß-
väter blieben zurück und entschädigten sich eben in der
Kirche für die Freuden der jüngeren Welt durch die Betrachtungen einer himmlischen Glückseligkeit, mit denen
ihr Pfarrer von der Kanzel herab sie tröstete.

Auf einmal aber wurde die beschauliche Sonntagsstil-
le aufs Seltsamste gestört, und mancher ehrwürdige Kir-
chenschlaf unsanft unterbrochen. Auf den Steinplatten,
mit denen das Kirchlein gepflastert war, erklang ein schal-
lender Hufschlag, so daß all die alten wackelnden Köpfe
sich umdrehten und dem Pfarrer auf der Kanzel das Wort
jählings in der Kehle stockte. Mit Entsetzen sah man die

hohe Gestalt eines fabelhaften Roßmenschen geradewegs auf den Altar zutraben und vor demselben Halt machen. Die Sonnenstrahlen fielen seitwärts durch das Chorfenster auf ein großes Bild der Madonna, und ihr blauer Mantel leuchtete wie durchsichtig. Unser Freund hatte, an der Kirchthür vorbeireitend, mit seinem scharfen Auge die wundersame Frau entdeckt und keinen Anstand genommen, einzutreten und sie näher zu besichtigen. Jetzt stand er ganz in Anschauen versunken mit gekreuzten Armen vor dem Bilde. Er übersah völlig, daß um ihn her angstvolle Gesichter wie versteinert ihn anstarrten, daß der alte Küster dicht neben ihm wie vom Blitze getroffen umgesunken war, und zwei oder drei alte Mütterchen in Ohnmacht lagen. Unverwandt betrachtete er die schöne Frau in dem leuchtenden Goldhaar, die ihre großen blauen Augen ruhig auf ihn richtete und in der Hand eine Lilie trug, die sie ihm anzubieten schien. Eine wunderliche Scheu hielt ihn zurück, obwohl er, wie wir sahen, ein Blumenfreund war. Er nahm die Rose hinter seinem Ohr und roch daran und schien sich zu besinnen, ob er sie der unbekannten Dame schenken solle.

Während dieser Zeit war zwar nicht die Gemeinde, wohl aber ihr Seelsorger aus der ersten Betäubung wieder zu sich gekommen. Es stand bei ihm fest, daß dies frevelhafte Ungeheuer niemand anders als der Erzfeind selbst sein könne. Sein Liebäugeln mit der heiligen Frau war zwar eine unerhörte Teufelei; aber da die Welt täglich gottloser ward, sollte der alte Sünder allein zurück bleiben? Nur zu gut reimte sich damit, daß er, statt wie sonst auf Einem Pferdefuß hereinzutreten, nun unverschämt genug auf allen Vieren mitten durch die Kirche trabte.

Das Pfäfflein war keines von den schwachmüthigen. Es ergriff ein Crucifix, das auf der Kanzel stand, hob es hoch dem Scheuel und Antichrist entgegen und rief plötzlich mit beherzter Stimme: Apage, Apage – und nochmals

Apage! Aber das Mittel schlug fehl. Der Störenfried ließ freilich von der Betrachtung des Bildes ab und sah zu dem Männlein um, von dem er angerufen wurde. Gottlob! sagte er, ebenfalls auf Griechisch, du sprichst meine Sprache, Freund, und wirst mir sagen können, wer diese schöne Frau ist, ob sie lebt, wie sie hier in dies Haus, und wie dies Haus und alles Andere seit gestern in dies Thal gekommen ist. – Den Pfarrer überlief es eiskalt, als er sich so freundlich anreden hörte. Zwar verstand er kein Wort, aber aus der gutherzigen Miene und Stimme ahnte er dunkel, daß er entweder nicht mit dem Bösen zu thun habe, oder von demselben schon völlig als sein guter Freund angesehen werde. – Nochmals hob seine Hand das Kreuz, und mit dem Muth der Verzweiflung warf er sein Apage dem Centauren ins Gesicht, daß die Kirche wiederhallte, und die Gemeinde merklich gestärkt sich zu rühren begann. Jetzt sah sich auch der Fremde ein wenig um. Aber nun kam die Reihe, sich zu fürchten, an ihn. Diese greisen, verwelkten, vom Schreck verstörten Gesichter unter den hohen Pelzhauben in einer ihm völlig unbekannten Tracht, das schwarze Männlein oben auf der Kanzel, das ihm mit dem räthselhaften Kreuz drohte, daß Alles wurde ihm unheimlich; die Luft, in der noch Weihrauchdüfte schwebten, fiel ihm schwer auf die Brust; die schöne Frau im blauen Mantel sah ihn noch immer so ruhig und unverständlich an – auf einmal machte er Kehrt, und in dem festen Glauben, daß er in eine Gesellschaft einheimischer Hexen und Zauberer gerathen sei, stob er mit gewaltigen Sätzen, den Schweif hoch um den Rücken schlagend, über das erdröhnende Pflaster zur offenen Thüre hinaus und war im Nu, wie er gekommen, verschwunden.

In welcher Aufregung aller Sinne die fromme Gemeinde ihm nachsah, ist leicht zu ermessen. An eine Fortsetzung der Predigt war nicht wohl zu denken. Nachdem der Pfarrer stotternd den Segen über seine Beichtkinder gesprochen, stieg er mit wankenden Knieen von der Kanzel herab und verschloß sich eine gute Stunde lang in seinem Studierstübchen, dem Ereigniß nachzudenken, ehe er darüber zu Andern spräche. Hier kam er bald zu der Ueberzeugung, daß es denn doch der Gottseibeiuns nicht wohl gewesen sein möchte. Seine Gründe waren mannigfach und triftig; ich verschweige sie, weil sie uns zu tief in dogmatische Controversen verstricken würden. Daß von einem Sinnentrug keine Rede sein könne, stand ihm ebenfalls fest. Der Anblick des stattlichen Halbgottes hatte ihm einige längst entschlummerte Schulkenntnisse wieder geweckt, und er streifte an dem Richtigen nahe genug vorbei. Welches Bewenden es aber auch mit seiner Herkunft haben mochte, so viel war ausgemacht, daß ein ärgerer Kirchenfrevel seit Menschengedenken nicht erlebt worden war. Der redliche Mann hielt es also für seine Pflicht, den Vorfall sofort an die geistliche Behörde zu berichten, höherer Entscheidung es anheim gebend, wie man es an Leib und Seele mit dem ruchlosen Zwiegeschöpf zu halten habe, vorausgesetzt nämlich, daß man seiner habhaft würde.

Folgen wir aber jetzt unserm Freunde, der, ohne sich in seinem Gewissen beunruhigt zu fühlen, den Weg zu Thal fortsetzte. In gestrecktem Galopp jagte er, da sein Hunger immer nachdrücklicher wurde, auf der stäubenden Straße dahin und nahm sich nur die Zeit, links und rechts nach den Hütten seiner alten Kundschaften auszuspähen, an deren Stelle er mit wachsender Verwunderung nur wogende Kornfelder und wohlgepflegte Viehweiden entdeckte.

Das Kirchweihdorf lag hinter einer stark vorspringenden Waldhöhe, und erst wenn man dicht davor war, erblickte man die vordersten Häuser. Es ging laut und lebhaft auf der Gasse zu, besonders vor der Schenke, die bis unter das Dach mit Bauern angefüllt war, während immer neue Gäste zuströmten und in Garten und Hof auf schattigen

Bänken sich ein Plätzchen zu erobern suchten. Das Gewühl so vieler seltsam gekleideter Menschen und die Erfahrung in der Kirche hätten unsern Freund vielleicht zu einiger Vorsicht aufgefordert. Aber der Hunger siegte über alle Bedenken, und in starkem Trabe ritt er mitten in die Volksmenge hinein.

Im Nu stob Alles aus einander, was unten auf der Gasse sich gedrängt hatte. Wie ein Ameisenvolk durch einander rennt, wenn ein Steinwurf seinen Bau getroffen hat, so stürzten Männer und Weiber vom Wirthshause weg, und Jedes suchte eine Thür, einen Zaun oder einen Baum zu erreichen, wo man vor dem Ungethüm sicher wäre. Ebenso hastig aber fuhren Alle, die in den Häusern waren, an die Fenster und starrten nach dem Wunderthier. Nach dem Lärm und Geräusch des Entsetzens entstand eine tiefe Stille; selbst die Hunde, die wüthend losgebellt hatten, zogen sich, als sie die mächtigen Hufe des neuen Ankömmlings gewahrten, vorsichtig mit bangem Winseln zurück, und nur die kleinen Bauernpferde, die an ihren Krippen schmaus'ten, begrüßten ihn mit zutraulichem und respektvollem Wiehern, da er jedenfalls, so weit er zu ihnen gehörte, ihrem Geschlecht alle Ehre machte.

Der Aufruhr jedoch, den er angestiftet, schien den fremden Gast wenig zu kummern. Er ritt ohne eine Miene zu verziehen über den leer gewordenen Vorplatz gerade auf die Schenke los, und hielt vor dem Thore still. Sein Kopf reichte bis an das Gesims des oberen Stockwerks hinauf, so daß die Gäste drinnen darüber ruhig sein konnten, daß er sie im Zimmer nicht belästigen würde. Jetzt aber fuhren auch sie von den Fenstern zurück. Denn plötzlich griff er mit der rechten Hand hinein und holte, ohne sich zu entschuldigen, ein großes Brod und einen Maßkrug voll Bier vom Fensterbrett herunter, die ihm schon von fern einladend zugewinkt hatten. Dann machte er sich, als sei Alles ganz in der Ordnung, an sein Frühstück, und erst als er das Brod bis zur Hälfte verzehrt hatte, hielt er es der Mühe werth, sich umzusehen, und dass eingeschüchterte Volk mit leutseligem Kopfnicken zu begrüßen.

Niemand wollte der Erste sein, mit ihm anzubinden. Mit aufgesperrten Mäulern standen die Leute auf der Gasse dichtgedrängt in zweckmäßiger Entfernung, und Jeder hielt sich darauf gefaßt, sobald das Unthier eine verdächtige Schwenkung machen würde, augenblicklich auf und davon zu laufen. Auf die Länge jedoch konnte die Behaglichkeit, mit der der Fremde frühstückte, ihren Eindruck nicht verfehlen. Essen und Trinken hat etwas so Gemüthliches, es giebt von der Bedürftigkeit irdischer Geschöpfe so deutlich Zeugniß, daß es mit der Vorstellung von Gespenstern durchaus unverträglich ist. Als nun gar unser Freund den Maßkrug auf einen Zug leerte und ihn von Neuem hineinreichend ganz nach gutem Landesgebrauch mit dem Deckel klappte, waren die Herzen augenscheinlich beruhigt und gewonnen. Der versteht's! lief es von Mund zu Mund. Die Furcht machte einer gewissen Hochachtung Platz, und man war auf dem besten Wege, die Formlosigkeit, mit der der Fremde sich eingeführt hatte, zu übersehen und sogar bieder und liebenswürdig zu finden.

Doch war das Vertrauen noch nicht so weit gediehen, daß man sich zu nähern wagte. Auch den Steinkrug, den der durstige Gast ins Fenster hineinhielt, wollte ihm Niemand abnehmen. Der Wirth erschien zwar mit entblößtem Haupt an einem anderen Fenster, verneigte sich mehrmals und sagte mit unterwürfiger Miene: Belieben Euer Gnaden nur gefälligst abzusteigen! Diese Einladung aber hatte keinen Erfolg, sei es, weil der Fremde die Landessprache nicht verstand, sei es, weil es ihm bei seiner eigenthümlichen Leibesbeschaffenheit schwer gewesen wäre, auf den höflichen Vorschlag einzugehen. Zu seinem Glück aber diente als Kellnerin in der Schenke ein flinkes

Mädchen aus der Stadt, das über manche Bauernvorur-
theile erhaben war. Sie hieß die schöne Nanni und war eines Schneiders Braut, aber trotzdem ein Wettermädel, das
den Teufel nöthigenfalls bei seinen Hörnern genommen
hätte. Eben kam sie aus dem Keller mit gefüllten Krügen
herauf, und das Stück von unserm Freunde, das zum Fenster herein sah, däuchte ihr durchaus nicht abschreckend,
obwohl sie Schneidersbraut genug war, seine Bekleidung
äußerst mangelhaft zu finden. Sie verstand seinen Wunsch,
und mit freundlichem Gesicht hielt sie ihm vier gewichti-
ge Maßkrüge entgegen. Sofort ließ er den leeren fallen und
griff mit beiden Händen zu, statt des Dankes vergnügt mit
der Zunge schnalzend. Sie aber blieb, während er trank,
unverzagt am Fenster stehen und sah jetzt mit großem
Staunen auf den silbergrauen Pferderücken hinunter, der
in der Sonne wie Sammet schimmerte.

Mit langen, bedächtigen Zügen trank nun der Fremde,
und die Ehre, die er dem Nationalgetränk anthat, schmolz
das letzte Eis zwischen ihm und seinem Publikum. Schon
lös'te sich der dichte Menschenwall, einzelne Stimmen
riefen dem wackren Zecher ein treuherzige »Gesegn' es
Gott!« zu, ein paar Buben liefen dicht an seinem Hintertheil vorbei und ein Sperling setzte sich munter auf die
Kruppe. In diesem Augenblick kamen zwei Wanderer die
Straße herauf und bahnten sich kräftig einen Weg durch
das Volk. Es war ein Studiosus der Medizin, der mit einem angehenden Maler, seinem Freunde, ins Gebirg hinauf wollte und in diesem Dorf zu rasten dachte. Auch
sie stutzten über die unerwartete Begegnung mit einer
Antiquität, die sie bisher nur aus Büchern kennen gelernt
hatten. Dem wissenschaftlichen Rigorismus des Einen war
ein Centaur immer eben so abgeschmackt, wie dem künstlerischen Sinn seines Gefährten anziehend vorgekommen.
Wahrscheinlich würde auch der sinnliche Beweis, der
ihnen hier vor Augen stand, den Mediziner zu anderen

Zeiten nicht abgehalten haben, unserm Freunde ins Gesicht zu sagen, dass er ein Unding sei. Aber dieser Schenke war nicht die erste mehr, bei der sie heute anhielten, und eine selige Zufriedenheit mit Gott und der Welt hatte den kritischen Geist dergestalt umnebelt, daß er fünf gerade sein und sich von der Begeisterung seines Reisegefährten mit fortreißen ließ.

Dieser nämlich war der unvergleichlichen Erscheinung kaum ansichtig geworden, als er mit einem lauten Freudenruf sein Skizzenbuch aus der Reisetasche zog, seinen Wanderstab tief in die Erde stieß und auf der Krücke desselben halb sitzend halb balancirend die Umrisse der Figur zu entwerfen begann. Sein Freund aber, der Student, ging auf den Centauren zu, klopfte ihm kräftig mit der Hand auf die Lende, streichelte das blanke Fell und rief: Grüß Gott, altes Haus! Wie kommst denn du hieher? – Erfreut über diese herzliche Begrüßung setzte der Trinker ab, sah zu dem neuen Ankömmling herunter, schüttelte aber, als er die bunte Mütze und den Schnürrock bemerkte, ablehnend das Haupt. Das war keiner seiner alten Bekannten, die sich in Felle kleideten und baarfuß hinter ihren Heerden gingen. Indessen gefiel ihm die ehrliche vergnügte Miene des Burschen. Bist ein braver Junge, brummte er auf Centaurisch, besser als das feige Gesindel da hinten, das vor mir davonläuft. Und auch das Getränk ist gut und das Mädel ist hübsch, aber wie in aller Welt ist es zugegangen, daß sich hier Alles über Nacht verändert hat? –

Kannitverstahn! antwortete der Student ernsthaft. Was welschest du da durch einander, Bruderherz? Wenn es mehr ist, als Roßgewieher, so scheint es irgend eine der vielen todten Sprachen zu sein, mit denen man hier zu Lande nicht durchkommt. Schade drum! es hätte mir großen Jux gemacht, dich ein wenig auszufragen; denn so ein alter Knabe, der aus der Mythologie durchgebrannt ist, muß über manche Dinge Bescheid wissen, die unsereins

den Professoren aufs Wort glauben soll. Wäre dir eine Cigarre gefällig? Rauchen vertreibt die Fliegen.

Mit diesen Worten hielt er ihm seine Cigarrentasche
hin. Aber der Centaur betrachtete sie mit einem dummen
Gesicht und schüttelte wieder den Kopf. Wie du willst!
sagte der Student, der nun seinerseits zu rauchen anfing.
Habeas tibi; sed miseret me ignorantiae tuae.

Mehercule ! rief der Centaur – Latine loqueris?

Un peu, erwiederte der Student, und blies mit wichtiger Miene seinem neuen Bekannten den Rauch über den
Rücken. Quousque tandem, Centaure, abutere patientia
nostra?

Dem Juppiter sei Dank! sagte der Centaur und athmete
tief auf, da erkennt man mich endlich und ich kann mich
verständlich machen. Zwar weiß ich im Grunde blutswe-
nig Latein, gerade nur so viel als wir Aerzte brauchen. Dafür aber sieht es mit deiner Aussprache, mein Bester, übel
aus, und Keiner hat dem Andern was vorzuwerfen. Wer
bist du denn und wer sind die Andern?

Collega sum, erwiederte der Student, studiosus medi-
cinae, Victor Militor, vulgo Müller. Darauf, in etwas weniger
flüssiger Rede, begann er ihm auseinanderzusetzen, daß
er eine Bergwanderung vorhabe und sich sehr wundere,
ihn, den man längst zu den Todten geworfen habe, hier so
frisch und munter und bei so gesundem Appetit angetrof-
fen zu haben.

Der Centaur stieß einen mächtigen Seufzer aus. Wenn
sich jemand zu wundern hätte, sagte er, so sei dies s e i n e
Sache. Denn so und so habe er die Welt gestern verlassen,
und s o finde er sie wieder. Er horchte tiefsinnig auf, als
ihm der Student den Umschwung der Dinge seit seinem
Einschlafen auseinandersetzte. Mehr als einmal fuhr er
sich mit der Hand über die Augen, ob er noch träume.
Aber er konnte sich's nicht verläugnen, daß heller Tag sei,
daß er droben im Fensterrahmen die muntern Augen der

schönen Nanni sah, den lieblichen Geschmack des starken
Tranks auf der Zunge, den blauen Rauch in der Nase und
den Fliegenschwarm auf dem Rücken spürte. – Melancholisch schlug er sich mit dem Schweif um die Beine, mehr
als wollte er lästige Sorgen und Gedanken fern halten, als
um sich seiner Haut zu wehren.

Während der Student all seine abgelegten Vocabeln wieder vorsuchte, um in Kürze seinem Zuhörer einen Grundriß
der Weltgeschichte von Griechenlands Untergang und den
punischen Kriegen bis auf den heutigen Tag aufzurollen,
hatten sich die Bauern längst ein Herz gefaßt und waren
näher herangetreten. Sie besahen das wundersame Wesen
sorgfältig von allen Seiten. Ein paar Roßtäuscher erklärten,
daß tausend Louisd'ors für einen solchen Hengst nicht zu
viel sein würden, wäre nur nicht das unnatürliche Vorder-
theil im Wege. Denn trotz der ungemeinen Fortschritte im
Militärwesen habe man Cavalleriepferde, denen ihre Reiter angewachsenen seien, bisher noch nirgends eingeführt.
Nun erhob sich ein Streit darüber, welcher Race dies sel-
tene Exemplar angehörte. Im Eifer wagte man sogar, das
Wunderthier zu berühren, ja der Schmied des Dorfes ging
so weit, den linken Hinterfuß aufzuheben, was der Centaur,
der eben von Kaiser und Papst erzählen hörte, geduldig geschehen ließ. Es fiel ungemein auf, daß die starken, licht-
braunen Hufe keine Spur irgend eines Beschlages zeigten.
Aus diesem und anderen Kennzeichen zog endlich der
Dorfschulmeister den Schluß, daß dieses Pferd keiner der
landüblichen, sondern der sogenannten kaukasischen Race
angehöre, wogegen selbst der Jude Anselm Freudenberg,
die größte Autorität in der Pferdekunde, nichts Triftiges
einzuwenden wußte.

Zu so gründlichen Forschungen das Hintertheil unseres Freundes veranlaßte, so große Bewunderung erregte
auch seine vordere Hälfte. Nervigere Arme und Schultern,
eine gewölbtere Brust, ein leichteres Spiel aller Muskeln

unter der glänzenden Haut erinnerte sich Niemand gesehen zu haben. Dazu verlieh es dem stattlichen Kopf ein
eigenthümlich wildes und kühnes Ansehen, daß sich der
schwarze Haarschopf in flatternden Locken bis tief auf
den Rücken hinab fortsetzte. Auch die Weiber schienen
an dem Fremden ein gewisses Wohlgefallen zu finden. Besonders war es verdächtig, daß die schöne Nanni öfter, als
ihr Schenkamt es erheischte, an dem Fenster erschien und,
wie wenn es ihr angethan wäre, den räthselhaften Gast betrachtete, der seinerseits mit wachsender Spannung dem
Bericht des Studenten lauschte und seiner holden Freundin ganz vergessen zu haben schien.

Dies konnte jedoch das Herz des Schneiders, der die
schöne Nanni vor Gott und Menschen als sein Eigenthum betrachtete, nicht darüber beruhigen, daß er völlig
ausgestochen wurde. Er war sich wohl bewußt, daß er die
Neigung des Mädchens nicht gerade seinen körperlichen
Vorzügen, sondern mehr seinem soliden Geschäft und dem
Schmuck geistiger Bildung, der ihm eigen war, zu danken
hatte. Seine etwas schiefe und zierliche Gestalt durfte sich
mit dem Wuchs des Fremden nicht messen. Aber wenn
auch seine Beine kümmerlich und mager waren, sie waren doch immerhin die ehrlichen, unbehuften Beine eines
Christenmenschen und staken in untadelhaften Höschen,
während der Fremde eine anstößige Nacktheit zur Schau
trug, die der gesittete Bürger nur in der Thierwelt gelten zu
lassen sich gewöhnt hat.

Was aber war zu thun? Mit Gewalt ließ sich bei so un-
gleichen Kräften nichts ausrichten. Um aber seiner Braut
das Unschickliche ihres Betragens fühlbar zu machen, ver-
fiel der sinnige Liebende auf einen klugen Ausweg. Eine
innere Stimme sagte ihm, daß alle Nacktheit erst dann un-
anständig würde, wenn man sie zu bedecken suche. Sofort
lief er in den Laden des Dorfschneiders, eines Collegen,
den er sonst kaum eines Grußes würdigte, und kaufte eine

mächtige Kochlerjoppe, die so eben für einen wohlbe-
leibten Bräuknecht fertig geworden war. Im Fluge war er
wieder bei der Schenke zurück und ließ den Nebenbuhler
durch den dolmetschenden Studenten bitten, aus Gründen des öffentlichen Anstandes sich mit diesem Gewand
gefälligst zu bekleiden.

Der Centaur nahm das Kleidungsstück entgegen, be-
sah es rechts und links, nickte wie dankend mit dem Kopf
und behielt es. Aber anstatt es anzuziehen, benutzte er es,
während der Student in seinem Vortrag fortfuhr, zur Flie-
genklatsche, indem er seinem Schweife damit zu Hülfe
kam und der Bremsen eine große Zahl auf seinem Rücken
todtschlug.

Dies erregte im Volk eine große Heiterkeit, und auch
die schöne Nanni oben am Fenster lachte so herzlich, daß
der unglückliche Liebende sich hundert Klafter tief unter die Erde wünschte. Aber die vergnügte Stimmung, die
jeden Rest von Furcht und Zurückhaltung verscheuchte,
sollte dem guten Centauren eine nicht geringe Verlegenheit bereiten. Der Schenkwirth, der es sich bis dahin zur
Ehre geschätzt hatte, einen so hohen Gast unentgeldlich
zu speisen und zu tränken, besann sich plötzlich eines Andern. Als der Centaur zum siebenten Mal den Krug hin-
einreichte, da er bei den bedenklichen Mittheilungen des
Studenten der Stärkung bedurfte, verbot der Wirth seiner
Kellnerin, ihm irgend etwas ohne Bezahlung zu verabrei-
chen. So schmerzlich es für Nanni war, der Krug blieb diesmal ungefüllt. Endlich fiel es dem Centauren auf, und er
fragte seinen Dolmetscher, was die Meinung des Wirthes
sei, den er eifrig hatte reden sehen. Als es ihm klar wurde,
woran es fehlte, seufzte er tief. Deine fabelhaften Historien
haben mich durstig gemacht, sagte er betrübt. Nun rathe
mir, was soll ich thun, um bei dieser Verschlechterung der
Sitten mich durchzuschlagen; denn ich sehe voraus, daß es
mir anderwärts nicht besser gehen wird als hier.

Der Student sann ein wenig nach. Sapienti sat, sagte er dann. Heureka! Ich hab's. Für heut sei ohne Sorgen, alter Junge. Es soll Niemand sagen, daß ein deutscher Student ein bemoostes Haupt deines Schlages habe verdursten lassen. Da es aber immerhin einige Zeit brauchen wird, bis die Menschen sich soweit an dich gewöhnen, daß du von deiner Praxis als Pferdearzt wieder wie sonst leben kannst, so mußt du fürs Erste mit einigen Moneten versehen werden. Zu dem Ende schlage ich dir vor, mir einen Schein auszustellen, in welchem du mir nach deinem Tode dein Skelett verkaufst gegen eine Summe, die ich dir in sichren Fristen zu bezahlen habe. Von dem Gelde kannst du dich ein paar Monate erhalten, eine Wirthschaft anfangen und die nöthigen Inserate in den Zeitungen bezahlen. Auf Abschlag lass' ich uns sogleich ein Fäßchen Bier anfahren, und wir trinken mit einander Smollis, welches freilich, so lange wir Lateinisch sprechen, nicht viel sagen will, für späterhin aber seinen Werth haben möchte.

Närrischer Kauz! sagte der Centaur. Was willst du mit meinen Knochen anfangen?

Die Wissenschaft damit bereichern, erwiederte der Student feierlich. Denn da du selbst vom Fach bist, musst du gestehen, daß dein Organismus eines der größten Probleme ist, welche die vergleichende Anatomie je zu lösen hatte. Durch die Thatsache deines ungewöhnlichen Durstes ist es wahrscheinlich gemacht, daß du zwei Mägen hast. Aber die Wissenschaft begnügt sich nicht mit dem Schein; sie will Beweise. Und darum thue, um was ich dich gebeten, und freue dich, Bruderherz, daß die Götter es dir gönnten, auch nach dem Tode noch der Naturforschung, der du im Leben angehangen, einen so wesentlichen Dienst zu leisten.

Der ehrliche Centaur überlegte sich die Sache. Konnte er, der sich zu den Unsterblichen rechnete, mit gutem Gewissen einen Handel für den Fall seines Todes abschließen?

Aber galten nicht auch die olympischen Götter für un-
sterblich, und wo waren sie jetzt? In seiner Betrübniß über
Alles, was er erfahren hatte, ein armseliges Bettlerleben vor
Augen, einen noch ungestillten Durst auf der Zunge, ent-
schloß er sich endlich, in den Verkauf zu willigen. Der Student schrieb den Vertrag auf einen großen Bogen Papier
in bündigem Latein, unterzeichnete sein Victor Molitor,
vulgo Müller, und bat den Centauren, der der Schreibe-
kunst nicht mächtig war, zur Bekräftigung des Handels
seinen rechten Vorderhuf in einen großen Siegellacksbrei
zu drücken, den ihr unten auf das Papier geträufelt hatte.
Nachdem dies geschehen, wurde das stipulirte Fäßchen
auf den Platz vor der Schenke gerollt, der Centaur lagerte
sich daneben, und der sehr wohlzufriedene Studiosus der
Medizin lud zu dem Bacchanal nun auch den Maler ein,
dessen Porträtskizze der vergnügte Halbgott unverhohlen
bewunderte.

Während aber die Drei unter dem unaufhörlichen
Zulauf der Bauern es sich wohl sein ließen und in bester Form einander Brüderschaft zutranken, zog sich über
dem Haupte des unschuldigen Fremdlings ein gefährli-
ches Gewitter zusammen. In heller Wuth nämlich hatte
der liebende Schneider den Schauplatz seiner Demüthigung verlassen, und strich über Racheplänen brütend an
den Hecken vor dem Dorfe hin, als ihm eine Figur begegnete, die mit nicht minder missvergnügtem Gesicht
die Welt und den Schöpfer vierfüßiger Creaturen zu betrachten schien. Es war dies ein Mann, der auf diesen Tag
eben so viel Hoffnungen gebaut hatte, wie sein Unmuths-
und Leidensgefährte. Aber wenn der Schneider mit einer
schmucken Braut Aufsehen zu machen dachte, so bestand
die Sehenswürdigkeit des Andern in einem Kalbe mit fünf
Füßen, das er in einer Bude zur Schau ausgestellt hatte
gegen ein billiges Eintrittsgeld von drei Kreuzern. Ohne
die Verdienste dieses sehenswerthen Naturspieles im

Geringsten herabzusetzen, begreift man doch leicht, daß
dasselbe durch die Erscheinung eines völlig wohlerhalte-
nen Roßmenschen sehr in Schatten gestellt wurde. Was
half dem armen Kalbe sein fünftes Bein, das ihm unge-
schickt genug am rechten Schenkel angewachsen war?
Trank es aus eigenem Antriebe Bier? Sprach es Lateinisch
mit einem Studiosus der Medizin und besaß schätzbare
Kenntnisse in der Heilkunde? Vermochte es die Aufmerk-
samkeit des schönen Geschlechts durch körperliche Reize
zu erwecken und einen Schneider eifersüchtig zu machen?
Nichts von alle dem. Es war und blieb ein fünffüßiges
Kalb, das nur in Ermanglung größerer Meerwunder die
Neugier reizte und seine drei Kreuzer werth war.

Und so hatte denn auch von dem Augenblick an, wo
der Centaur in das Dorf einritt, keine Seele mehr den großen Anschlagszettel, auf welchem das Bild des Kalbes in
Holzschnitt angebracht war, einer näheren Betrachtung
gewürdigt. Den Centauren sahen sie umsonst, und vielleicht ließ sich derselbe, wenn er erst heimischer geworden,
dazu bewegen, die Schule zu reiten oder einige Kunst-
stücke zu machen, wozu das Kalb durchaus keine Hoffnung gab. Als es nun Nachmittag wurde und der Teller
auf dem Tische noch immer leer blieb, schloß der Besitzer
des Kalbes ingrimmig seinen Bude und machte sich nach
dem Wirthshause auf, Willens, den schnöden Concurren-
ten um seinen Gewerbeschein zu befragen, den er, da er
keine Tasche an sich trug, schwerlich aufzuweisen hatte.
Aber nicht nur der Anblick seines überlegenen Feindes,
sondern noch mehr die Vertraulichkeit, in der er ihn mit
dem Studenten und dem Maler zechen sah, schüchterte
ihn völlig ein. Er kam gerade dazu, als der Halbmensch
mit seinem Freunde Victor Müller Arm in Arm schlang
und nach geleerten Krügen triefenden Bartes den üblichen
Kuß wechselte. Hier, sah er wohl, war nichts zu machen.
Aber geschehen musste etwas, und im Grübeln über das

Was und Wie traf er glücklicher Weise mit dem Schneider
zusammen. Sie hatten einander bald ihr Herz ausgeschüt-
tet. Der Lump! die nackte Bestie! schloß der Schneider
seine zornige Rede. – Die verwünschte Mißgeburt! rief der
Besitzer des Kalbes, der einen in seiner Lage gerechtfertig-
ten Unterschied zwischen einem zünftigen, von der Polizei
approbirten Naturspiel und einer Mißgeburt ohne Gewerbeschein machte. – Er ruinirt das letzte Bischen Moral im
Lande und die Schneiderkunst dazu! tobte der Schneider.
Er schnappt meinem Kalbe das Brod vorm Maule weg! –
der Schürzenjäger! – das Scheusal!

So eiferten die gekränkten Männer. Aber sie fühlten
bald, daß sie mit bloßem Schimpfen nicht weiter kamen. Der Mann mit dem Kalbe, der der Heftigste war
und weniger Bildung besaß, rieth, am Abend, wenn der
Teufelsgaul seinen Rausch ausschliefe, sich an ihn zu
schleichen und ihm den Bauch aufzuschlitzen. Dem widersprach der Schneider. Sie dürften ihre gute Sache, die
Sache der Sittlichkeit und der Rettung der Gesellschaft,
nicht durch schlechte Mittel entehren. Geistreicher und
zugleich vernichtender schien es ihm, den Obertheil des
Schlafenden ganz in grobe Pferdedecken einzunähen und
ihm womöglich ein Gebiß in den Mund zu schieben, daß
er am andern Morgen zum Gespött Männern und Weibern herumtraben müßte, Allen zur Belehrung, daß wer
auf vier Pferdebeinen einherschreite, trotz der stattlichs-
ten Menschenschultern im Ganzen nichts Besseres sei, als
ein Gaul. –

Während sie hierüber noch stritten, zog sie unverhofft
ein Dritter aus allem Zwiespalt. Des Weges daher rollte
ein Wägelchen, gelenkt von dem Küster des oberen Dorfes,
den sein Pfarrer eiligst mit dem Bericht an die geistliche
Behörde nach der Stadt abgeschickt hatte. Das Gewühl
vor der Schenke, das ihn zu dem Umweg an den Hecken
vorbei nöthigte, hatte ihm schon angedeutet, auch hier

habe der Heidengräuel Verwirrung und Entsetzen gestiftet. Er war froh, die beiden Männer befragen zu können, die nicht sobald den Zweck seiner Reise erfuhren, als sie mit ihren eigenen Erfahrungen und Plänen herausrückten. Die letzteren konnte der Mann der Kirche nicht billigen. Unerlaubte Selbsthülfe war und blieb verpönt, und es gelang ihm, beide Verschworene zu überzeugen, daß ihre Sache am besten aufgehoben sein würde, wenn sie sie in die Hände der Polizei niederlegten. Ohne Zögern stiegen sie zu ihm in den Wagen und fuhren in scharfem Trabe der Stadt zu, um bewaffnet mit dem weltlichen und geistlichen Schwert des Gerichts zu dem ahnungslosen Sünder zurückzukehren.

Wir wissen nicht, welchen Erfolg die Sendung des Pfarrers hatte. Jedenfalls war die weltliche Behörde diesmal schneller bei der Hand. Die Sonne neigte sich eben erst gegen den Rand des Gebirges, als derselbe leichte Wagen von der Stadt zurückkehrte. Nur war er etwas schwerer geworden. Er trug außer den beiden Denuncianten einen Polizei-Assessor mit seinem Protokollführer, und vier bis an die Zähne bewaffnete Gensd'armen ritten neben her.

In nicht geringer Spannung näherte sich dieser Ehrfurcht gebietende Zug dem Dorfe. Eine muntere Tanzmusik, die ihnen entgegenscholl, ließ nichts Ungewöhnliches ahnen. Ueber der Landschaft lag jener goldene Abendduft, der im Hochsommer das Nahen der Nachtkühle anzeigt, und Alles lud dazu ein, sich sorglos dem Genuß eines schönen Feiertages hinzugeben. Aber weder die Diener des Gesetzes, noch die in ihren Rechten schwer gekränkten Männer hatten Sinn und Stimmung dafür. Die Musik empörte vielmehr den Schneider aufs Höchste. Das war derselbe Ländler, den er zum ersten Mal mit Ihr getanzt hatte, und nun –! Er kutschirte selbst und ließ es die armen Pferde entgelten, daß ein entfernter Vetter von ihnen sein Lebensglück auf dem Gewissen hatte. In rasselnder Eile fuhren sie jetzt ins Dorf hinein und hielten an der Schenke still.

Der Platz vor der Thür war leer. Die Sonne hatte die Zechbrüder und ihre Zuschauer vertrieben. Einen Augenblick tauchte der Gedanke in den Denuncianten auf, daß ihr Opfer ihnen entschlüpft sei. Aber ein Blick in den Hof, der von der Straße durch eine Mauer mit starkem Eichenthor geschieden war, belehrte sie eines Bessern. Eines Schlimmern, müssen wir aus der Seele des Schneiders sagen. Denn durch den offnen Thorweg sah der Aermste seinen Rivalen mit stark geröthetem Gesicht und hochvergnügter Miene auf und nieder courbettiren, zierlich die Füße setzend, einen Krug hoch in der Hand schwingend, während die Schenkin, die schönen Nanni, unter lautem Beifallsruf und Jauchzen des Volks bequem und ohne Scham auf dem breiten Rücken ihres Galans saß und sich nur leicht an dem starken Haarschopf festhielt. Dazu klang aus den offenen, mit Zuschauern dicht besetzten Fenstern der gemüthlichste Ländler herab, und in den schönen breitästigen Linden, die auf dem Hofe standen, schwirrte es von singenden Vögeln, die, nach ihrer Lustigkeit zu schließen, ihre Schnäbel wohl zu tief in das verschüttete Bier getaucht haben mochten.

Niemand hatte über der allgemeinen Heiterkeit und rauschenden Wonne dieser Scene das Heranrasseln des Wagens und seiner Escorte beachtet. Auch verhielten sich die Männer draußen vor dem Hofthor einige Minuten lang mäuschenstill, die löbliche Polizei, weil ihr ein solcher Fall noch nie vorgekommen war, die gekränkten Männer, weil der Anblick ihres triumphirenden Feindes ihnen das Blut in den Adern erstarren machte. Endlich ermannte sich der Schneider. Er sprang mit entfärbten Zügen vom Bock herunter, öffnete den Schlag, winkte den Andern auszusteigen und flüsterte: Das Hofthor zu, oder die Bestie entkommt, und Niemand kann sie einholen! – Alle vier Männer näherten sich jetzt behutsam dem Thorweg und plötzlich schlugen die beiden schweren Flügel mit Gekrach zusammen, und man hörte drinnen den Balken vorschieben, der den Ausweg auch für die mächtigen Hufe eines reisigen Halbgottes verrammelte.

Jetzt erst merkten die im Hof und in der Schenke Unrath. Die Musik brach ab, der tanzende Centaur hielt ein und horchte auf. Ueber die Mauer sah er die Köpfe der Gensd'armen ragen und überlegte, plötzlich ernüchtert, daß es wohl auf ihn abgesehen sein möchte. Aus welchem Grunde sonst hätte man den Hof schließen können? Aber so tief sein Unmuth war über diese verderbte Welt, in der man sich nicht scheute, ein harmloses Fest durch jähen Verrath und Ueberfall zu unterbrechen und das heilige Gastrecht zu verletzen, so wenig lähmte diese traurige Erfahrung seinen Muth. Im nächsten Momente begann er, als wolle er sich nicht stören lassen, seine kühnen und anmuthigen Sprünge von neuem, ging aber in immer schnelleres Tempo, in immer schwungvollere Bewegungen über, so daß die Reiterin ängstlich mit beiden Armen seinen Leib umschlang, um nicht hinabzustürzen; und jetzt, als er fühlte, daß sie fest genug saß, stürmte er durch die ganze Länge des Hofraums gegen das Thor heran und sprang mit einem prachtvollen Satz über die Mauer seines Gefängnisses. Laut auf schrieen die Weiber, die Gensd'armen, die ihre scheuenden Pferde nicht zu halten vermochten, fluchten und zerrten an den Zügeln, der Schneider, über dessen Haupt der Sprung hinweggegangen war, lag wie vom Schlage gerührt auf der platten Erde, und die löbliche Polizei, der der Hut vom Kopfe geflogen war, starrte mit großen Augen dem Flüchtling nach, der wie rasend, Funken und Kies um sich her wirbelnd, mit der entführten schönen Beute von dannen stob und auf dem Weg ins Gebirg bald allen Blicken entschwunden war.

Erst weitab von den betretenen Pfaden, als der Lärm der Verfolger tief unten verhallte und jede Spur des Flüchtlings in den Klippen verloren war, hielt es der Entführer für gut und schicklich, sich nach seiner schönen Freundin umzusehen. Sie war ein zu kräftiges Kind der Natur, um selbst durch einen so halsbrechenden Ritt auf einem ungesattelten Centauren schwindlig oder gar ohnmächtig zu werden, vielmehr däuchte sie, nachdem der erste Luftsprung glücklich überstanden war, die Sache lustig genug, und sie lachte sogar in vollem Galopp, als sie ihren Bräutigam vom bloßen Schrecken umfallen sah. Aber derselbe gesunde Instinkt, der sie antrieb, sich fest an den stürmenden Reiter anzuklammern, sagte ihr auch, daß die Position auf die Länge unhaltbar sein würde. Sie hatte den Schneider erwählt, weil er eine anständige Versorgung bot. Ihm untreu zu werden, wenn sich ein Besserer fand, wäre ihr nicht hart angekommen. Aber bei all den ungewöhnlichen und wunderbaren Qualitäten dieses fabelhaften Roßmenschen – eine Versorgung, ein sicheres Auskommen auf ihre alten Tage war von ihm nicht zu hoffen. Sobald sie sich hierüber klar geworden war, tauchte das Bild ihres Verlobten in glänzenderen Farben wieder vor ihr auf. Sie sah ein, je eher sie zu ihm zurückkehrte, je geneigter werde sie ihn finden, das Geschehene zu vergeben und zu vergessen. Als daher der Centaur langsam den schroffen Abhang in einer schmalen Schlucht hinauf ritt, ersah das kluge Mädchen rasch seinen Vortheil, glitt behende von dem hohen Sitz herab und lief, alles zornigen und bittenden Rufens nicht achtend, wie eine gejagte Gemse den Paß hinunter, zurück zu ihrem Thal und den Wohnungen zweibeiniger Menschen.

Schmerz und Entrüstung über solche Hinterlist loderten in dem Getäuschten auf. Er kannte alle Stege und Schliche des Gebirges. Er wußte, daß nur hundert Schritt aufwärts die Schlucht in einen breiteren Weg auslief, aus dem er umwenden und seiner Entflohenen nachsetzen konnte. Aber als er schäumend von Grimm und Schweiß auf der Höhe des Kreuzweges ankam und hinabschauend das zaghafte Menschenkind erblickte, wie es so winzig thalwärts rannte, die Flechten aufgelös't, mit der Schürze hinunterwinkend, und Alles um einen Schneider, verrauchte alsbald sein Zorn und der kleine Aerger verschwand in der erhabenen Wehmuth, zu der ihn die Schicksale des ganzen Tages, die Erinnerung an alles das, was er verschlafen hatte, und die Sorgen um die eigene Zukunft berechtigten. Wenn er auf diesen Tag zurückblickte, was war der Gewinn? Ein leerer Maßkrug, in dessen Tiefe er traurig hineinstarrte, und die Rose hinterm Ohr, die fast entblättert sich mit ihren Dornen in sein Haar festgenistet hatte. Ueber kleinliche Regungen der Eitelkeit fühlte er sich erhaben. Was galt es ihm, daß ein Bauernhaufe ihn angestaunt, die Juden ihn auf tausend Louisd'or geschätzt, Kunst und Wissenschaft Vortheil von ihm zu ziehen gesucht hatten? Konnte er jemals hoffen, Frieden mit den Dienern der Kirche zu machen den Haß von Schneidern und Besitzern fünffüßiger Kälber zu versöhnen und bei einem Zustande der Gesellschaft, der auf so festen praktischen Grundpfeilern ruhte, zu dem schönen Geschlecht in ein leidliches Verhältniß zu treten? War und blieb er nicht eine unverstandene mythologische Reminiscenz, nicht besser als ein fossiles Mammuth oder eine verstäubte Mumie aus alten Pharaonengräbern? Was ging es diese Welt an, daß ein Herz unter diesen ungewöhnlich starken Rippen schlug, ein Herz, welches zweitausendjähriger Schlaf nicht abzukühlen vermocht hatte! Jeder Schulknabe sprach es nach, daß die Antike kühl sei. Hatte er einem solchen Vorurtheil gegenüber und bei dem gänzlich veränderten Stande der Heilkunde die geringste Aussicht, Praxis zu erlangen und zu beweisen, daß er aus edlen Bergkräutern und Himmelsbalsam

einen Heiltrank für die hinfällige moderne Welt zu brauen
verstünde? – In tiefer Schwermuth schüttelte er zu seinen
eigenen Fragen das Haupt. Er mußte sich sagen, daß sein
Beruf erloschen, er selbst nur noch eine Rarität, ein Name,
ein überwundener Standpunkt sei. Seine Zeit war um.

So überblickte er in weiser Erkenntniß einer stren-
gen Nothwendigkeit die Welt zu seinen Füßen. Ihm gegenüber sank die blutigrothe Sonne langsam hinter die
Firnen des Gebirges und verklärte mit dunkler Flamme
seine Stirn. Von unten schwang sich Glockengeläut herauf, und der Klang, der ihn am Morgen zuerst begrüßt
hatte, schien die Summe seines Schicksals zu umfassen. Er
hob den leeren Krug und ließ ihn von der Höhe auf die
Felsen hinunterfallen, daß die krachenden Scherben hastig
thalwärts rollten. Die Rose warf er, nachdem er den letzten Duft eingesogen, in die Schlucht hinunter und sah ihr
eine Weile nach. Dann wandte er für immer seine Augen
von der Tiefe ab und ritt langsam höher hinauf, wo die
Gipfel der Berge von ewigem Eise schimmerten. Er sang
ein altes griechisches Liebeslied mit heller, von Wehmuth
nicht mehr umflorter Stimme. Sein Auge war klar, seine
Wangen geröthet, die ganze Gestalt von Zeit und Mühen
nicht gebrochen. Und wie ein schöner Stern am Himmel
plötzlich erlischt, und Niemand weiß, wo er hingekom-
men, so verschwand das leuchtende Bild unseres Freundes
hoch in der Einsamkeit unzugänglicher Bergeshöhen, um
nie wieder aufzutauchen.

Die Stickerin von Treviso

Es regnete schon den dritten Tag, und die Garten- und
Waldwege um das Landhaus herum waren in Bäche verwandelt. Am ersten und zweiten Tage hatte die Gesellschaft, die sich dort zusammengefunden, ihren Ehrgeiz da-
rein gesetzt, so unerschöpflich an guter Laune zu sein, wie
der Himmel an Wolken, und in dem großen fünffenstri-
gen Salon, vor dem die Oleander blühten, regneten die
Scherze, rauschte das Gelächter und rieselten die witzigen
Anspielungen so ununterbrochen, wie draußen die Tropfen auf die Terrasse niederprasselten. An diesem dritten
Tage aber beschlich die Herzhaftesten in der Arche eine
zaghafte Ahnung, daß die Sündflut einen längeren Athem
haben möchte, als ihr Humor. Zwar wagte Niemand, das
Gelübde, das man sich vorgestern gethan, nämlich, diese
Heimsuchung g e m e i n s a m zu überstehn, zu brechen
und auf sein Zimmer zu schleichen, um dort auf eigene
Hand verdrießlich zu sein. Aber das gemeinsame Gespräch, die Spiele und Belustigungen des Verstandes und
Witzes waren ins Stocken gerathen, seit der Professor, der
für einen großen Barometerkundigen galt, statt des ver-
heißenen Umschlags der Witterung ein neues Sinken des
Quecksilbers eingestehen mußte. Er hatte sich einen zweiten Barometer verschafft und forschte nun ernsthaft den
Gründen nach, weshalb die beiden Propheten nicht ganz
Einer Meinung waren. Seine Frau malte stumm schon die
sechste Wasserrose mit Deckfarben auf graues Papier; an
einem zweiten Tischchen stellte Frau Helene soeben die
Schachfiguren zur siebenten Revanchepartie auf, im Winkel saß Frau Anna neben der Wiege ihres Säuglings, dem

sie mit ihrem Fächer die Fliegen abwehrte, während sie in einem alten Volkskalender auf ihrem Schooß die Räthsel und Sharaden zu rathen suchte. Der junge Doctor, der mit Frau Helene spielte, wollte die Pause benutzen, um eine plattdeutsche Anekdote zum Besten zu geben, brach aber plötzlich ab, da ihm einfiel, daß er sie schon gestern erzählt hatte. Frau Anna's Mann, eingedenk der weisen Behauptung des alten Shandy, daß sich alle Schmerzen und Bekümmernisse der Seele am leichtesten überstehen ließen, wenn der Leib sich in horizontaler Lage befinde, hatte sich seiner ganzen Länge nach auf ein altes Ledersopha gestreckt und blies den Rauch einer feuchtgewordenen Cigarre in trägen blauen Ringen gegen die niedrige Decke des Saals.

Unter diesen mehr oder weniger kümmerlichen Versuchen, sich in das Schicksal zu finden, mußte die sorglos heitere Miene auffallen, mit der ein Mann in mittleren Jahren, die Hände auf dem Rücken, schon seit einer halben Stunde langsam den Saal hinauf und hinunter ging. Zuweilen stand er einen Augenblick bei dem Schachtischchen still, oder sah der Malerin über die Schulter, oder fuhr im Vorbeigehen dem schlafenden Kindchen sacht über die kleine Stirn, schien sich aber bei alledem nichts zu denken, sondern in Betrachtungen versunken zu sein, die von der verregneten Gegenwart weit ab in irgend einem sonnigen Einst oder Künftig wurzelten.

»Was haben Sie nur, lieber Eminus?« fragte Frau Eugenie, die eben von einem wirthschaftlichen Ausflug in Küche und Vorrathskammer wieder in den Saal zurückkehrte. »Wir andern alle machen Gesichter, wie sie zu dem abscheulichen Tage passen; auf Ihrem Gesicht dagegen ist gutes Wetter, sogar eine Art Sonnenschein, wie wenn Sie heimlich verlobt wären, oder heute die letzte Seite an einem Buch geschrieben hätten, oder Zahnweh, das Sie vierundzwanzig Stunden geplagt, abziehen fühlten.

Geschwind beichten Sie, was es ist, oder wir haben Sie im
Verdacht, daß es Nichts sei als die gottloseste Schadenfreude über uns Andern, die wir nicht wie Sie aufs Land
gehen, um da erst recht im Zimmer hinter den Büchern
festzusitzen.«

»Ich kann Sie beruhigen, beste Freundin«, lachte der
Angeredete. »Diesmal ist keine Bosheit im Spiel, wenn ich
mich wohl fühle, und Ihre andern Hypothesen sind Gottlob ebenso unbegründet, eine sogar entschieden unmöglich; denn ich würde schwerlich gute Miene dazu machen,
wenn ich nach so langer Freiheit mich verpflichtet hätte,
noch einmal den Pantoffel zu küssen, zumal sämmtliche
h i e r anwesenden Pantöffelchen schon vergeben sind.
Was mich trotz unserer betrübten Umstände im Gleichgewicht hält, ist nichts Anderes, als eine schöne Geschichte,
auf die ich heute früh, als ich meine alten Papiere durch-
sah, zufällig wieder gestoßen bin, und die mir nun nach-
geht, wie sich eine einschmeichelnde Melodie zuweilen im
Ohr festhängt und uns beständig umklingt.«

»Eine Geschichte? und noch dazu eine schöne?« sagte
die Malerin. »Die müssen Sie uns gleich zum Besten geben, das versteht sich. Haben wir nicht, so lange der Regen
dauert, Gütergemeinschaft eingeführt, und Sie wollten
eine schöne Geschichte für sich behalten? Das wäre eine
schöne Geschichte!«

»Vielleicht aber gefällt sie Ihnen gar nicht«, versetzte
Eminus, indem er bei ihr stehen blieb und im Weiterspre-
chen den langen Stengel einer Wasserrose in einen Kno-
ten schlang. »Mir wenigstens gefallen so viele Geschichten
nicht, die heute Glück machen, daß ich mir längst gesagt
habe: du hast einen altmodigen Geschmack und bist mit
der Zeit nicht fortgeschritten. Als Historiker kann ich
mich am Ende darüber trösten. Wir sind ja überhaupt
nicht auf das Neueste angewiesen. Und vielleicht haben
mir meine Quellen für die G e s c h i c h t e auch den

Geschmack an G e s c h i c h t e n, wie sie heute geschrieben und gelobt werden, verdorben. Der Abstand zwischen der Holzschnittmanier einer alten Städtechronik und der photographischen, stereoskopischen, ausgepinselten Zierlichkeit und Ausführlichkeit so einer modernen Novelle ist auch gar zu himmelweit. Dort Alles noch Rohstoff, selten die Blöcke nothdürftig behauen, die Fugen klaffend, das Material bunt übereinandergeschichtet, daß nur der Kenner oder Liebhaber sich das Seinige daraus zusammensuchen mag. Und in unserer kunstgewandten modernen Zeit Alles so glatt und blank, so bewußt und bedacht, so in lauter Stil und Form verwandelt, daß der Gegenstand einem oft ganz entschwindet, das Was vor dem Wie vergessen wird und wir vor lauter psychologischen Finessen des Erzählers uns fast nicht mehr um die Menschen bekümmern, an denen er seine Künste entfaltet. Ich dagegen stehe noch auf dem veralterten Standpunkt, daß mir in jeder Geschichte die G e s c h i c h t e   s e l b s t die Hauptsache ist. Etwas besser, etwas schlechter erzählt, daran liegt mir nichts. Wenn das, was sich ereignet hat oder von einem Phantasten ersonnen ist, schon in der ungefügen, ungeschliffenen Fassung einer alten Chronik Eindruck auf mich macht, so mag ich am liebsten gar keine stilistischen Brimborien dabei, sondern lasse von meiner eigenen Phantasie das Fehlende hinzuthun. Aber ihr Modernen« – und dabei warf er einen sarkastischen Blick auf den Schachspieler und den Raucher – »ihr seid nicht zufrieden, eh ihr nicht einer Geschichte alles Erdenkliche an Putz und Schmuck umgehängt habt, wenn sie auch nackt, wie Gott sie geschaffen, am schönsten war.«

»Jede Zeit hat ihre Kleiderordnung, und man muß wohl oder übel die Mode mitmachen«, versetzte der auf dem Sopha Liegende, ohne sich aus seiner Ruhe stören zu lassen.

»Und jede Zeit erlebt und erzählt i h r e Geschichten«, warf der Schachspieler ein. »So lange das Faustrecht noch galt, waren die Geschichten freilich handgreiflicher, von Achilles bis auf den edlen Ritter aus der Mancha. Seitdem ist etwas mehr S e e l e in das Leben gekommen, und wenn die Ereignisse innerlicher sind, wird man sie auch nicht so äußerlich mit groben Grundstrichen aufzeichnen können, wie eine mittelalterliche Dolch- und Degennovelle. Umrisse und etwas Licht und Schatten thun es nicht mehr; wir wollen das ganze Farbenspiel sehen, die leisesten Halbtöne und allen Reiz des Helldunkels, und da wir selbst mehr Gemüthsmenschen geworden sind, ist uns auch der Gemüthsantheil, den der Erzähler an seinen Leuten nimmt, nicht mehr gleichgiltig.«

»Ich weiß schon«, spottete Eminus, »wenig Fleisch, sehr viel Gemüth, das ist heutzutage die Loosung, und ich habe nichts dagegen. Aber ich bin eben ein Mann des ungemüthlichen Mittelalters, wenn auch nicht im Sinne der Romantik, und darum will ich meine Geschichte lieber für mich behalten; denn sie fügt sich in keiner Beziehung in die heutige Kleiderordnung, und während die anwesenden Poeten über die sehr bescheidene altväterische Form die Nase rümpfen werden, fürchte ich mit dem Inhalt bei den Damen anzustoßen, obwohl ich ihn durchaus sittlich finde.«

»Da Sie selbst uns sittlich genug sind«, sagte Frau Eugenie, »so können wir nach dieser Versicherung wohl auch Ihrer Geschichte unbedenklich Gehör geben.«

»Zumal da kein unconfirmirtes Fräulein zugegen ist«, ergänzte Frau Helene.

»Mit Ausnahme der kleinen Unschuld hier in der Wiege«, sagte Frau Anna, »die aber hoffentlich noch die Augen darüber zudrückt.«

»Darauf hin ließe sich's wagen«, sagte Eminus. »Aber nun wird mir plötzlich selber bange, daß mein Liebling,

der mir unter vier Augen sehr gefallen hat, sich unvortheil-
haft und linkisch ausnehmen möchte, wenn ich ihn in so
verwöhnte Gesellschaft bringe. Manchem ist es mit einem
heimlich angebeteten Schätzchen nicht besser gegangen.
Und mein alter Chronist, dem ich die wenigen Blätter
ganz ohne Prätension nur zu meinem eigenen Vergnügen
nachschrieb, war allerdings kein Dichter wie Boccaccio
und Genossen, obwohl er es an dieser Geschichte ums
Haar geworden wäre.«

»Lassen Sie uns nicht länger bei der Vorrede verweilen«, sagte jetzt der Professor. »Das Schlimmste, was Ihrer
Geschichte begegnen kann, ist, daß die Poeten sie nur als
einen S t o f f ansehen und, wenn es noch vierzehn Tage
regnet, ein Trauerspiel oder Lustspiel daraus machen, das
den Bühnen gegenüber Maculatur bleibt.«

»In Gottes Namen denn!« seufzte der von allen Seiten in die Enge Getriebene und ging, sein Manuscript zu
holen.

Bald kam er zurück, eine Mappe unter dem Arm, aus
der er ein beschriebenes Heft hervorzog. »Die Schrift ist
zwanzig Jahre alt«, sagte er, sich ans Fenster setzend und
das Heft auf seinen Knieen entfaltend. »Ich machte damals
Studien zu einer Geschichte der lombardischen Städte und
war auch nach Treviso gekommen, wo ich im städtischen
Archiv und in den Klosterbibliotheken Ausbeute zu finden
hoffte, die mir leider nicht zu Theil wurde. Nur bei den
Dominicanern in S. Niccolo stöberte ich eine merkwürdige
Chronik aus dem Ende des vierzehnten Jahrhunderts auf,
die ich den guten Patres gern mit Gold aufgewogen hätte.
Aber Alles, was ich erlangte, war die Erlaubniß, unter den
Augen des Bruder Antonio im kühlen Refectorium mir
auszuschreiben, was mir von Wichtigkeit war. Dieses Heft
trägt noch die Spuren eines weihrauchduftigen, dunkelro-
then Klosterweins, mit dem ich den Chronikstaub dann

und wann niederschlug, bis ich nach mancherlei trocknen Notizen auf die

Geschichte von der blonden Giovanna stieß, die mich wie eine Quelle im dürren Hochlande plötzlich mehr als Wein erquickte.«

Zu der Zeit nämlich – es ist vom ersten Viertel des vierzehnten Jahrhunderts die Rede – entbrannte eine heftige Fehde zwischen der Stadt Treviso und dem benachbarten Vicenza, aus geringen offenbaren Ursachen, denen die versteckte Eifersucht der einen auf die andere Stadt, wie die unsichtbare Luft einem schwachen Feuerbrande, Nahrung zuwehte. Die Vicentiner riefen die Venediger zu Hülfe und brachten es durch deren Zuzug dahin, daß sie sich mit einem raschen Handstreich erst des Castels San Salvatore di Collalto, dann sogar der Stadt Treviso selbst bemächtigten und erst nach schimpflicher Demüthigung und Auferlegung einer ansehnlichen Schatzung mit Geiseln und Beute beschwert wieder abzogen.

Als diese Dinge ruchbar wurden und die Kunde bis nach Mailand drang, ergrimmte darüber Niemand mehr, als ein edler Jüngling aus unserer übel heimgesuchten Stadt, Attilio Buonfigli mit Namen, Sohn eines der angesehensten Trevisaner Bürger und Neffe des Gonfalonier Marco Buonfigli, der seit seinem Knabenalter in Mailand, im Hause des Herrn Matteo Visconti, als ein Edelknappe aufgewachsen, damals etwa fünfundzwanzig Jahre alt und in allen ritterlichen Künsten trefflich unterwiesen und geübt war. Sobald er von dem Unglück seiner theuren Vaterstadt vernahm, that er ein Gelübde, nicht eher ohne Panzerhemd zu schlafen, bis er die Schmach gerächt habe, erbat sich Urlaub von seinem Herrn und ritt mit einigen seiner Freunde, alle schmuck in Waffen und streitbar gleich ihm selbst, aus Mailands Thoren. Und da er in den Fehden der Visconti sich, so jung er war, einen großen

Namen gemacht, so strömte ihm, sobald sein Vorhaben bekannt wurde, von allen Seiten rüstige und abenteuerliche Jugend zu, ihm als ihrem Condottiere Treue schwörend, gegen welchen Feind immer er sie führen würde. Als er nun Mannschaft genug beisammen hatte, um allenfalls auch allein den Venedigern die Spitze zu bieten, entsandte er einen heimlichen Boten nach Treviso, seinem Oheim und Vater anzuzeigen, an dem und dem Tage werde er vor den Thoren Vicenza's eintreffen, Sühne für die erlittene Unbill zu fordern. Dann möchten sie bereit sein, zu ihm zu stoßen und mit der Hülfe Gottes ihren Feinden den Fuß auf den Nacken zu setzen.

Und so geschah es auch und wurde Alles so klug und eifrig ins Werk gesetzt, daß es Denen von Treviso gelang, die abziehenden Bundtruppen auf dem Heimwege nach Venedig zu überfallen und ihnen Beute und Geiseln wieder abzunehmen, während an demselben Tage der junge Attilo in einer heißen Feldschlacht am Flüßchen Bacchilione den Vicentinern den Meister zeigte. Da hatte sich das Blatt gewendet, und es war nun ebenso großer Jubel in Treviso, als wenige Monate vorher Vicenza von Siegesherrlichkeit trunken gewesen war. Nur Eines trübte die Freude unserer guten Stadt. Der junge Sieger nämlich lag schwer danieder an einer tiefen Halswunde, die ihm ein Vicentiner Schwerthieb beigebracht hatte, und viele Tage hindurch hing sein Leben nur an einem dünnen Faden. Sein eigner Vater nebst seiner edlen Mutter pflegten ihn im besten Hause der unterworfenen Stadt, das einem der ansehnlichsten Bürger gehörte, Herrn Tullio Scarpa, dessen ältester Sohn, Lorenzaccio genannt, stets unter den erbittertsten Feinden der Trevisaner gewesen war, auch, so lange der verwundete Sieger in seinem väterlichen Hause verpflegt wurde, die Schwelle desselben mit keinem Fuße betrat. Desto freundlicher ward Attilio, obwohl er ein Feind ihrer Vaterstadt war, von des Lorenzaccio einziger

Schwester, der jungen Emilia, angeblickt, also daß die Väter und Mütter es gewahr wurden und Hoffnungen darauf
zu bauen anfingen, wie daß nämlich durch eine Versippung
zweier so bedeutender Familien aus beiden Städten der
jahrelange Groll erstickt und Eifersucht in freundnach-
barliche Gutwilligkeit verwandelt werden möchte. Das
wurde, da es sich mit der Wunde besserte, in einer vertrau-
lichen Stunde dem Attilio von seiner lieben Mutter beigebracht, der auch nichts dagegen einwandte, da sein Herz
noch vollkommen frei und die junge Vicentinerin eine gar
anmuthige Jungfrau war. Heimlich aber war es ihm zuwi-
der, eine Tochter aus dieser Stadt zum Weibe nehmen zu
sollen, hielt sich daher auch nach geschehenem Verlöbniß
in ziemlicher Entfernung von dem Mägdlein und hätte am
liebsten den Handel wieder abgebrochen, wenn er nicht
gefürchtet hätte, zwischen die eben aufkeimende Saat des
Friedens neuen Haß auszusäen.

Darüber waren vier oder sechs Wochen vergangen und
der Wundarzt erklärte, es sei dem Genesenen nunmehr
ohne Gefahr verstattet, sein Roß zu besteigen und Schild
und Lanze zu führen, wenn er auch den Druck der stähler-
nen Halsberge noch eine Weile zu meiden hätte. Also ward
beschlossen, aufzubrechen und nach Treviso zu ziehen, wohin in wenigen Wochen die Braut mit ihren Eltern folgen
sollte, da es sich die gerettete Stadt nicht wollte nehmen
lassen, ihrem edlen Sohne und Befreier die Hochzeit mit
allem Glanze auszurichten. Hatten doch die guten Bürger
auch die Zeit während des Siechenlagers nicht verloren,
sondern dem theuren, jungen Helden, dessen Namen auf
allen Lippen war, einen Einzug bereitet, wie er glänzender
noch keinem Fürsten zu Theil geworden war.

Unter den andern Ehrengaben, die ihm die Stadt ent-
gegenbringen wollte, war ein Banner, das ihm seine eigner
Ohm im Namen des gesammten Rathes überreichen sollte, ein wahres Wunder an Stoff und kunstfertiger Arbeit.

Der zehn Fuß hohe Schaft von seinem Eichenholz ganz mit silbernen Buckeln beschlagen, am Griff mit Rubinen besetzt, die Spitze vergoldet, daß man die Augen wenden mußte, wenn sie in der Sonne blitzte. An diesem Schaft hing der schwere Wimpel von Silberbrocat, auf dem ein goldner Greif, das Wappenthier der Buonfigli, mit der Mauerkrone von Treviso gekrönt, eine rothe Schlange in der Luft erwürgte, so natürlich geringelt und mit feinen Goldschuppen überdeckt, daß man einen leibhaftigen Wurm sich krümmen zu sehen meinte. Darüber stand in geflammten Lettern die Inschrift auf Latein: »Fürchte dich nicht, denn ich werde dich erretten.«

Dieses Wunderwerk einer kunstreichen Nadel war während der sechs Wochen, die Attilio an seiner Schwertwunde daniederlag, aus den Händen einer einzigen Jungfrau hervorgegangen, deren Geschicklichkeit in solchem Bildwerk aus Gold,- Silber- und Seidenfäden weit und breit gerühmt wurde. Man nannte sie Gianna, das ist Giovanna, die Blonde, da sie Haare hatte wie gesponnenes rothes Gold, so daß sie eine Kirchenfahne für die allerheiligste Jungfrau in der Capella di San Sebastiano hatte bloß mit ihrem eignen Haar sticken können. Sie hatte es sich aber abgeschnitten vor übergroßer Betrübniß, als ihr Verlobter, welcher Sebastian hieß, ein schöner und wackerer Jüngling aus der Nachbarschaft, wenige Wochen vor der Hochzeit an den Blattern gestorben war. Damals war sie erst 18 Jahr alt und für so Viele in der Stadt das Ziel heimlicher Wünsche und offener Bewerbungen, daß sie oft die Prophezeiung hören mußte: ehe ihr die Haare wieder gewachsen wären, würde ihr Bräutigam wieder einen Nachfolger haben, nach dem Sprichwort: »Lange Haare, kurzer Sinn«. Auf solche Reden pflegte sie Nichts zu erwiedern, weder Ja noch Nein, sondern ruhig auf ihre Stickerei niederzublicken, wie ein Mensch, dessen Ohr und Gemüth gegen die losen Reden der Welt verschlossen sind. Und

wirklich machte sie alle Weissagungen zu Schanden, indem sie fortlebte, als habe sie sich mit der Weihgabe ihrer
Haare der Madonna zu ewiger Jungfräulichkeit verlobt
und sollte keine Männerhand jemals die Flechten, die sich
wieder um ihr Haupt geschlungen, in liebkosendem Spiel
auflösen und das weiche Gold sich durch die Finger rollen
lassen. Viele glaubten, daß sie in ein Kloster gehen würde,
zumal sie am liebsten geistliche Festgewande, Paramente
und Altardecken stickte und sich von öffentlichen Lustbarkeiten fern hielt. Aber auch diese Meinung täuschte sie, wurde vielmehr mit der Zeit wieder heiter, wenn
auch immer mehr zuhörend, als redend, und bezog nach
dem frühen Tod ihrer Eltern ein kleines Haus, das in die
Stadtmauer gebaut aus einem Thürmchen eine lachende
Aussicht hatte über die fruchtbaren Auen, die von den
Flüßchen Piavesella und Rotteniga durchströmt werden.
Da haus'te sie mit einer alten tauben Magd, ihrer Amme,
unbescholten und unbeschrieen über zehn Jahre, und Niemand betrat ihr Haus, als dann und wann eine Nachbarin,
oder eine von den vornehmen Damen der Stadt, die sie
aufsuchten, um ihr eine Arbeit zu übertragen. Manchmal
sah man auch einen der geistlichen Väter der Stadt den
Klopfer an ihrer Thür bewegen. Dann rief sie immer die
Amme in das Gemach, wo sie den Besuch empfing, und
wußte auf diese Art jede üble Nachrede von sich fern zu
halten. Obwohl sie aber die Nadel nur an Feiertagen ruhen ließ und auch sonst nicht viel an sich wandte, hielt
sich ihre Schönheit doch so unversehrt, daß, wenn sie an
einem Sonntage in der Abendkühle auf den Wällen der
Stadt oder in dem nahen Wäldchen mit ihrer alten Die-
nerin lustwandelte, Jedermann, den ihre großen schwarzen
Augen unter den blonden Wimpern hervor nur mit einem
gleichgiltigen Blicke streiften, wie verzaubert stehen blieb,
ihr nachzuschauen, und auch von Fremden und vornehmen Herren, die ihre Sinnesart nicht kannten und den

Berichten über sie nicht glauben wollten, Anträge genug
an sie kamen, sie ihrem ledigen Stande abtrünnig zu machen. Sie aber gab Allen die gleiche Antwort: das Leben,
das sie führe, sei ihr zu lieb und gewohnt, um es mit einem
andern zu vertauschen.

So war sie schon in ihr zweiunddreißigstes Jahr getreten, als die Fehde zwischen den beiden Nachbarstädten
ausbrach, und da sie eine getreue Tochter ihrer Vaterstadt
war, empfand sie alles Weh und Ungemach, das diese be-
traf, eben so bitter in ihrem Herzen, wie ihr die Rettung
durch den tapferen Arm ihres jungen Landsmannes, den
sie nie mit Augen gesehen, als eine himmlische Botschaft
und der Retter selbst als ein Engel mit dem Flammen-
schwert erschien. Niemals hatte sie eine Arbeit freudiger
übernommen und mit mehr Fleiß und Kunst ausgeführt,
als jenes Banner, das die Stadt ihrem siegreichen Sohne
bei seinem Einzuge überreichen wollte; und als der fest-
liche Tag gekommen war und Alles in Treviso, was nicht
auf dem Siechbette lag, auf Markt und Gassen, vor dem
Thor, an den Fenstern, ja bis auf die Dächer der Häuser
hinauf sich ein Plätzchen suchte, Attilio Buonfigli mit
Blumen und jubelndem Zuruf zu überschütten, litt es auch
die blonde Gianna nicht in ihrem engen Hause, obwohl
sie aus dem Thurmfenster gar wohl den von Vicenza he-
rannahenden Zug überblicken konnte. Sie verschaffte
sich auf einer mit Teppichen geschmückten Tribüne vor
dem Stadthause einen Platz, um den Helden recht aus der
Nähe zu betrachten, und legte ihr bestes Gewand an, ein
Mieder von Silberstoff mit blauem Sammet besetzt, dazu
einen Rock von feiner lichtblauer Wolle, das Haar nach
der Sitte der Zeit reich durchflochten mit Bänderschmuck,
so daß es schon eine Stunde vor dem Einzug in den Straßen einen Auflauf und manchen Ausruf des Staunens gab,
als sie so angethan an der Seite einer Nachbarin ihrem
Platz auf dem Schaugerüste zuschritt. Bald aber wandten

sich die Augen der Menge wieder von ihr ab und spähten in großer Ungeduld die Straße hinunter, durch die der Held heranreiten sollte. Ein Theil des Raths war ihm wohl eine halbe Miglie weit vor das Thor entgegengeritten, ihn sammt seinen Eltern ehrenvoll zu bewillkommnen. Sein Oheim, der Confaloniere, harrte mit den Uebrigen auf der Treppe des Stadthauses, die ganz mit kostbarem rothem Tuch belegt war, von welchem auch ein breiter Streifen über den Marktplatz bis an das Portal der Kathedrale lief, wie man sonst nur gesalbten und geweihten Personen den Weg zu bahnen pflegt.

Wer aber beschreibt den wahrhaft wundervollen und überschwänglich festlichen Anblick, als Attilio endlich, all' seinem Geleit voran, die Straße herangeritten kam, auf seinem rostbraunen, rothaufgezäumten Streitrosse, er selbst in schlichtem Aufzuge, ein Panzerhemd aus feinen Stahlringen über den Waffenrock geworfen, übrigens waffenlos, bis auf das Schwert, das ihm am Gurte hing, das Haupt nur im Schmuck der krausen dunkelbraunen Locken. Kinn und Wangen waren von leichtem Bart umschattet, durch den an der linken Seite hochroth die breite Narbe seiner Halswunde hinlief. Auch war, während er in aller Kraft sein starkes Pferd regierte, eine leichte Blässe auf seinen Wangen noch nicht verschwunden, die nur dann und wann von einem bescheidenen Roth überflogen wurde, wenn er sich umblickend und nach allen Seiten grüßend weiße Häupter bemerkte, die sich ehrfürchtig vor seiner siegreichen Jugend verneigten, oder Mütter, die ihre Kinder in die Höhe hoben, damit sie den Befreier der Stadt besser sehen könnten. Was aber das Ganze krönte, war der Blumenregen, der aus allen Fenstern und von allen Dächern in unerschöpflicher Fülle auf den Helden herabrauschte, sodaß seine Gestalt zuweilen förmlich verschwand, wie unter einem vielfarbigen Schleier, und sein gutes Pferd, das in der Schlacht an andere Wurfgeschosse gewöhnt war, Nüstern und Ohren sträubte und in das Jubelgeschrei und das Läuten aller Glocken sein helles Wiehern mischte.

Als nun der Zug vor dem Stadthause angekommen war, sprang Attilio aus dem Sattel und eilte die Stufen hinauf, vor seinem edlen Oheim niederzuknieen, das Banner aus seiner Hand zu empfangen und diese Hand zu küssen, die ihn mit so reichen Ehren überschüttete. Als er sich aber jetzt von den Knieen wieder erhob und eben die Stufen hinunterschreiten wollte, um den Kirchgang anzutreten, stutzte er wie in plötzlicher Lähmung des Leibes oder der Seele und brauchte wohl drei Minuten, bis er sich besinnen konnte, wo er war und daß so viel tausend Augen auf ihn gerichtet waren. Er hatte nämlich auf der Tribüne zur Rechten ein Gesicht gesehen, das ihn wie eine Erscheinung aus himmlischen Gefilden plötzlich dem Irdischen entrückte, und da auch die großen schwarzen Augen unter den blonden Wimpern mit einem unbeschreiblichen, halb süßen, halb schwermüthigen Ausdruck auf ihn gerichtet waren, schoß ihm plötzlich alles Blut nach dem Herzen, er verfärbte sich, wie wenn er einen Pfeilschuß mitten in die Brust empfangen hätte, und wäre nicht das Banner in seiner Hand gewesen, auf das er sich stützen konnte, so hätte er zum zweitenmale, diesmal aber wider seinen Willen, in die Kniee sinken müssen. Die ihm zunächst standen und sein Schwanken gewahrten, gaben seiner Halswunde und der Ermüdung durch den langen Ritt am heißen Tage die Schuld, und Niemand ahnte die wahre Ursache, zumal Attilio sich alsbald faßte, die Blicke mit Gewalt von dem reizenden Antlitz losmachte und, ohne noch einmal das Haupt nach den Frauen umzuwenden, den Weg in die Kathedrale antrat.

Ihm nach strömte alles Volk, und auch die Tribünen leerten sich eilig. Die Letzte, die sich erhob, und zwar erst auf die Ermunterung ihrer Nachbarin, war Gianna die

Blonde, die wie in einen Traum verzückt, oder wie man am Himmel der Spur eines fallenden Sternes nachstarrt, den Jüngling mit den Augen begleitete, bis die dunkle Tiefe des Portals seine hohe Gestalt verschlungen hatte. Die Nachbarin schickte sich an den Uebrigen zu folgen, um dem Hochamt beizuwohnen. Gianna dagegen schützte ein Unwohlsein vor, da sie zu lange in der Sonne gesessen habe, und ging gesenkten Hauptes einsam durch die Stadt zurück ihrem Hause zu. Eine von den Blumen, mit denen die Straße hoch übersäet war, hob sie auf, um sie zum Andenken heimzutragen, eine rothe Nelke, von einem Pferdehuf zertreten. Die stellte sie zu Hause in ein Glas mit Wasser und dachte sich dies und das dabei, was es bedeuten sollte, wenn sie noch einmal aufblühte. Ihre alte Magd, die den Zug aus einer Schießscharte des Stadtthores mit angesehen hatte, floß über von Loben und Rühmen Attilio's, und wie bescheiden er um sich geblickt habe, in so jungen Jahren schon ein unsterblicher Held, und was er noch an Ruhm und Ehre künftig hinzugewinnen werde, den Namen seiner Vaterstadt groß zu machen unter allen Städten Italiens, vielleicht sogar größer als Florenz und Rom. Dann auch sprach sie von seiner Verlobten, die alle Frauen beneiden müßten, und ob sie wohl seiner werth sei und nicht vielmehr ihrem Bruder, dem Herrn Lorenzaccino gliche, der bei den Trevisanern und zumal den Frauen im schlimmsten Andenken stand. Auf all diese Reden erwiederte die Blonde nichts oder doch nicht viel, setzte sich vielmehr, zum großen Erstaunen der Alten, an ihren Stickrahmen, nicht anders, als ob ein Werktag wäre, und hob nur dann und wann die Augen, um nach der Blume im Glase zu sehen. Auch als der Nachmittag kam und mit ihm die übrigen Lustbarkeiten, das Caroussel und die Luftspringer und das künstliche Feuerwerk, blieb sie still an ihrem Platz, während die Alte fortging, ihr Theil an der allgemeinen Festfreude zu erhaschen. Erst am späten

Abend kam die Getreue wieder, todtmüde und ganz mit
Staub bedeckt, konnte aber nicht genug erzählen und ihre
Herrin bedauern, daß das böse Kopfweh sie zu Hause gehalten habe. Die blonde Giovanna hörte das Alles mit einem stillen Gesicht, nicht froh, nicht traurig, mit an, als
ob es sie gar nichts anginge. Sie hatte indessen ein großes
Stück an einer Dalmatica fertig gestickt und, wie es schien
sich nicht vom Fleck gerührt. Die Nelke aber im Glase
war voll aufgeblüht. – Darüber wurde es völlig Nacht, und
nachdem die Frauen ihr schweigsames Nachtmahl verzehrt hatten, ging die alte Catalina, deren sechzigjährige
Glieder sich heute genug getummelt hatten, in die Küche, um zu schlafen. Ihre Herrin blieb noch auf und sah
den Mond über der breiten Ebene heraufsteigen und die
Wellen der Rotteniga versilbern, und statt des summenden
Festlärms aus der Stadt, der nach und nach stiller wurde,
fing eine Nachtigall, die im Gebüsch unter ihrem Fenster
nistete, einen so süßen und sehnsüchtigen Gesang an, daß
dem einsamen schönen Mädchen unter dem Lauschen die
Thränen in die Augen traten. Es wurde ihr so eng und heiß
um die Brust, daß sie aufstand, das Licht löschte und einen dunklen Mantel über ihr leichtes Hauskleid warf. So
stieg sie die ausgeschliffenen Stufen der schmalen Steintreppe hinunter, öffnete die Hausthür und trat in die men-
schenleere Gasse hinaus, um noch ein paar Schritte in der
Nachtkühle zu thun und ihr heißes Blut zu beruhigen. Sie
hatte aber, in ihre Gedanken vertieft, vergessen, den Mantel übers Haupt zu schlagen, so daß sie, obwohl der Mond
nicht in die Gassen drang, von jedem Vorübergehenden
leicht erkannt werden mußte. Und nun traf es sich durch
eine Fügung, die wohl wie alles Irdische einem höheren
Wink gehorchte, daß gerade Der des Weges kam, um den
ihre Gedanken den ganzen Tag wie Motten um ein Licht
gekreis't hatten.

Attilio nämlich, aller Ehren längst müde und vom Saus und Braus des Festes mehr als vom Getümmel einer Feldschlacht erschöpft, hatte sich, seine Wunde vorschützend, vom Bankett weggeschlichen, um allein und unerkannt die alten Orte wieder aufzusuchen, wo er als Knabe gespielt hatte. Mehr aber noch trieb ihn das Verlangen, ob er jenen Augen nicht wieder begegnen möchte, deren Blick ihm noch immer im Herzen nachloderte. Er hatte von einem der Bürger durch kluges Fragen erkundet, daß jene blonde Schönheit zugleich die Künstlerin sei, die das Banner verfertigt habe, und gedachte am andern Tage unter dem Vorwande, ihr seinen Dank zu sagen, sie ohne Weiteres in ihrem Hause aufzusuchen. Nun kam ihm eben, da er in schwermüthiger Sorge an Alles dachte, was geschehen war und noch werden sollte, die halb verhüllte Gestalt entgegen, als hätte sie ihn erwartet. Beiden, wie sie sich plötzlich gegenüberstanden, versagte die Rede. Aber Attilio faßte sich zuerst. »Ich kenne Euch wohl, Madonna«, sagte er, indem er mit höflichem Verneigen auf sie zutrat. »Ihr seid Gianna la Bionda.« – »Und ich kenne Euch auch, Attilio Buonfigli«, erwiederte die Schöne. »Wer in Treviso sollte Euch nicht kennen!« – Hierauf schwiegen sie wieder, und Jedes benutzte die Dunkelheit der schattigen Gasse, das Andere so nahe wie noch nie zuvor nach Herzenslust zu betrachten, und dem Jüngling schien, ihre Schönheit glänze in diesem Zwielicht noch tausendmal herrlicher als am Tage, und ihr kam es vor, als leuchteten seine Augen noch ganz anders, da er zu ihr sprach, als er am Morgen sie stumm von ferne angeblickt hatte. – »Verzeiht, Madonna«, hub nun der Jüngling wieder an, »daß ich Euch hier in der Gasse bei nächtlicher Zeit wie ein Wegelagerer entgegentrete. Meine Absicht war, Euch morgen in Eurem Hause aufzusuchen, Euch für die große Mühe und wundersame Kunst zu danken, die Ihr auf die Stickerei meines Banners verwendet habt. Wenn Ihr nicht zürnen

wollt, so erlaubt, daß ich Euch, da Ihr allein seid, das Geleit gebe bis zu Eurem Hause. In der That, ich wollte, ich
wüßte einen schwereren Ritterdienst, den ich Euch leisten könnte, Euch zu beweisen, wie sehr ich Euch ergeben
bin.« – Worauf die Schöne, ob sie gleich sonst die Worte
wohl zu setzen verstand, nichts zu antworten wußte, als:
»Meine Wohnung ist nur sechs Schritte weit entfernt und
zu bescheiden, als daß ich Euch einladen könnte, sie zu betreten.« – »Redet nicht also«, versetzte Attilio. »Vielmehr,
wenn Ihr eine Fürstin wärt und ich um eine Gnade zu bitten hätte, würde ich es als die höchste Gunst erkennen,
wenn Ihr mir erlaubtet, bei Euch einzutreten und ein Vier-
telstündchen zu rasten; denn wahrlich, ich bin des Herum-
schweifens herzlich müde, und ein Trunk Wasser thäte mir
wohl.« – Darauf erwiederte die Schöne, obzwar nicht ohne
einiges Zögern und Erröthen: »Wer dürfte dem Sieger von
Bacchilione am Tage seines Einzuges in die befreite Stadt
einen Trunk Wasser versagen, um den er so höflich bittet?
Tretet ein, Herr Attilio. Mein schlechtes Haus und Alles,
was es enthält, steht Euch zu Diensten.« – So schloß sie
die kleine Pforte auf, ließ ihn eintreten, und nachdem sie
den Riegel wieder vorgeschoben, weil viel loses Gesindel
an Festtagen sich herumtreibt, um im Trüben zu fischen,
leitete sie ihren Gast, ihn freundlich an der Hand fassend,
sich nach, die völlig dunkle Schneckenstiege hinauf, daß
er schier geblendet stand, als sie oben die Thür zu ihrem
Gemach öffnete und der helle weiße Mondschein ihm
entgegenquoll. – »Nehmet ein wenig Platz«, sagte sie, »bis
ich Euch das Wasser bringe. Oder wollt Ihr nicht mit einem Becher schlechten Weins vorlieb nehmen, wie wir ihn
selber trinken?« – Er aber, dem das Herz mächtig pochte, –
schüttelte nur stumm den Kopf und trat zu dem Sessel
am Fenster, auf dem ihre Stickerei lag, diese betrachtend,
als hätte er sie abzeichnen sollen. Da ließ sie ihn allein
und ging in die Küche, wo die Amme in festem Schlaf auf

einer Decke lag, die sie über die steinernen Fliesen gebreitet hatte, der Kühle wegen. »O Amme«, sagte sie halblaut,
»wenn du wüßtest, wer gekommen ist!« – Dann, indem
sie aus dem großen Steinkrug neben dem Herde einen
Becher füllte, blieb sie einen Augenblick stehen, drückte
die beiden kalten Hände gegen ihre heißen Wangen und
sprach vor sich hin: »Heilige Mutter unseres Herrn, be-
schütze mein Herz vor trostlosen Wünschen!« – Darauf
wurde ihr besser, und nachdem sie noch ein Brödchen auf
einen zinnernen Teller gelegt hatte, trug sie das und den
Becher wieder zu Herrn Attilio hinein, der inzwischen
sich auf den Sessel gesetzt und in das offene Land hinaus-
gestiert hatte. »Ich schäme mich«, sagte sie, »daß ich Euch
Gefängnißkost bringe, Wasser und Brod. Aber wenn Ihr
nur den Arm zum Fenster hinausstrecken wollt, es steht
ein alter Feigenbaum unten zwischen Mauer und Gra-
ben, der mit seinem Wipfel voll süßer Früchte bis herauf
reicht.« – »Gianna«, antwortete der Jüngling und nahm
ihr den Becher aus der Hand, »ich begehrte mir nie einen
anderen Trunk, wenn ich hier auf ewig Euer Gefangener
sein dürfte.« – Und sie, indem sie sich zu lächeln bemühte:
»Ihr würdet bald Langeweile haben, während Euch draußen in der Welt und an der Seite Eurer jungen Gemahlin
tausendfache Kurzweil, Glück und Ehren aller Art erwarten.« – »Woran mahnst du mich!« rief er, und seine Stirn
wurde finster. »Wisse, daß jenes Verlöbniß, von dem du
mir einen Himmel auf Erden versprichst, mir die Hölle bedeutet. Da ich noch matt war vom Wundfieber und
meiner selbst nicht wohl mächtig, habe ich mich in dieses verhaßte Netz verlocken lassen, in dem ich mich nun
winde, wie ein gefangener Fisch auf dem heißen Strande.
Wehe meinen jungen Jahren! Warum sind mir die Augen
erst aufgegangen, da es zu spät war! Warum habe ich mich
selbst erst kennen lernen, nachdem ich mich wie ein Thor
an eine unselige Pflicht verkauft hatte!« – Damit sprang er

vom Sitz empor und ging mit hallenden Schritten durch die mondhelle Kammer im Kreise herum, nicht anders, als ein junger Panther, den man in einer Fallgrube gefangen und in einen Käfich mit Eisengittern gesteckt hat. – Die Blonde aber, die sehr erschrak über den Ungestüm seines seltsamen Bekenntnisses, that dennoch nicht dergleichen, sondern sagte, die Blätter der rothen Nelke mit ihrem wei- ßen Finger streichelnd: »Ihr macht mich staunen, Herr Attilio! Ist denn die Braut nicht jung und schön und in al- len Tugenden aufgewachsen, daß Ihr es als eine Verdamm- niß betrachtet, ihr Gemahl zu werden?« – »Und wäre sie ein Engel vom Throne Gottes«, rief er und blieb plötzlich vor ihr stehen, »die Blume da, die deine Hand berührt hat, wäre mir ein köstlicheres Geschenk, als ihre ganze Person mit all ihren Gaben und Tugenden! O warum hast du mir das gethan, Gianna? Wer nie die Sonne gesehen hat, der mag wohl in der Dämmerung hinleben und sich begnü- gen. Aber seit heute früh mein Auge dem deinen begegnet ist, weiß ich, daß nur Ein Weib auf Erden lebt, um des- sen Liebe und Gunst ich Alles wagen und Leib und Seele in die Schanze schlagen könnte, und dieses Weib bist du, Gianna la Bionda, und nun wollte ich, die ewige Nacht verschlänge mich, statt daß ich in die Dämmerung zurück- schleichen soll, um frierend und elend von meiner Sonne zu träumen!«

Er hatte ihre beiden Hände gefaßt, als wollte er sich an ihnen anklammern, um nicht in den Abgrund zu stürzen, ließ sie aber wieder fahren, als ihr Gesicht unbeweglich blieb, und trat an das offene Fenster. Darauf war es eine Weile ganz still, und nur die Nachtigall unten im Busch hörte nicht auf zu schmettern und zu schlagen. Auf einmal aber, wie von einem plötzlichen Entschluß durchzuckt, wandte sich der Jüngling wieder um und sagte: »Und wenn ich und Alle darüber zu Grunde gehen sollten, ich thue es nicht, ich erdulde diese Ketten und Banden nicht! Morgen

in aller Frühe sende ich Briefe nach Vicenza, mein Wort
zurückzufordern, und dann will ich hintreten vor beide
Städte und Jeden auf Schwert und Lanze herausfordern,
der es zu leugnen wagt, daß Gianna la Bionda die Königin
aller Frauen ist!« – »Das werdet Ihr nicht thun, Attilio«,
sagte jetzt die Schöne und sah mit einem ruhig ernsten
Blicke an ihm vorbei gegen den Nachthimmel. »Daß Ihr
mir so plötzlich geneigt worden seid und mir Euer Herz
so unumschränkt ergeben wollt, erkenne ich als eine überschwänglich hohe Gabe, für die ich, ob ich auch ihrer un-
werth bin, Euch Zeit meines Lebens danken werde. Aber
sie annehmen kann ich nicht, ohne uns Beide ins Verderben zu stürzen. Bedenkt, mein Freund, wie mächtig die
kaum erstickte Feindschaft zwischen beiden Städten wieder entbrennen würde, wenn Ihr dem Hause der Scarpa
und mit ihm der gesammten Stadt den Schimpf anthätet,
die Euch anverlobte Braut zu verschmähen, da Ihr sie doch
keines Fehls oder Verschuldung gegen Euch zeihen könnt,
einzig und allein, weil ein anderes Gesicht Euch mehr gefallen. Und dieses Gesicht selbst, gesetzt, es verdiente heute noch all das übermäßige Lob und die Leidenschaft, die
es Euch erregt hat, wer weiß, ob nicht schon über ein Jahr
aller Reiz von ihm abgewelkt ist, daß Ihr Euch wundernd
fragt, wie es möglich war, so heftig dafür zu entbrennen?
Sehen wir es nicht oft an der Neige des Sommers, daß
über Nacht ein früher Herbst einbricht und den Baum,
der gestern noch mit allen Zweigen grünte, plötzlich gelb
und häßlich macht? Ich habe mein einunddreißigstes Jahr
überschritten; Ihr, mein Freund, steht in der Fülle der Jugend und schreitet den Berg noch hinan, auf dessen Gipfel ich angelangt bin. Lasset mich darum als die Aeltere
auch die Weisere sein und Vernunft für uns Beide haben.
Und darum erkläre ich Euch meinen festen Willen, auch
wenn ich sehen sollte, daß Eure Neigung mehr wäre, als
eine flüchtige Laune, und daß alle widrigen Umstände sich

durch ein Wunder Eurem Wunsche fügten: Eure G a t t i n
zu sein würde ich n i e m a l s einwilligen, und wenn Eure
Eltern in Person zu mir kämen, ihr Fürwort für Eure Wer-
bung bei mir anzubringen!«

Erst nachdem sie geendet, wandte sie die Augen wieder zu ihm und da sie sah, wie er erblaßt war und seine
schönen Augen wie in Verzweiflung umherirren ließ, hätte
sie um ein Haar aus Liebe und Mitleid Alles widerrufen,
was sie soeben mit unsäglicher Standhaftigkeit sich ab-
gezwungen. »Gute Nacht, Madonna«, versetzte er traurig
und schien gehen zu wollen, blieb aber wieder stehen und
sah zu Boden. – »Ihr zürnt mir, Attilio«, sagte sie. – »Nein,
bei Gott, Gianna. Aber gebt mir Urlaub, zu gehen, denn
wahrlich, ich bin schon zu lange geblieben und habe ge-
redet wie ein Wahnsinniger, ohne zu bedenken, daß das,
was ich Euch angetragen, für Euch vielleicht so werthlos
ist, daß Ihr nicht einmal die Hand darnach ausstrecken
mögt, geschweige Kampf und Mühsal darum ertragen. So
trage ich denn die gerechte Beschämung hinweg, und es
ist Niemandes Schuld, als meine eigene, wenn dieser mein
Ehrentag, der so festlich begonnen, so kläglich endet. Le-
bet wohl, Giovanna! Die Fahne, die Ihr gestickt, und die
mir heute morgen das theuerste Kleinod schien, nun werde
ich sie in eine Kapelle stiften, um nicht durch ihren Anblick an die Hand erinnert zu werden, die sich so kalt mir
versagen konnte.« –

Damit neigte er sich und nahete schon der Schwelle,
als er noch einmal seinen Namen rufen hörte. Gianna's
Herz, längst schon gegen seine Bande tobend, hatte sie
jetzt gesprengt und trat auf die Lippen. »Attilio«, sagte die
Erröthende, die sich selbst nicht mehr besaß, »ich kann
Euch nicht so fortgehen sehen, wenn ich noch leben soll.
Was ich Euch gesagt habe, bleibt bestehen und Ihr werdet
kein Jota daran verändern, denn es ist zu Eurem Heil, das
mir theurer ist, als das meine. Aber ich habe Euch noch

nicht Alles gesagt. Wisset denn, seit mein Bräutigam gestorben ist, nun vor zwölf Jahren, habe ich nie den Gedanken oder Wunsch gehabt, je einem Manne anzugehören,
und wenn ich den Schatz meiner Ehre rein bewahrt habe,
wahrlich, es hat mich weder Kampf noch Bedauern gekostet. Denn ich denke nicht gering von mir, nicht sowohl um
der armen und unbeständigen Schönheit willen, als weil
ich weiß, daß ich eine freie und starke Seele habe, die ich
nicht in die Gewalt eines Schlechteren oder Schwäche-
ren so gehorsam ergeben wollen, wie es doch in der Ehe
das Weib dem Manne thun soll. Und so Viele um mich
geworben, nie habe ich Einen gefunden, dem zu dienen
mir nicht als eine Knechtschaft und Herabwürdigung erschienen wäre. Heute zuerst, als ich Euch einreiten sah in
die Stadt, der Ihr Ehre und Freiheit wiedergegeben, und
sah, wie edel bescheiden Ihr Euer Haupt unter so großem
Glück in so großer Jugend neigtet und weder eitel noch
trutzig, sondern mit der Miene eines Gesandten Gottes
den Dank der von Euch Erlösten hinnahmt, da sagte ich
bei mir selbst: ›Warum bist du nicht mehr jung, die Liebe
dieses Jünglings zu verdienen?‹ Und wie ich die flammen-
de Narbe an Eurem Halse sah, dachte ich: ›Barfuß bis an
das heilige Grab wollt' ich pilgern, wenn mir das Glück zu
Theil würde, nur einmal meine Lippen auf diese heilige
Wunde drücken zu dürfen.‹ Und als ich dann heimging
und wohl wußte, was mir geschehen, habe ich eine Blume
von der Straße aufgelesen, d i e s e da, bloß weil der Huf
Eures Pferdes sie zertreten, und dachte, sie mir unter das
Kissen legen zu lassen, wenn man mich einst hinaustrüge
zum letzten Schlaf. Und jetzt, da ich dir das gesagt, Attilio,
jetzt wiederhole, wenn du das Herz hast, deine bösen Worte, daß diese Hand sich kalt dir entzogen habe!«

Da breitete sie die Arme nach ihm aus, der wie ein Verurtheilter, dem auf der Richtstätte Gnade verkündigt ward,
in sprachloser Betäubung vor ihr stand, und zog sein Haupt

an ihre Brust und beugte sich zu seinem Halse, die Narbe zu küssen, nach der ihre Lippen geschmachtet hatten. Dann aber entwand sie sich ihm wieder und sagte: »Was ich thue, mein Freund, thue ich mit völliger Klarheit und wohlbewußt, und keinerlei Reue wird mich je anwandeln, wenn ich auch weiß, daß Viele mein Betragen schelten und verdammen würden, wenn sie es erführen. Ich schenke Euch das einzige Kleinod, das ich besitze, und das ich bisher theurer als mein Leben gehütet habe. Denn sehet, hier auf der Stelle, wo ihr steht, stand Euer künftiger Schwäher, Herr Lorenzaccio, und bestürmte mich mit Bitten und Versprechungen, die Seine zu werden und wollte mich als seine Gemahlin nach Vicenza führen. Was ich ihm, der ein F e i n d meiner Stadt und ihr Unterdrücker war, geweigert habe – und mit diesem Dolch habe ich ihn bedrohen müssen, ehe er von seinem wilden Werben abließ, und er trägt noch die Narbe davon an der rechten Hand – : Euch, als dem R e t t e r meiner Stadt, s c h e n k e ich es zum Siegespreis und begehre nichts zum Lohn dafür, als daß Ihr mich wieder vergesset, wenn Ihr zum Altar tretet, einer Anderen Treue zu geloben. Und kümmert Euch nichts darum, was dann aus mir werden mag. Mein Geschick ist selig in allem Entsagen und neidenswerth in aller Trübsal, da ich mit der freien Gabe meiner Ehre den besten Mann beschenkt habe, den meine Augen je gesehen, und ehe der Winter der Jahre diese blonde Scheitel unter seinem Schnee begräbt, einen späten Frühling genossen habe, so schön, wie ich ihn nicht mehr träumen konnte. Diese Augen und Lippen sind dein, Attilio, und dieser unberührte Leib ist dein, und dein ist dieses Herz, das, wenn du von mir geschieden sein wirst, nichts von allem Süßen dieser Welt mehr begehren, sondern wie das Herz einer Wittwe nur noch von dem vergangenen Glück zehren wird, bis es stille steht.«

Darauf führte sie ihn zu dem Sessel, der am Fenster
stand, und knieete vor ihm nieder, und er nahm ihr Haupt
in beide Hände und wurde nicht satt, sie anzuschauen und
Mund und Stirn und Wangen zu küssen, und der Mond
war längst untergegangen, als sie noch in tausend Freuden bei einander waren. Als aber fern über das Feld der
erste Hahnenschrei erwachte, drängte sie ihn selbst, aus
ihren Armen zu scheiden, damit er im Hause seiner Eltern nicht vermißt würde. Sie hatten verabredet, daß er
die nächste Nacht und alle folgenden wiederkommen sollte, und die Zeichen, auf sie ihm die Thür öffnen würde,
und so nahm er Abschied wie ein Trunkener vom Gela-
ge, und im Uebermuth seines Glückes verschmähte er es,
die Wendelsteige hinabzugehen, obwohl die Gasse noch
menschenleer war, sondern schwang sich ins Fenster und
klomm, auf die Zweige des Feigenbaumes den Fuß stützend, draußen an der Mauer hinab, unten noch verweilend,
um ihr tausend Liebesworte hinaufzurufen und Blumen,
die am Rande des Stadtgrabens wuchsen, in einen Strauß
gebunden, dem geliebten Weibe ins Fenster zu werfen, bis
sie, das Auge eines Spähers fürchtend, vom Gesims zu-
rücktrat. Da riß er sich von der Stätte los und strich so
behutsam an der Stadtmauer hin, daß er unbemerkt an das
Thor gelangte. Die schlaftrunkenen Wächter erkannten
ihn nicht, und Niemand zu Hause hatte ihn vermißt, also
daß er frohlockend in seine Kammer trat und sich auf sein
Lager warf, um den versäumten Schlaf dieser Nacht durch
eine kurze Morgenruhe nachzuholen.

Mit gleicher Klugheit und Heimlichkeit wußten sie
es auch die folgenden Nächte anzustellen, also daß Niemand in der ganzen Stadt eine Ahnung von ihrem Ver-
ständniß hatte, bis auf die Amme, die Catalina, die aber
so wenig plauderte, wie der Feigenbaum am Fenster. Denn
das Glück und die Ehre ihrer Herrin lag ihr über Alles
am Herzen und nicht die härtesten Folterqualen hätten

ihr den Namen des Jünglings von der Zunge gerissen. Eines aber bekümmerte sie schwer, daß ihre Gebieterin fest bei ihrem Sinne blieb: es müsse Alles aus und vorbei sein, sobald die Braut, Emilia Scarpa, mit Attilio den Ring gewechselt hätte. »Was bildet Ihr Euch nur ein?«, sagte sie. »Meint Ihr, daß Ihr es ruhig werdet mit ansehen können, wenn sich nun eine Andere mit der Blume schmückt, die Ihr an der Brust getragen? So wahr ich Euch liebe, Frau, mehr als die Frucht meines eigenen Leibes, Ihr geht darüber zu Grunde; das Herz bricht Euch auseinander, wie ein Apfel, den man mit einem Messer in der Mitte durchschneidet.« – »Amme«, sagte die Blonde, »Du könntest Recht behalten. Aber was liegt daran? Besser, ich gehe zu Grunde, als der, den ich liebe, und diese theure Stadt, die unser Beider Mutter ist.« – »Was Ihr nur für Thorheit redet!« versetzte die Alte. »Wenn er Euch so liebt, wie er sagt und Ihr glaubt, so kann auch er es nicht überleben, und so bringt Ihr mit Eurem Starrsinn zwei Menschen ins Elend. Die Stadt aber, jetzt, da ein solcher Held sie beschützt, würde die Feindschaft von drei Städten herausfordern können, die noch mächtiger wären, als Vicenza.« – Solches und Aehnliches sagte auch Attilio, und sagte es immer eindringlicher, je näher die Zeit heranrückte, wo er auf ewig Abschied nehmen sollte von den geliebtesten Augen. Er hoffte noch immer, wie er vom ersten Tage an gehofft hatte, ihren Widerstand gegen seine Wünsche zu besiegen, und war entschlossen, ihr Alles zum Opfer zu bringen.

Gianna dagegen, der bitterer als Tod und Trennung der Gedanke war, daß ihres Geliebten Herz gegen sie erkalten und er es dereinst bereuen könnte, sein junges Leben an ihr welkes geknüpft zu haben, suchte, so oft er mit neuen Bitten in sie drang, durch einen Scherz über ihr Alter und den Wankelmuth der Männer seinen Ungestüm zu

beschwichtigen und die gegenwärtige Stunde ihm so süß
zu machen, daß er alles Herbe der Zukunft darüber vergaß.

Mittlerweile wurden in beiden Häusern, der Buonfigli
wie der Scarpa, die Vorbereitungen zur Hochzeit eifrig be-
trieben, und in der neunten Woche nach dem ersten festlichen Empfang des Bräutigams fand die nicht minder
glänzende Einholung der Braut von Seiten der Trevisaner
statt. Wenn aber unter den Zuschauern, wegen der nunmehr besiegelten und verbrieften Eintracht zwischen den
Nachbarstädten, die Freude vielleicht noch größer war,
auch erhöht durch den Anblick der jungen reichge-
schmückten Braut und ihres Geleites von sechzehn Braut-
jungfern, alle auf weißen Zeltern und in den köstlichsten
Gewändern, so waren Zwei in dem Festzuge, denen es
schwer wurde, Grimm und Gram zu verbergen; und der
Eine war der Bräutigam selbst, der lieber eine Schlange
angerührt hätte, als seine Braut, der Andere Herr Lorenzaccio, sein künftiger Schwäher, der heimlich knirschte,
wenn er bedachte, daß er jetzt neben dem jüngeren Rivalen
eine demüthige Figur spielen und dazu lächeln sollte, und
der den Schwäher und seine ganze Sippschaft am liebsten
mit den Zähnen geküßt hätte. Und noch ein drittes Herz
blieb für die Festfreude dieses Tages verschlossen, das
schlug in dem Busen der blonden Giovanna; denn sie
wußte, die Nacht, die diesem Tage folgte, würde die letzte
ihres Glückes sein. Auch hatte sie sich nicht, wie bei jenem
ersten Einzuge, bemüht, einen Sitz auf der Tribüne vor
dem Stadthause zu erlangen, sondern war zu Hause geblieben, als Attilio an der Seite der Fremden durch die
Straße ritt und wieder ein Blumenregen über das Paar her-
niederrauschte. Am Nachmittag aber, während alles Volk
hinausströmte nach der Wiese vor der Stadt, wo in prächtig geschmückten Schranken ein Lanzenrennen sollte abgehalten werden, saß sie zu Hause in schweren Gedanken
und die Thränen stürzten ihr so häufig aus den Augen, daß

sie vom hellen Tage nichts mehr sah. »O mein armes
Herz!« seufzte sie. »Nun ist die Zeit da, wo du zeigen solltest, daß du stark genug seiest, deinem einzigen Glück zu
entsagen, und nun bist du so schwach, daß du hinschmel-
zen möchtest in deinen Thränen. Du hast etwas übernommen, was du nicht ausführen kannst! Du wußtest freilich
damals noch nicht, daß Liebe ein Wein ist, der immer
durstiger macht, je mehr man davon trinkt. Nun wird dir
der Becher deiner Seligkeit zu Gift, das dich langsam auf-
zehrt, und kein Arzt der Welt und nicht die Hülfe aller
Heiligen können dich erretten!« – Indem so kam die Catalina herein und redete ihr zu, mit hinaus zu gehen, um wenigstens, wenn sie wirklich von ihrem Freunde scheiden
wolle, ihn noch einmal im Glanze seiner ritterlichen Kraft
und Schönheit und als Sieger über alle Männer zu bewun-
dern. Denn heimlich hoffte sie noch immer, es werde sich
ein Wunder begeben und ihre Herrin anderen Sinnes machen. Also kleidete sie die Trauernde, die mit sich machen
ließ, wie ein Kind, mit aller Sorgfalt an und führte sie, die
kein Wort sprach, zum Hause hinaus nach dem Blachfeld,
das schon von Menschen wimmelte und vom Gewieher
der Rosse und Trompetenklang erdröhnte. Da sahen sie,
unter der Menge stehend, oben auf dem Gerüste zwischen
ihrem Vater und dem Oheim ihres Bräutigams die Braut
sitzen und hörten, was die Leute von ihr redeten, und Einigen gefiel sie über die Maßen, Andere fanden dies und
das an ihr zu tadeln, wie denn Jeder sein Wohlgefallen auf
etwas Anderes richtet. Die blonde Giovanna sagte kein
Wort, und was sie sich dachte, hat Niemand je erfahren.
Nur daß sie einmal von hoher Röthe übergossen wurde, als
zwei junge Bursche, da sie eben vorbeiwandelte, laut genug
zu einander sagten: »Zehn Emilia's gäbe ich hin für Eine
Gianna la Bionda!« – und dann der Andere; »Treviso be-
hält den Preis auch in Frauenschöne, wie in den Waffen!«
– und dabei richteten sich Vieler Augen auf die schöne

Stickerin, deren Glut aber plötzlich in ein tödtliches Blaß sich verwandelte. Denn eben ritt Herr Attilio in die Schranken, ganz in Waffen, nur den Hals, statt mit eherner Halsberge, die die Franzosen Barbière nennen, mit einem leichten ledernen Umhang geschützt, der an dem Turnierhelm befestigt war. Das Visir war zurückgeschlagen, also daß Alle sahen, wie bleich er war und mit wie ernsten Blicken er in die Runde schaute; und Viele wunderten sich darob, da er doch ein so freudiger junger Held war und noch dazu ein Bräutigam. Er ritt aber an das Gerüst heran, auf dem seine Verlobte saß, neigte das Haupt vor ihr und ließ sich eine Schärpe, die sie trug, an den Helm knüpfen, zum Zeichen, daß er ihr Ritter sein wollte. Da bliesen die Trompeter, und von der andern Seite ritt Herr Lorenzaccio in die Schranken, schon mit geschlossenem Visir, aber Alle erkannten ihn an seinem Feldzeichen und der Rüstung und wünschten von Herzen, ihn durch den starken Arm seines Schwähers in den Sand gestreckt zu sehen. Es war aber anders beschlossen im Rathe der Vorsehung. Denn kaum hatten die Herolde mit ihren Stäben das Zeichen gegeben und die Trompeter Fanfare geblasen, so sprengten die beiden Ritter gegen einander mit eingelegten Lanzen und ihre Rosse wirbelten eine so gewaltige Staubwolke in die Höhe, daß den Zuschauern der Anblick des ersten Zusammenstoßes entzogen ward. Man hörte nur den Schall der ehernen Lanzenspitzen auf Schild und Panzer, und dann war eine plötzliche Stille. Als aber die Staubwolke verflog, sah man mit Entsetzen Attilio noch in den Bügeln, aber auf den Sattel seines guten Rosses, das unbeweglich stand, rücklings hingestreckt, und ein Blutstrom quoll aus seinem Halse, dessen wehrlose Blöße der tückischen Waffe seines Feindes ein willkommenes Ziel gewesen war. Der Sieger hielt ihm gegenüber, hatte das Visir aufgeschlagen, als wollte er deutlicher sehen, ob sein Rachewerk vollbracht sei, und nachdem er den Gegner mit

einem hämischen Abschiedsblick gemessen hatte, schloß
er den Helm wieder, gab seinem Roß die Sporen und ritt
in langsamem Trabe, Niemand grüßend, aus den Schranken hinaus durch das von Entsetzen versteinerte Volk, das
noch nicht seinen Augen trauen wollte. – Inzwischen waren Attilio's Knappen und die Turnierwärtel hinzugeeilt,
hatten den schwer Stöhnenden vom Sattel gehoben und
mitten im Sande auf eine Decke hingelegt. Und da sie alsbald ein lautes Jammern erhoben, löste sich rings jegliche
Ordnung; das Volk stieg ungestüm über die Schranken
herein; die auf der Tribüne saßen, verließen in Hast ihre
Plätze, und kaum vermochten die Herolde durch Schelten
und Stoßen mit ihren Stäben so viel Raum um den Sterbenden zu schaffen, daß seine Eltern und Angehörigen
und die Braut selbst zu ihm hingelangen konnten. Er aber
lag still, mit geschlossenen Augen, und während Einige
wehklagten, Andere die Tücke des Lorenzaccio ver-
wünschten, Andere nach einem Wundarzt und wieder Andere nach einem Priester riefen, um dem verscheidenden
Helden den letzten Trost mit auf die Fahrt zu geben, kam
von seinen blassen Lippen kein Laut des Schmerzes oder
Bedauerns, daß er so früh den himmlischen Heerscharen
hinzugesellt werden sollte. Vielmehr schien ihm dieses
herbe Loos als eine Erlösung aus verhaßten Banden willkommen zu sein, und als er seinen Namen rufen hörte und
die Stimme seiner Braut erkannte, versuchte er das Haupt
zu schütteln, wie um zu sagen, daß er seinen letzten Athem
ohne eine Lüge verhauchen wolle. Auf einmal aber wich
das Volk, das im engen Kreise diese Jammerscene umstand,
mit staunendem Gemurmel auseinander; denn man sah
die blonde Giovanna, bleich wie ein Gespenst, aber mit
einem Anstande, als ob sie so eben mit der Dornenkrone
des Schmerzes zur Königin über alle Weiber gekrönt worden wäre, durch die Menge heranschreiten und in den
Kreis eintreten. »Gehet hier fort«, sagte sie, den Arm gegen

die Braut ausstreckend; »dieser Sterbende gehört mir, und wie ich mit Leib und Seele die Seine war, so will ich auch im Tode bei ihm sein, und keine Fremde soll mir nur einen Hauch von ihm entwenden!« – Darauf knieete sie bei ihrem Geliebten nieder und hob sein gebrochenes Haupt sanft in ihren Schooß, daß das Blut ihr Festgewand überströmte. »Attilio«, sagte sie, »erkennst du mich?« – Alsbald öffnete er die Augen und seufzte: »O, meine Gianna, es ist vorbei. Der Tod hat nicht gewollt, daß ich einer Anderen meine Treue gelobte, die doch nur dir gehörte. Ich sterbe, mein Weib. Küsse mich mit dem letzten Kusse und nimm meine Seele hin in deinen Armen.« – Da neigte sie sich zu seinen Lippen herab, und als sie seinen Mund berührt hatte, brach ihm das Auge und sein Haupt sank zurück in ihren Schooß. Es war aber das Mitleid mit dem edlen Paar so übermächtig bei Allen, die diese Scene umstanden, daß Niemand, auch nicht von den Scarpa's, sich getraute, den Abschied der Liebenden zu stören. Vielmehr, als man sich nun anschickte, auf einer Bahre den entseelten Leib des jungen Helden in die Stadt zu tragen, theilte sich das Volk, und die Einen gingen hinter dem Todten, die Anderen folgten dem Zuge, der seine Geliebte in ihr Haus trug; denn sie war in Ohnmacht umgesunken neben ihrem todten Freunde. Und nur die junge Emilia mit ihrer Mutter kehrte noch in derselbigen Nacht nach Vicenza zurück. Ihr Vater, Herr Tullio Scarpa, blieb im Hause der Buonfigli, um der Bestattung Attilio's beizuwohnen, zwiefach trauernd, über das Unglück der Tochter und die Schmach des Sohnes. Als man aber am dritten Tage den theuren Todten zu Grabe trug, in der Kapelle der Madonna degli Angeli, da sah man dicht hinter dem Sarge, vor allen Verwandten, die hohe Gestalt der Giovanna schreiten, im Wittwenschleier und ganz schwarzen Gewändern. Als sie den Schleier zurückschlug, um die Stirn des Todten zu küssen, zeigte sich mit Staunen alles Volk das Wunder, das geschehen war. Denn das Gold ihres Haares, das weithin zu leuchten pflegte, war in wenigen Nächten ein fahles Silber geworden und ihre Züge welk und verblichen, wie die einer Greisin.

Und Viele meinten, sie werde nun auch das Leben nicht lange mehr ertragen, sondern ihrem Geliebten nachsterben. Dennoch lebte sie noch drei Jahre, während deren sie die Wittwentracht nicht ablegte, auch nirgend gesehen wurde, wo es laut oder festlich zuging. Im Stillen aber war sie fleißig an einem Werk, das sie in die Kapelle der Madonna degli Angeli gelobt hatte, einer großen Fahne, auf der der Erzengel Michael abgebildet war, in einer weißen Rüstung, wie er den Drachen erlegt. Und man sagt, das Panzerhemd des Engels habe sie mit ihren eigenen weißen Haaren gestickt. Und diese Fahne wurde neben jenem ersten Banner in der Kapelle aufgestellt, wo das Grab Attilio's war. Das vollbracht, währte es nicht mehr lange, so trug man auch die Stickerin zur Ruhe und gewährte ihre letzte Bitte, zu Füßen ihres Geliebten bestattet zu werden. Dahin wandelten noch lange Einheimische und Fremde und betrachteten die kunstreiche Arbeit der beiden Fahnen und erzählten sich die Geschichte von Gianna la Bionda, die ihrem Geliebten Alles was sie besaß, mit in die Gruft gab, auch ihre Ehre, obwol es ihr ein Leichtes gewesen ware, sie unangetastet zu erhalten, wenn sie geschwiegen hätte. – –

Als der Vorleser geendet hatte, blieb es noch eine Weile still in dem Gartensaal, und der Regen, dessen leises Rauschen die ganze Erzählung melancholisch begleitet hatte, behielt allein das Wort.

Endlich sagte der junge Doctor am Schachtisch: »Die Geschichte hat etwas von dem Goldton der venezianischen Schule. Das bringen die Palettenkünste der Modernen nicht mehr zu Stande. Obwohl es mir hier und da vorgekommen ist, als ob der Copist stark hineingemalt hätte.«

»Der Copist?« rief Der auf dem Sopha und warf seine Cigarre weg. »Man sieht, daß du Eminus noch nicht
kennst. Er hat uns nur zum Besten gehabt und nichts Anderes beabsichtigt, als einmal ein Bild mit ganzen Farben
neben unsere gebrochenen Färbchen zu stellen. Was gilt
die Wette, daß diese Chronik aus San Niccolo noch weit
jünger ist, als der berüchtigte Ossian des Macpherson?«

Eminus schien diese Reden ganz zu überhören. »Und
was halten Sie von der Sittlichkeit dieser Geschichte?«
fragte er, zu Frau Eugenie gewendet.

Die Angeredete sann einen Augenblick nach, dann
sagte sie: »Ich weiß nicht, ob man überhaupt davon reden
kann, einen so merkwürdigen Fall als Muster und Vorbild
aufzustellen. Und haben nicht auch andere Zeiten andere
Sitten und andere Völker ein anderes Gemüth? Ich gestehe, daß eine leidenschaftliche Hingabe, die nicht auf ewige
Treue rechnet, mir immer gegen das Gefühl gehen wird,
und daß ich erst durch das tragische Ende mit dem be-
fremdlichen Anfang ausgesöhnt worden bin. Und doch,
wenn diese blonde Giovanna meine Schwester gewesen
wäre, ich würde mich nicht besonnen haben, in dem Lei-
chenzuge Hand in Hand mit ihr hinter Attilio's Sarge her-
zugehen.«

»Ein besseres Sittenzeugniß konnten Sie ihr nicht aus-
stellen«, erwiederte der Erzähler. »Erlauben Sie, daß ich
Ihnen dafür die Hand küsse.«

Paul Heyses italienische Novellen

Als die Stockholmer Akademie 1910 beschloss, dem acht-
zigjährigen Paul Heyse den Nobelpreis zuzuerkennen, ehrte
sie in dem noch immer allgegenwärtigen Dichter, der über
so viele Jahrzehnte hinweg mit der europäischen Avantgar-
de, wenn auch aus wachsendem inneren Abstand, verkehrt
hatte, den Repräsentanten jenes weltoffenen, von Klassik
und Romantik geprägten Deutschland, das seit dem Krieg
gegen Frankreich 1870/71 so viel an Kredit verloren hatte,
und von dem wenigstens manche hofften, es werde in einer so verworrenen Gegenwart zu seiner früheren Haltung
politisch wie kulturell zurückkehren: »In Anerkennung der
vollendeten, von Idealismus durchleuchteten Kunst,« heißt
es in der Begründung: »für die er während langer frucht-
barer Jahre als Lyriker, Dramatiker, Romancier und als
Verfasser von weltberühmten Novellen Beweise gegeben
hat.« In München und Rom war Paul Heyse mit Henrik
Ibsen befreundet, damals noch der Verfasser des *Peer Gynt*
und weitgespannter, geschichtsphilosophisch grundierter
Versdramen, mit dem Dänen Georg Brandes, dem gerade in Deutschland vielgelesenen Verfasser der *Hauptströ-
mungen in der europäischen Literatur des 19. Jahrhunderts*
(1879–1890) stand er in regem Briefverkehr. Die deutschen
Naturalisten freilich verhöhnten ihn, hatten ihm aber meist
wenige Jahre zuvor noch ihre ersten poetischen Versuche
zur Begutachtung nach München geschickt, nicht anders
als der in Triest lebende Deutsch-Österreicher Ettore
Schmitz *alias* Italo Svevo, der sich 1897, fünf Jahre nach
Erscheinen, mit einem Exemplar seines frühesten Romans
Una vita an den deutschen Dichter gewandt hatte. Auch
hier musste die Tendenz des Buchs Heyses idealistische
Vorstellungswelt irritieren, erst recht bei dem zweiten der
Werke Svevos (1898), das auch noch den Titel *Senilità* trug,

und doch begriff er das außergewöhnliche Talent und die stilistische Sicherheit des jungen Autors und schrieb ihm zwei kritisch bewundernde Briefe. Von dem alle Gattungen einbegreifenden Gesamtwerk Paul Heyses waren zum Zeitpunkt der Ehrung freilich – und das hebt der Hinweis in der Laudatio ausdrücklich hervor – nur noch ein knappes Dutzend seiner Novellen *weltberühmt*, das heißt in viele andere Sprachen übersetzt.

Den Ausbruch des Weltkriegs hat der am 2. April 1914 verstorbene Autor nicht mehr erlebt. Ob die Versuche, hundert Jahre später das aus Parteigeist, Überdruss und Gleichgültigkeit gefällte Urteil wenigstens zu überprüfen, wenn schon nicht ganz zu revidieren, irgendeine Chance vor der Öffentlichkeit haben, bleibt abzuwarten.

Als ein mit einem Dutzend Talenten gesegnetes Glückskind trat Paul Heyse, noch nicht zwanzigjährig, als Poet in die deutsche Literatur ein. Schon während der Schulzeit hatte der Sohn des hoch anerkannten Sprachgelehrten Karl Wilhelm Ludwig Heyse und seiner Ehefrau Julie Salomon-Saaling, die eine Cousine der Lea Mendelssohn war, durch seine Gedichte Aufsehen erregt. Emanuel Geibel, fünfzehn Jahre älter und als Formerneuerer der Lyrik bereits ein berühmter Dichter, führte den Abiturienten in den Freundeskreis des Kunstreferenten im preußischen Kultusministerium und Kunstgeschichtsprofessors Franz Kugler ein, damals wohl das lebendigste und der Zukunft gegenüber offenste Haus in Preußens Hauptstadt. Hier begegnete er einigen jüngeren Dichtern wie Friedrich Eggers oder Theodor Fontane, aber auch dem Schweizer Jacob Burckhardt und gelegentlich Adolf Menzel, der Kuglers populäre *Geschichte Friedrichs des Großen* illustriert hatte. Geibel und Kugler waren es denn auch, die ihren neuen Freund in den Tunnel über der Spree mitnahmen und ihn so mit einer ganzen Reihe weiterer Berliner Poeten und Schriftsteller vertraut machten.

Dass der Student von der durch seine Schulbildung am Friedrich-Willhelm-Gymnasium nahegelegten klassischen

Philologie in Berlin zum Studium der Romanistik und
Kunstgeschichte nach Bonn überwechselte, war – wenn
Paul Heyse aus dem Abstand von nur wenigen Jahren auf
seine Anfänge zurückblickte – eine Entscheidung, die sein
ganzes späteres Wirken bestimmen sollte. Die Aufregun-
gen des Revolutionsjahres, an dessen Ende bittere Enttäu-
schung zurückblieb, hatten ihn zu einem solchen Schritt
mitveranlasst. Die lebenden Sprachen der *Romania* statt
des unveränderlichen Kanons der Antike und die seit dem
späten Mittelalter bis in die unmittelbare Gegenwart fort-
blühenden Nationalliteraturen in Frankreich, auf der spa-
nischen Halbinsel und vor allem in Italien wurden für ihn,
mit jeder Begegnung mehr, zur Herausforderung seiner
schöpferischen Kräfte. Bei Friedrich Diez, dem vielbewun-
derten Philologen und Wiederentdecker der provenzalischen Poesie, begann er mit einer Doktorarbeit über den
Refrain in der Troubadour-Lyrik, die er aber nicht in Bonn
beendete. Die ersten von ihm für vollgültig erklärten Gedichte und Erzählungen brachten ihm in seiner Vaterstadt
bereits Ehrungen ein: Die Ballade *Das Tal von Espigno*
wurde 1851, seine erste Novelle ein Jahr danach von den
Mitgliedern des Tunnels ausgezeichnet.

Als der strahlende Jüngling zu längeren Studien mit einem
einjährigen Reisestipendium nach Italien aufbrach, um dort
nach provenzalischen Handschriften in den Bibliotheken
Ausschau zu halten, war er mit Margarete Kugler verlobt
und fest entschlossen, als Dichter und nicht als Gelehrter
aus dem gelobten Land zurückzukehren. »Je ursprünglicher
der künstlerische Grundzug in Paul Heyses Natur, sein an-
geborenes Bedürfnis nach schönen Formen alles Daseins
war«, heißt es im Nachwort Erich Petzets zu seiner 1924
herausgegebenen Edition der *Gesammelten Werke* (15 Bde.
in 3 Reihen), »umso mehr mußte er sich nun im Süden in
sein eigentliches Element versetzt fühlen. Zu dem großen
Stil der Natur, wie er ihm im landschaftlichen und Volks-
charakter Italiens aufging, zu der Klarheit der Linien und
Farben, zu der Reinheit des Klanges und des Rhythmus zog

ihn eine unvergängliche Liebe, weil er hierin den tiefsten Drang der eigenen Natur bestätigt fand.«

Der ehrgeizige Schwärmer mochte sich in der Nachfolge Goethes empfinden, wenn es ihn über Rom hinaus an den Golf von Neapel drängte. Von dem Aufenthalt, auch wenn er gewissenhaft seinen Manuskriptstudien oblag und sich durch den Übereifer seines Kopierens sogar ein Bibliotheksverbot im Vatikan einhandelte, erwartete er die bleibende, weit in den märkischen Alltag hineinleuchtende Inspiration seiner künftigen Dichtung. Nur hatte sein Enthusiasmus nichts von der inneren Reserve, die Goethe inmitten aller hesperischen Lockungen dazu bestimmt hatte, auf einen Rückberufungsbefehl des Weimarer Herzogs hinzuwirken. Für Paul Heyse, den bürgerlich gesicherten, als Künstler jedoch ungebundenen Dichtergesellen, schien Italien so offen dazuliegen wie für die unzähligen Architekten, Maler und Zeichner, die sich oft über viele Jahre im Süden festgesetzt hatten. Warum sollte der Dichter nicht vom selben Privileg Gewinn ziehen, das seit der Mitte des 18. Jahrhunderts den Historien- wie den Landschaftsmalern die bleibenden Anregungen für ihre Kunst gegeben hatte? Anton Raphael Mengs und Anton Maron, Jacob Philipp Hackert und Wilhelm Tischbein – die beiden Kunstfreunde Goethes –, die halb verkrachten Künstlerexistenzen, die in Rom hängen geblieben waren wie der Maler Müller, die heidnischen wie die frommen Romantiker – sie alle konnten für ihn Beispiel einer hell in die Zukunft strahlenden Existenz im Schönen sein.

Während viele der Künstler und Musiker, die seinen Weg kreuzten, die innere Abwehr gegen den südlichen Zauber in ihre Werke wie einen Gegenzauber mit aufnahmen, während Victor von Scheffel, der mit ihm in Sorrent das Haus und eine Dachterrasse teilte, von der aus sich der Blick auf die Wunderinsel Capri öffnete, mit schwäbischer Gleichmütigkeit an den Versen seines *Trompeters von Säckingen* feilte, überließ sich Heyse, wie sein Vorbild Platen, ganz der idealen Natur dieses Südens. Er schrieb 1852 die ersten seiner Lieder und Idyllen aus Sorrent, gleich im Frühjahr 1853 die erste und berühmteste seiner italienischen Novellen *L'Arrabbiata* (im Zeitschriften-Erstdruck in *Argo, Belletristisches Jahrbuch für 1854*, hg. von Theodor Fontane und Franz Kugler, noch als Charakterstudie über eine »Zornbebende« *La Rabbiata* genannt, nicht als Momentaufnahme eines *in Rage gebrachten* Mädchens behandelt) und rivalisierte in dieser Kunsthaltung mit dem neu gewonnenen Malerfreund, dem Schweizer Arnold Böcklin und seinen ganz in der Italien-Anschauung aufgehenden Jugendbildern und Zeichnungen. Nicht mit der Feder, sondern mit Worten ist die Szene gezeichnet, wie der junge Ruderer einen Augenblick der Unsicherheit ausnutzen will für den Raub eines Kusses und damit beinahe eine Katastrophe auslöst und wie das Mädchen in zürnender Entschlossenheit über den Bootsrand springt. Die Figurengruppe in ihrer Bewegung, das Spiel der Wellen um das Boot, das Licht auf dem Vordergrund wie auf der Landschaft am Ufer des Golfs – alles das gleichzeitig im Blick und in der Erzählfolge zu halten, war bis dahin wohl noch in keiner Novelle geglückt. Schon gar nicht in der schwärmerischen Italien-Verklärung durch die deutschen Romantiker, die Paul Heyses Vorbilder waren. Die paar, nur wenig später entstehenden Geschichten *Am Tiberufer* (1853) und *Das Mädchen von Treppi* (1855) wiederholten erfolgreich den gleichen Versuch einer vorimpressionistischen Novellistik, die mit der zum Genre hin entgrenzten Landschaftsmalerei eines Franz Ludwig Catel oder eines Ludwig Richter in Konkurrenz treten wollte. Das Eintauchen in eine von Generation zu Generation sich erneuernde Welt, die Natur und Gesellschaft gleichermaßen umfasst, wurde für Paul Heyse zu der seine Existenz bestimmenden Herausforderung des Dichterischen. Das ging weit über alles hinaus, was vor und neben ihm an angewandter Italiensehnsucht und Landschaftstrunkenheit in der literarischen Aneignung Italiens entstand.

Als ihn 1854 König Maximilian II. von Bayern, auf Vorschlag Emanuel Geibels mit einer stattlichen Pension in den Kreis seiner vertrauten Berater nach München berief, konnte der Berliner Paul Heyse den Eindruck gewinnen, er habe nur die Szenerie, aber nicht den Geist Italiens preisgegeben. Unter der langen Herrschaft König Ludwigs I., den erst die Revolution von 1848 zur Abdankung gezwungen hatte, war München in eine, aus dem Geist des Klassizismus, damit aber auch aus dem Geist Italiens lebende Metropole umgeschaffen worden. An Frankreich orientierte Romantiker wie Heinrich Heine oder sein Pariser Freund Gérard de Nerval hatten sich in ihren Reisebildern über den Griechenwahn und die Italienschwärmerei des Königs lustig gemacht. »Der Königsbau der Residenz«, heißt es im München-Kapitel von Nervals Orientreise, »ist genau nach dem Modell des Palazzo Pitti in Florenz gebaut, das Theater nach dem Odeon in Rom, das Postgebäude nach irgendeinem anderen klassischen Vorbild, und alles ist von oben bis unten rot, grün und himmelblau angemalt. Der Platz sieht aus wie eine jener unmöglichen Dekorationen, die Theater manchmal riskieren.« Aber in ihrer herbeizitierten Würde waren der Platz vor der Residenz, die von italienischen Palästen gesäumte Ludwigsstraße und der außerhalb der Stadtgrenzen gelegene Königsplatz, der mit den Propyläen und den beiden Antikenmuseen die Eingangssituation des Parthenon in Athen paraphrasierte, denn doch imponierende Zeugnisse einer königlichen Leidenschaft, die zu gleichen Teilen Goethes Weimar und Italien galt. Noch jetzt, Jahre nach seiner Abdankung, kehrte dieser Wittelsbacher oft nach Rom zurück, um dort als Privatmann seiner Verehrung alles Vollkommenen nachzuhängen. Vierzig Jahre lang ist die an der Aurelianischen Mauer im Freien gelegene *Villa Malta* »das römische Sanssouci des kunstliebendsten aller deutschen Fürsten gewesen. Ludwig von Bayern hat dort oftmals Hof gehalten, nicht mit besternten Diplomaten, sondern mit lebensfrohen und talentvollen Künstlern. Nun aber sind auch die letzten Veteranen seiner Tafelrunde dahingegangen, die Villa selbst ist das

Besitztum eines russischen Edelmannes geworden, und bald wird ihre deutsche Vergangenheit eine Legende sein.« So schrieb 1888 der große Geschichtsschreiber der Stadt Rom im Mittelalter, Ferdinand Gregorovius, in einem Rückblick auf sein eigenes dort verbrachtes Leben. Zum Zeitpunkt der Niederschrift dieses von Melancholie getragenen Rückblicks lebte auch Gregorovius schon lange in München, wie so manche der von ihm erwähnten Veteranen, die dort sich in vertrauter Umgebung fühlten, wenn sie in der Residenz und in den Hofgarten-Arkaden, in der Ludwigskirche und in den Museumsbauten den Fresken von Peter Cornelius und seiner Schule begegneten oder miteinander vor dem Aegineten-Fries in der Glyptothek über Bertel Thorwaldsens schöpferische Restaurierung diskutierten.

König Max hatte das Repräsentationswesen seines Vorgängers, auch dessen selbstbewusste Kunstförderung, durch ein privateres Interesse am Umgang mit den Wissenschaften und Künsten ersetzt. Gleich in den ersten Jahren nach seinem Regierungsantritt berief er eine Reihe von auswärtigen Gelehrten nach München, darunter den Chemiker Justus, Freiherr von Liebig, den Zürcher Rechtsgelehrten Johann Kaspar Bluntschli, Verfasser einer berühmten Schrift *Das Volk und der Souverän* (Zürich 1831) und den später auch als Novellen-Erzähler berühmten Kulturhistoriker Wilhelm Heinrich Riehl. Dazu Emanuel Geibel als Dichter, dem seine persönliche Verehrung und Bewunderung galt. Zu den *Symposien* dieser geistigen Tafelrunde traf man sich, wann immer das möglich war, auf kurzfristige Einladung in der Grünen Galerie der Residenz mit dem Monarchen. Geibel war es denn auch, der den König veranlasste, den bisher nur durch ein paar Talentproben in Versen und Prosa ausgewiesenen Paul Heyse 1854 nach München einzuladen, als einen Gleichen unter Gleichen. Nach der in Berlin gefeierten Hochzeit mit Margarete Kugler nahm der dichtend und schreibend noch an Italien haftende Romanist in München Quartier. Wenig zur Universität geneigt, in

Hofdingen unerfahren, wurde der Berliner zusammen mit dem lebenserfahrenen Liebig dann doch bald – mit sicherem Zugriff auf die Situation – die einflussreichste Figur des Kreises.

In unglaublicher Produktivität erscheinen von da an Dramen, Gedicht-Zyklen und immer neue Sammlungen von Novellen, als fühlte sich der so vom Glück begünstigte Autor verpflichtet, in protestantischem Arbeitsethos die in ihn gesetzten Erwartungen täglich zu erfüllen. Mit Geibel zusammen hatte er schon 1852 ein *Spanisches Liederbuch* herausgegeben, nun setzte er sich vor, auch die italienische Volkspoesie zu sammeln und im Deutschen heimisch zu machen. Das *Italienische Liederbuch*, eine ungemein erfolgreiche, in die Musik nicht weniger als in die Literatur einwirkende Sammlung, war zugleich eine öffentliche Manifestation, dass der romantische Geist von *Des Knaben Wunderhorn* nirgends in Europa ein so lebhaft-lebendiges Echo bis in die Gegenwart finden konnte wie in der italienischen Volkspoesie. Zugleich war das Buch Zeugnis der tief empfundenen Affinität zur hesperischen Kultur, die seit Goethes Tagen von allen nach dem Süden strebenden Scholaren und Künstlern geteilt wurde. *L'Arrabbiata* war auch das erzählerische Gegenstück zu den in den *Rispetti* und Volksballaden eingefangenen Augenblicken dieses bis in die Gegenwart reichenden Arkadien. In der glanzvollen, bis heute durch ihren Schwung bestechenden Vorrede zur Erstausgabe des Buchs hat der nachschaffende Dichter diese innerer Nähe in sympathisierender Kennerschaft sichtbar gemacht. Und der bis ans Jahrhundertende reichende Erfolg des Liederbuchs gab dem Lyriker und dem Novellendichter Paul Heyse recht: Die Volkslieder – dem anderen Italien-Schwärmer und Italien-Kenner unter seinen Freunden, Jacob Burckhardt gewidmet – wurden noch in den Neunziger Jahren von Hugo Wolf in einen der schönsten Liederzyklen der deutschen Musik überführt. Auch *Die Einsamen* (1847 entstanden und wieder in *Argo. Album für Kunst und Dichtung*, 1858 zuerst gedruckt) gehören noch in den Zusammenhang dieser italienischen Augenblicksbilder aus dem Volksleben und sind durch die Begegnung des deutschen Poeten mit dem alleingelassenen Mädchen am Felsenufer von Sorrent zugleich mit dem Leitgedanken einer Begegnung der beiden Kulturen verbunden.

In diesen ersten zehn Münchner Jahren breitete sich nicht nur Paul Heyses früher Ruhm, sondern auch der Kreis seiner literarischen und künstlerischen Freundschaften entschieden aus. Neben die sein Leben begleitenden Korrespondenzen mit seinen noch aus der Berliner Zeit stammenden Jugendfreunden Theodor Fontane und Theodor Storm treten jetzt innerhalb weniger Jahre die Briefwechsel mit Eduard Mörike, Gottfried Keller, Jacob Burckhardt, Hermann Kurz und Victor von Scheffel. Heyse war und blieb ein treuer, jede Mitteilung doppelt und dreifach erwidernder Briefschreiber ein Leben lang, immer von innen heraus zu einer Generosität gestimmt, für die es ihm an äußeren Voraussetzungen und Möglichkeiten nicht fehlte.

Freilich blieb er für schwer und grüblerisch schaffenden Dichter wie Keller und Mörike immer eine Quelle der Irritation. Allzuleicht schienen ihm die Verse zu kommen, in der Lyrik wie im Drama. Auf jede ihm zugesandte Novelle antwortete er mit zwei neuen Erzählbänden, und auf die Berichten Theodor Storms über seine engen Husumer Verhältnisse reagierte er herzlich teilnehmend, beantwortete sie aber zugleich mit heiter-tröstenden Schilderungen von seinen Reisen durch Italien und Frankreich, von seinen Begegnungen mit bekannten, nicht immer unbedenklichen Persönlichkeiten in Rom oder Paris. Zeitlebens gab der Dichter, den viele früh schon in seiner olympischen Omnipräsenz als eine Art Reinkarnation Goethes empfanden (auch wenn andere sich über diesen vermeintlichen Anspruch lustig machten), den Plan nicht auf, auch als Dramatiker bleibenden Lorbeer zu gewinnen im Wettstreit mit zeitgenössischen Bühnenheroen wie Friedrich Halm oder Friedrich Hebbel. Ausschließlicher als die Weimarer Dioskuren wollte er sich auf die sittlichen und ästhetischen Wirkungen der reinen Dichtung konzentrieren. Nicht

ohne entschlossene Haltung in Fragen der Weltanschau-
ung oder der Politik, aber doch frei von wissenschaftlichen, sei es philosophischen, historischen oder naturwis-
senschaftlichen Zielsetzungen, sollte der Dichter nur nach
den höchsten Zielen streben. Diese nie ausgesprochene
Kritik an Schillers historischen Schriften, an Goethes Ver-
strickung in die Farbenlehre und Gesteinskunde, enthielt
für ihn umgekehrt die Verpflichtung, alle Begabung und
allen Fleiß auf die Erfüllung seiner poetischen Sendung zu
richten.

Das bedingte sehr früh auch in den erzählerischen Plänen
eine gezielte Ausweitung des Rahmens. In der historischen,
im Umfang weit ausgreifenden Novelle *Andrea Delfin* (geschrieben 1859, erschienen in der *Kölnischen Zeitung* von
1860) strebte er nach einer neuen Dimension der novellis-
tischen Erzählkunst, nach einer künstlerischen Schöpfung,
die den höchsten Leistungen in der zeitgenössischen Ma-
lerei des Idealismus gegenübertreten konnte. Damals hatten jüngere Maler begonnen, für den in München residie-
renden Sammler und Kunstförderer Adolf Friedrich Graf
von Schack (1815–1894), ins Mythische entgrenzte Land-
schaften zu malen, die den Anspruch hatten, die etablierten
Historiengemälde durch eine neue Beseelung der ange-
schauten Wirklichkeit zu ersetzen. Paul Heyse kannte den
wesentlich älteren Diplomaten bereits von Berlin her und
sah in ihm jetzt, da sie beide zur gleichen Zeit in die bayri-
sche Residenzstadt gekommen waren, einen willkommenen
Verbündeten in Kunstfragen. Die Ausstellung des in Italien
entstandenen *Pan im Schilf* in der Münchener Künstlerge-
sellschaft im Jahre 1858 hatte Arnold Böcklins Ruhm be-
gründet und ihn mit Schack in Verbindung gebracht. Die
daran anschließenden Werke mit deutsch-antikisierenden
Themen überführten Böcklins italienische Erfahrungen in
ein allgemeineres künstlerisches Programm, das sich in der
von Schack systematisch zusammengetragenen Sammlung
manifestieren sollte.

Darin waren ältere Romantiker, italienisch oder spanisch inspirierte Landschaftsmaler und eben auch Repräsentanten dieser neuen Italien-Schule vertreten, wie Anselm Feuerbach oder Böcklin. Ergänzt wurde die jetzt eingerichtete Galerie durch eine lange Reihe ambitionierter Kopien nach vorbildhaften Meisterwerken, in denen der junge Franz Lenbach exzellierte und nach ihm August Wolf, der Vater des Komponisten Ermanno Wolf-Ferrari. In solche Zusammenhänge aus Landschaftsimpression, hoher Erinnerung und in der Gegenwart sich bewährender Idealität überführte Paul Heyse jetzt auch seine Erzählung vom Rächer Andrea Delfin, der am Ende seiner umsichtig geplanten, in heftigster Leidenschaft erzwungenen Sühne eines an Unschuldigen ausgeübten Verbrechens sich selbst als Rächer erkennen und richten muss. Das an Byron gemahnende Nachtstück, geschrieben in bei ihm ungewohnter, fast kleistischer Strenge und Sparsamkeit in der Erzählhaltung, markiert da einen Höhepunkt im unabsehbar ausgedehnten Novellenschaffen Paul Heyses.

Mit der gleichzeitig entstandenen Erzählung *Der Centaur*, die durch ein Bild seines Freundes Bonaventura Genelli angeregt war, (zuerst erschienen in *Argo, Album für Kunst und Dichtung*, 1860) kann er in der Durchdringung von Landschaft und Stimmung mit Böcklins besten Schöpfungen wetteifern. Ein Höhepunkt seiner so rasch sich entwickelnden Dichtung ist da erreicht, und die Freunde wie die außenstehenden Bewunderer durften von diesem mühelosen Aufschwung des Götterlieblings das Schönste erwarten.

Nicht, dass er in seinem vom Ruhm umglänzten Leben ohne tragische Erfahrungen ausgekommen wäre: Im Herbst 1862 erkrankte seine junge Frau Margarete, die sich von der Geburt des vierten Kindes nicht hatte erholen können, an einem schweren Lungenleiden, dem sie am 30. September im Kurort Meran erlag. Wenig später geriet auch seine privilegierte Münchener Stellung durch den unerwarteten Tod von König Max am 3. März 1864 in eine auch politisch prekäre Lage: Wie Geibel ergriff auch Heyse in den Auseinandersetzungen um Schleswig Holsteins Zugehörigkeit zu Dänemark auf preußischer Seite Partei. Der König hatte diese mit seiner eigenen kontrastierende Haltung toleriert, wenn auch wiederstrebend. Sein Nachfolger König Ludwig II empfand eine so in die Öffentlichkeit getragene Parteiname als Illoyalität, besonders weil sie von Emanuel Geibel mit der nie verhehlten Kaisersehnsucht in Verbindung gebracht wurde. Der Ehrensold wurde dem Dichter entzogen, der danach aus dem Kreis der nach München Berufenen ausschied und nach Lübeck zurückkehrte. Heyse blieb in München, wahrte seine Unabhängigkeit jedoch, indem er auch selbst auf seinen Ehrensold verzichtete.

Bei allem publizistischen Erfolg sah er sich als Wahlmünchener in ungesicherter Position, die ihm freilich erleichtert wurde durch die allgemeine, in Bayern schwer zu erlangende Anerkennung als einer der führenden Repräsentanten der Münchener Kultur. Im erweiterten Umgang mit den jetzt nach München einströmenden Künstlern, Schriftstellern und Gelehrten wurde Paul Heyse, ungeachtet der Entfremdung vom Hof, wieder Mittelpunkt, diesmal einer innerstädtischen, bürgerlichen Geselligkeit, besonders nachdem er die junge Münchnerin Anna Schubart 1867 getroffen und wenige Wochen danach geheiratet hatte. Anfang der sechziger Jahre begann die Freundschaft zu dem anderen, in Rom zum Künstler gewordenen Maler, dem sechs Jahre jüngeren, in Schrobenhausen in München geborenen Franz Lenbach, der 1862 aus Weimar nach München gekommen war. Hier arbeitete er wie sein Malerfreund Böcklin und der ihm nachstrebende Hans von Marées in diesen Jahren an einem Zyklus großartiger Kopien nach den bedeutendsten Gemälden der Renaissance in Italien und Spanien. Aus Rom hatte Lenbach Skizzen und Entwürfe zu einer kühnen Komposition zurückgebracht, einem Gemälde in großem Format, das den Heimzug einer Gruppe in Trachten gehüllter Landleute mit Vieh und Wagen in dem Augenblick zeigen sollte, da sie

durch den Titusbogen am Forum in achtlosem Selbstbe-
wusstsein vorbeiziehen. Das heute im Budapester Museum
aufbewahrte Gemälde verknüpft die Genreszene und die
Architektur-Vedute durch das helle Licht, das auf die Figu-
ren und auf das Relief Siegeszug des Kaisers Titus nach der
Eroberung Jerusalems fällt. Das war Paul Heyses Geist, ein
Gegenstück zu Böcklins Mythisierung und doch, in gleicher Überhöhung, eine Heraushebung des Dauernden im
Flüchtigen des Alltags. Nach solchen Wirkungen strebte
Paul Heyse in jeder seiner zahlreichen Novellen, sei es in
Prosa, sei es in Versen, die in immer neuen Sammlungen
vor das Publikum traten. Gerade die buchkünstlerische
Anmut dieser meist kleinformatigen Sammlungen trug viel
zur dauernden Beliebtheit des Münchener Dichterfürsten
bei, der 1874 in der Arcisstraße nahe den Propyläen zum
Königsplatz sich von Gottfried von Neureuther eine Residenz errichten ließ, die schräg gegenüber der italianisie-
renden Villa des inzwischen geadelten Franz von Lenbach
lag, der als Porträtmaler von Deutschlands Größe zu einem
selbst ihn noch an Ruhm übertreffenden Künstlerfürsten
aufgestiegen war.

Die Stickerin von Treviso (erschienen in Der Salon für
Literatur, Kunst und Gesellschaft, 1869) war eine der letzten
Erzählungen aus dem Jahrzehnt seiner intensivsten Wirk-
samkeit. Sie war auch eine der letzten, die durch Überset-
zung in fremde Sprachen dem Novellisten Paul Heyse ein
längeres Nachleben sicherte.

Die Zeitschriftenfassungen der hier angeführten Novellen unterscheiden sich nicht grundsätzlich, aber doch in der
Unmittelbarkeit des Tons, von den für die Buchveröffent-
lichung redigierten und nicht selten geglätteten Endfas-
sungen, auf die alle Gesamtausgaben zurückgriffen. Tiefere
Eingriffe zeigt nur die Novelle Der Centaur von 1860, die
unter dem abgewandelten Titel Der letzte Centaur neu be-
arbeitet und 1871 im Neuen Novellenbuch, zusammen mit
der Stickerin von Treviso neu veröffentlicht wurde.

Norbert Miller

Editorische Anmerkungen

Der vorliegende Band versammelt einige der bedeutendsten italienischen Novellen Pauls Heyses aus den frühen
Jahren von 1854 bis 1869. Der Text folgt – anders als bei
den bisherigen Einzel- und Sammelausgaben – den Erst-
drucken in den Zeitschriften und Zeitungen: *La Rabbiata*
erschien zuerst in *Argo, Belletristisches Jahrbuch für 1854*,
Hg. von Theodor Fontane und Franz Kugler, S. 1–22; *Die
Einsamen* in *Argo, Album für Kunst und Dichtung*, Jg. 2,
1858, S. 26–41; *Andrea Delfin* in der *Kölnischen Zeitung*
1860, Nr. 26–37; *Der Centaur* in *Argo, Album für Kunst
und Dichtung*, Jg. 4, 1860, S. 10–22 und *Die Stickerin von
Treviso* in *Der Salon für Literatur, Kunst und Gesellschaft 3*,
1869, S. 257–277.

Orthographie und Zeichensetzungen wurden beibehal-
ten, einschließlich der Unregelmäßigkeiten (die nicht nur
Groß- und Kleinschreibung betreffen), sofern es sich nicht
um offensichtliche Fehler handelt, die stillschweigend
korrigiert wurden. Wenige Ergänzungen, die der besseren
Lesbarkeit der Texte dienen, stehen in eckigen Klammern.
Beibehalten wurden auch die zeittypischen Sperrungen
einzelner Wörter. Die Fraktur der Vorlagen wurde im
Druck durch eine Serifen-, lateinische Schrift durch eine
Groteskschrift wiedergegeben.

Mirko Gemmel